꽃이 문득
말을 걸었다

꽃이 문득
말을 걸었다

송호근 연작소설

문학사상

작가의 말

북한강 주변을 돌아다녔다. 여름 햇볕을 피해 걸었고, 가을 햇살을 찾아 걸었다. 강물은 넘실거리다가 가끔은 말라 원래의 강폭을 드러냈다. 좁아진 강물을 거슬러 오르는 송어 떼가 궁금하기도 했다. 여울 근처에 플라이 낚시꾼들이 제법 영화 같은 장면을 연출했다. 물고기를 잡아 올리는 아찔한 장면은 한 번도 목격하지 못했지만 낚시꾼들의 집념은 놀라웠다. 봄에도 있었고 지금도 있다. 협곡을 돌아 흘러내린 여울에서 그들은 자신을 떠난 영혼이 마치 입질처럼 돌아오리라는 희망을 갖고 있는 듯 보였다. 현실과 영혼이 합류되는 시간을 기다리는 집념 속으로 강이 흐른다. 나는 노먼 매클린의 소설 『흐르는 강물처럼』의 마지막 문장 "나는 언제나 강물 소리에 사로잡힌다"에 한없이 끌린다.

문학의 매혹을 떨치기 어려웠다. 내 이야기든 타인의 이야기든 소설엔 스토리가 얹힌다. 이야기로 삶을 담아내는 문학은 따뜻하고, 그것을 조각내 분석의 세계로 이끄는 학문은 냉정하다. 학자라는 소명 의식으로 살아온 지난 사십 년에도 '세상은커녕 나 자신조차 구제하지 못했다'라는 자괴감이 들 때면 나는 강으로 간다. 구제救濟라는 그 오만한 명분으로 가족과 나 자신을 폐허로 만든 것은 아니었을까. '학문은 신의 얼굴을 보려는 긴 여행'이라는 어느 사상가의 지침은 실현되지 않았다. 신의 접견은 고사하고 외출한 영혼과의 조우를 고대하며 북한강 주변을 돌아다녔던 거다. 논리와 감성은 평상시에 잘 어울려도 언어의 세계에서는 천적이다. 논리의 한계에 부딪힐 때 나는 가끔 바닥으로 내려갔다.

논리의 온상에서 문학이 움트리라고는 상상하지 못했다. 땅속 씨앗의 생존력은 끈질겼다. 기질인가, 허기인가. 마당에 아무렇게나 널린 나무들이 계절마다 움트고 꽃피우고 조락凋落하는 장면을 붙잡고 싶은 충동이 동시에 일었다. 꽃의 색과 모양이 다 다르듯 꽃과 나무들이 주는 감동의 색채 역시 달랐다. 목련꽃, 산벚꽃, 능소화, 동자꽃, 함박꽃, 붓꽃, 수선화. 이십 년 동안 봐왔기에 그들이 언제 어떻게 피우고 작별하는지 눈에 선하다. 가장 애처로운 꽃은 역시 상사화다. 애써 피어나 자태를 드러내면 이파리들은 이미 사라지고 없다. 홀로 견디는 운명을 타고 났다. 사랑이, 고통이 그럴 것이다. 꽃들의 향연은 사랑의 변주다. 사람들이 겪는 애증의 굴곡, 기쁘고 아픈 기억들이 스스로 제자리를 찾아 작은 세계를 구성해 낸 것, 이것이 꽃의 연작이다. 꽃이 말을 걸었는지 내가 말을 걸었는지는 불분명한데 여러 초상肖像들이 말 속에 피었다 졌다.

소설은 학문에서 건지지 못한 선물인 동시에 회한悔恨이었다. 등장인물은 아득한 젊은 시절에 성장을 멈췄거나 아예 상상의 공간에서 새로 만든 사람들이다. 움트지 않은 나무 둥지에 새로 가지를 내고 꽃을 피웠다. 상상력의 미학은 죽은 혼魂도 환생시킨다.

디지털 시대, 실험적인 젊은 작가들의 작품과는 달리 이 소설은 아날로그다. '기억 문학'이다. 기억의 재구성이다. 세상의 어떤 생물도 기억을 남긴다. 하물며 인간이야. 강물은 스토리를 품고 흐른다.

집필실에서
송호근

차례

목련꽃 그늘

"채민 씨! 오랜만이지?"

낯설지 않은 목소리였다. 보랏빛 재킷에 가방을 멘 여인이 복도에서 채민에게 손 인사를 했다. 채민은 어디선가 본 듯한 여인의 얼굴을 기억해 내는 데에 몇 초가 걸렸다. 아, 장윤서! 잊었던 이름과 함께 묻어 뒀던 젊은 시절의 기억이 한꺼번에 딸려 왔다.

"장윤서 씨? 아니, 윤서 누나!"

채민은 금세 옛날로 돌아가고 있었다. 혹 누군가 누나라고 했던 내 말을 들었을까 싶어 뒤를 돌아봤다. 다행히 세미나 청중들은 모두 가버리고 둘만 남아 있었다. 마음이 한결 가벼워졌다.

"채민 씨, 아니 김 교수님! 옛날 모습 그대로네!"

윤서는 삼십 년 세월 동안 전혀 변하지 않은 채민의 용

모를 보고 신기하다는 듯 웃었다. 윤서와 채민이 복도 층계를 내려와 건물 밖으로 나가자 커플로 보이는 학생들이 팔짱을 끼고 다정하게 걸어가는 모습이 보였다. 그때 우리도 저랬더라면……. 갑자기 든 생각에 채민은 속웃음을 지었다.

목련꽃이었다. 윤서의 출현이 몰고 온 풍경이. 봄 햇살 아래 펼쳐진 흰색 향연, 목련꽃들의 열병식. 현란했다. 오늘 오후 세미나가 열리는 대학으로 오는 차 안에서 목격한 풍경이었다. 버스 차창에 비친 동네는 꽃의 축포로 소란했다. 작은 주택들의 마당 한구석에서 동면을 끝낸 목련 나무가 일시에 꽃을 피운 풍경은 그야말로 축제였다.

목련은 겨울과 봄의 경계에서 피어난다. 가지 끝에 매달린 작은 망울들은 겨우내 추위를 견디다가 어느 순간 일시에 꽃을 터트린다. 아기 피부처럼 보드라운 꽃잎이 살짝 얼굴을 내미는 아찔한 순간은 겨울의 경계를 넘었다는 신호다. 목련은 꽃샘추위를 너무나 잘 감지한다. 물러가는 게 아쉬워 고집을 피우던 한랭전선이 결국 온난한 기운에 굴복하고 만다는 것을 알리듯, 얼굴을 내민 목련꽃 봉오리는 마침내 봄이 당도했음을 선언하는 자연의 결재다.

꽃이 만개한 목련 나무의 그늘은 하얗다. 수백 개의 흰 촛불이 하얀 숨결을 토해 낸다. 누가 흰색을 무채색이라 했는가. 목련의 흰색은 세상의 모든 색을 뒤섞음으로써 결국 색의 기원이 하얗다는 것을 증명하는 유채색이다. 모든 색은 거기서 나온다. 그래서인지 사람들은 목련을 꽃의 시작이라고 한다. 하지만 봄꽃의 전령이 봄을 결재하고 버티는 시간은 그리 길지 않다. 완전히 드러난 꽃잎이 하늘로 치솟는 만개滿開의 열정은 며칠 가지 못한다. 다른 유채색 꽃에 다음 차례임을 고하는 것처럼 목련의 낙화는 거침이 없다.

꽃잎이 낱낱이 떨어져 내리는 시간은 일 초도 채 걸리지 않는다. 뚝! 소리를 내며 수직으로 낙화한 꽃잎은 연인들에게 애틋한 고통이다. 작별의 속도도 그렇거니와 사랑이 떨어져 진한 흑갈색으로 퇴락하는 모습을 누가 덤덤히 볼 수 있으랴.

봄을 맞은 대학의 풍경은 정겨웠다. 작은 샛길을 내려와 캠퍼스 중앙로에 접어들면서 윤서는 게시판에 붙어 있던 포스터를 떠올렸다. 포스터 제목 '구한말 정치 공론의 형성과 주도 세력에 관한 연구' 아래 연사 'K 대학 정치학과 교수 김채민'이라는 문구와 채민의 사진이 인쇄돼 있었다. 윤서가 나지막이 말했다.

"채민 씨는 꽤 유명한 교수가 됐더라, 사실 그때 이미 알아봤지만." 윤서는 예전 기억을 더듬으며 알 수 없는 표정을 지었다.

"내가 그렇게 보였어요?"

채민은 윤서 씨와 윤서 누나 중 어느 것이 어색하지 않을지 속으로 번갈아 발음했다.

"응, 사실 그랬지. 동아리 친구들 가운데 뛰어났고 열정이 돋보였어. 뭐라도 해낼 친구라고 판단했지. 채민 씨 눈빛을 기억하거든. 가끔 훔쳐보기도 했는걸."

채민은 윤서의 칭찬에 어깨가 으쓱해졌다. 마음 한편에 동면하고 있던 낯익은 열등감이 스멀스멀 살아나려다 주저앉았다. 사실 그 열등감은 채민을 연구에 매진하도록 부추긴 동력이었다.

작년에 채민은 정치 공론장의 전개 과정에 관한 저서를 냈다. 오랫동안 머리를 싸맸던 조선 정치사를 마무리하는 작업이었다. 학계에선 아무런 소식과 반응이 없었지만, 봄이 되자 J 대학에서 전갈이 왔다. 채민은 J 대학이 자신의 업적을 알아주는 듯해 내심 기뻤다. 그의 아내 유선이 들뜬 어조로 말했다.

"당신 실력을 인정하나 보네. 축하해!"

C 신문사의 팀장인 유선은 채민과 달리 성격이 호방했고, 작은 일에 마음을 두지 않았다. 출퇴근 시간이 비교적 자유로운 채민이 집안의 소소한 일을 챙겼다. 그렇다고 가사 분업이 완전히 이뤄진 것도 아니었다. 유선은 신문사 내에서 페미니스트로 알려졌지만, 살림살이를 꼼꼼히 챙겼고 채민에게 가사를 채근하지도 않았다. 대학생이 된 딸 민지에게 다소 무뚝뚝한 채민을 나무라는 일 외에 부부가 다툴 일은

없었다. 아니, 채민의 머릿속에는 유선과 다툰 기억이 없었다. 그녀도 바빴고 채민도 바빴다.

　오늘 오후 채민은 이른 점심을 먹고 설레는 마음으로 일찍 집을 나섰다. 세미나가 열리는 건물 앞에 조금 일찍 도착한 채민은 벤치에 앉아 담배를 물었다. 호흡을 가다듬을 시간이었다. 대화를 나누며 오가는 학생 커플의 모습이 정겨웠다. 아주 오래전 흐릿한 기억이 떠올랐다가 사라졌다.

　세미나실에는 마흔 명 정도의 청중이 기다리고 있었다. 채민은 단상에 올랐다. 사회자의 소개가 끝나자 채민은 천천히 말문을 열었다. 그는 대중 앞에 서는 것에 일종의 공포심을 갖고 있었다. 그 공포심이 어디서 발원한 것인지를 깨닫는 데까지 많은 실수와 부끄러운 순간들을 겪어야 했다. 덜덜 떨리는 목소리는 청중에게 그대로 전달됐고, 말문이 막혀 십여 초간 발표가 중단되기도 했다. 채민은 그럴 때마다 물을 마셨다. 때로는 바지 주머니에 손을 넣어 허벅지를 꼬집거나 청중의 눈을 피해 허공을 바라보기도 했다. 그러나 공포심은 물러가지 않았다. 누구보다 잘해야 한다는 강박감, 그것이 공포심의 발원지라는 것을 사십 대 중반이 넘어서야 깨달았다. 이후 채민은 실수가 없어야 하고 틈을 보여서는 안 된다는 완벽주의를 버렸다. 가끔 청중에게 질문을 던졌고, 잘 모르는 것은 향후 연구과제라며 능치기도 했다. 질문은 훌륭한데 답이 궁색하다며 몸을 낮추기도 했다. 채민은 마음이 편해지는 걸 느꼈다. 이제 오십 대 중반을 바라보는 나이였다. 청중 앞에 선 채민은 수십 번의 실수와 굴곡으로 노숙해 보였다.

세미나는 두어 시간 계속됐다. 국사학과 국문학, 정치학과 언론방송학 전공자들이 나름대로 중요한 사실을 들어 채민의 논지를 무너뜨리려 시도했지만, 채민은 그런대로 선방하고 있었다. 공론장은 전공이 다른 여러 학자가 관심을 두는 주제였다. 양반의 전유물이던 공론이 인민들에게 개방된 것은 오롯이 한글 덕분이었다. 인민들이 제 생각과 신조를 글로 표현하면서 공론 참여가 가능해졌다. 그럼에도 조선의 공론장은 지식계급의 전유물이자 종교, 정치, 교육이라는 세 개의 단단한 기둥으로 이뤄져 쉽게 무너지지 않았다. 지식으로 통치한 세계 유일의 나라, 성리학이 도전받지 않는 한 절대로 허물어지지 않을 견고한 통치 체계였다. 개화기에 와서야 성리학에 대한 도전이 일어났다. 하층민을 비롯한 인민이 자신의 의견을 개진하는 광장이 형성됐고, 신문이 출간됐다. 유일 종교인 유교가 흔들리고 천주교와 기독교가 보급됐다. 관념적 상제上帝가 현재적 하느님으로 현현해 인민들의 가슴에 내려앉았다. 동학은 일대 종교 개혁이었다. 인민이 상제 대신 하느님을 가슴에 불러들이자 양반계급의 권력 기반과 세계관이 무너졌다. 언론매체에 자유와 천부인권 개념이 등장했다. 이른바 근대의 여명이 밝아 온 것이다.

세미나실은 논쟁의 열기로 가득 찼다. 개화기 당시의 역사적 사실을 세세히 알고 있을 필요는 없었다. 다만 역사적 사건을 어떤 프레임으로 새롭게 해석하는지가 중요했다. 반론과 찬성론, 이론異論이 오고 갔다. 질의응답이 끝나자 청중들의 박수가 터졌다. 채민은 이만하면 성공적이라는 생각에 내심 흡족했다. 낯익은 몇몇 전공자들과 악수하고, 학생들의 후속 질문에 대한 답까지 마무리하자 충만함이 찾아왔다. 가방을 둘러메고 세미나실을 나서는 채민을 누군가 불렀다. 장윤서, 아니 윤서 누나였다.

"윤서…… 씨?"

"그렇게 부르니 좋네. 사실 우리 연배에 누나는 어울리지 않잖아?"

윤서가 다정스럽게 말했다. 그 긴 세월을 건넜어도 말투는 그대로였다.

오후 다섯 시가 넘은 시각이었다. 윤서는 약간 쌀쌀했는지 캠퍼스 내의 한 카페로 채민을 안내했다. 학생회관 창고로 쓰던 건물을 개조해서 만든 작은 카페였다. 둘은 커피 잔을 놓고 마주 앉았다. 채민은 그제야 윤서의 모습을 온전히 눈에 담았다. 삼십 년의 세월에도 윤서는 그대로였고, 커피 잔을 드는 몸짓에서 향기가 묻어났다. 그때의 긴 머리도 여전히 어깨에서 찰랑거렸다. 다소 살이 오른 듯했지만 갸름한 얼굴에서 풍기는 외로움 같은 것도 여전했다.

갈무리했던 아픔이 슬며시 고개를 들었다. 채민은 그런 마음의 작동이 신비로웠다. 잊힌 것이 아니라 묻힌 것이었다. 마치 꽃이 떨어져도 씨방을 남기는 목련꽃처럼. 아픔의 마개가 열리자 금세 예전으로 돌아갔다. 그 아픔을 불러들이면 예전의 사랑을 재현할 수 있는 마음의 물결이 놀라웠다.

"어떻게 된 거예요? 삼십 년 부재不在가?"

채민은 밑도 끝도 없이 질문을 던졌다.

"프랑스 생활을 청산하고 귀국했어요, 몇 년 전에. 어머니가 돌아가셨거든."

"아, 그 교수였던……."

"귀국하고 여기서 다시 시작했어. 이 대학 비교문학연구소 연구원으로."

윤서의 말에서 약간 지친 느낌이 전해졌다.

"아, 그랬구나……."

채민은 윤서의 말을 속으로 음미하다가, 결국 그 질문을 꺼내고 말았다.

"그럼 L 선배는?"

윤서는 잠시 망설였다. 채민은 괜히 그 얘기를 꺼냈나 싶어 조바심이 났다. 윤서의 표정에 비애가 스쳤다. 삼십 년 세월에도 그 비애는 가슴속 어딘가에 갈무리돼 있는 듯했다. 기억의 문이 열리면 안개처럼 스멀스멀 피어오르는 것을 어떻게 막으랴. 괜히 그 문을 열었다는 생각에 후회가 밀려왔다.

"사실 L 선배와는 그때 헤어졌어요. 그 사람 편지를 받고 오랫동안 품었던 생각을 실행한 것에 불과했지. 왜, 그해 채민 씨를 찾아갔던 인천 앞바다 섬 있잖아. 뭐더라, 자, 자월도! 말이야. 거기에서 돌아오는 배에서 결심했던 거예요. 채민 씨가 연락선 난간에 기대 망연히 수평선을 보고 있던 그때. 지금은 행정부 고위 간부라고 하데. 무슨 국장이라던가."

윤서의 떨리는 말투로 봐서 L 선배의 기억은 아린 상처로 남은 듯했다. 채민은 윤서의 아픔이 자신의 것과 겹쳐 보였다. 채민은 화제를 프랑스 생활로 돌렸다. 윤서는 다시 난처한 표정을 지었으나 차분히 저간의 사정을 얘기했다. 마치 신부 앞에서 고해성사하는 신자처럼 느껴졌다.

"그게…… 학위 받고 프랑스 사람과 동거했는데…… 문학을 전공하는 매력적인 청년이었어. 아예 눌러앉을 생각으로 청을 받아들였는데, 오륙 년인가 지나자 알제리로 가버렸어요. 거기서 프랑스 문학의 씻을 수 없는 상처를 치유하겠다고. 텅 빈 둥지를 몇 년간 지켰지. 돌아올까 기대하면서. 그는 끝내 오지 않았지요. 그 이후 독립해서 혼자 살았지 뭐."

윤서의 어투와 몸짓에서 무언가 조심스러움이 묻어났다. 채민은 갑자기 안타까운 마음이 들어 남은 커피를 들이켰다. 창밖에 석양이 비치자 학생들이 하나둘씩 자리를 떴다. 채민은 참을 수 없다는 듯 제안했다.

"오늘 이 김 교수가 저녁 살게요. 듣고 싶은 얘기가 너무 많아요."

　둘은 카페에서 나와 교문 쪽으로 걸었다. 어둠이 봄 냄새를 싣고 중년이 된 두 사람의 어깨에 내려앉았다.

삼십 년 전, 채민은 신촌 소재 대학의 학보사 동아리에서 윤서를 처음 만났다. 만났다기보다 훔쳐봤다는 말이 맞을 것이다. 모두 그 동아리를 '학기동'으로 줄여 불렀다. 통째로 세낸 술집에서 동아리 멤버들은 마구 소리를 질렀고 막걸리를 마셔 댔다. 유신체제에서 대학 언론은 사회 언론과 마찬가지로 중앙정보부 파견직의 검열 상태에 놓였다. 기사 원고가 찢기는 사례가 잦았다. 제 원고가 찢긴 학생 기자들은 술집에서 고래고래 소리를 지르는 것으로 마음을 달래야 했다.

　"그놈 있잖아, 무식하기 짝이 없는 그 중정 요원, 그 너구리같이 생긴 교활한 놈! 그놈도 대학생 딸이 있대요. 딸이 하방下放했대, 노동운동을 한다나? 그럼 딸도 감시하나, 그 나쁜 놈이?"

　"와우, 그 나쁜 놈을 위해 한 잔!"

　"아냐, 딸의 결기를 위해 한 잔!"

　학기동의 혈기에는 역사와 시대, 욕설이 뒤섞였다. 술기 오른 단합 속에서 정의와 불의가 엇갈렸고, 선과 악이 접선했으며, 연민과 처벌의 경계가 사라졌다. 욕설이 자주 튀어나왔지만 모든 분노는 '유신체제 타도!'로 수렴됐다. 그 구호

만은 주변을 살펴 가며 조용히 외쳐야 할 지경이었다.

신입 회원 채민은 토할 정도로 술을 퍼마신 학우들을 연민의 눈길로 바라봤다. 동아리는 그저 울분을 토하는 동지들의 안식처였다. 채민은 거기서 윤서를 봤다. 한구석에 조용히 앉아 술잔을 기울이는 여학생을. 그 옆에 가까이 붙어 앉아 열변을 토하는 남학생도 눈에 들어왔다. 학보사 편집장을 지낸 L 선배였다. 그는 채민이 학생 기자 면접을 볼 때 기자 대표로 심사를 맡았다. 법대생이었고, 채민은 같은 대학 정치학과에 다녔다. 편집장이 되면 저런 여학생과 친해지는구나, 하는 생각과 동시에 그 광경이 왜 뇌리에 박혔는지 채민 자신도 이해할 수 없었다.

채민은 한 달에 한 번 있는 모임에 빠지지 않고 나갔다. 신입 기자이기도 했거니와 윤서를 볼 수 있으리란 기대 때문이었다. L 선배가 윤서 곁에 붙어 있는 광경은 여전했다. 채민은 친구들과 어울려 떠드는 와중에도 가끔 시선을 돌려 그쪽을 훔쳐봤다. 윤서와 눈이 마주치기도 했다. 얼른 고개를 돌렸다. 동료들이 최근 일어난 동일방직 사태를 두고 논쟁하는 사이 누군가 끼어들었다. 윤서였다. 동료들은 다 같이 함성을 질렀다.

"와, 미인 선배가 오셨네요! 영광입니다."

"그런데 뭘 그렇게 열변을 토하고 있었어요?"

"동일방직 사태가 어떻게 일어났는지 궁금한데 신문 보

도는 믿을 수 없으니 우리가 취재하면 어떨까, 뭐 그런 얘기를 했어요."

신입 남학생이 자랑스레 말했다. 약간 취기가 오른 다른 남학생이 거들었다.

"아니 세상에, 어떻게 여공들에게 똥물을 퍼부을 수 있나요? 그녀들도 우리와 같은 청년이고 경제 역군 아니에요? 노동조합 만든다고 빨갱이로 몰아붙이면 우리도 언제든지 빨갱이 낙인이 찍히지 않겠어요? 언론이 조용하니 우리라도 취재해야지요!"

옆에서 술잔을 쥐고 있던 여학생이 며칠 전 일어난 자유실천문인협의회 성명서 건을 꺼냈다. 아직 고등학생 티를 벗지 못한 여린 얼굴이었다.

"고은 선생님과 백기완 선생님이 연행될 게 뻔해요. 문인 칠백 명이 모였는데 민족문화를 두고 뭘 얘기하겠어요? 중정이 은밀히 내사하고 있다는 소문인데요. 아마 잡혀가겠죠?" 여학생은 거의 우는 표정을 지었다. 윤서는 차분한 목소리로 다독였다.

"위험한데……. 여러분의 말은 백번 맞지만 그걸 취재해서 기사를 낼 수 있을까? 이럴 때는 무모한 모험보다 용의주도한 관찰이 우선 아닐까?"

윤서의 평소 인상처럼 신중한 조언이었다. 신입 기자들의 격정은 다소 수그러들었다가 다시 불이 붙었다. 술집 공기는 젊은 열기로 뜨거워졌다. 그때 윤서가 채민에게 조용히 물었다.

"이름이?"

"김채민이요. M 대학 정치학과 이 학년입니다."

"아, 그렇구나. 난 J 대학 불문과 삼 학년 장윤서라고 해요. 만나서 반가워요."

윤서는 채민에게 손을 내밀었다. 얼떨결에 그 손을 잡은 채민은 정신이 갑자기 아득해지며 할 얘기가 목에 걸렸다.

"채민 씨는 뭐에 관심 있어요? 전에 보니 혼자 앉아 생각에 잠겨 있던데……."

"아, 그랬나요? 그냥 그러고 싶은 것 같아요. 가끔……."

주변이 시끄러워 대화가 어려웠다. 그러자 윤서가 귀엣말로 속삭였다.

"언제 한번 만나요. 얘기를 듣고 싶어."

그러고는 윤서는 L 선배 자리로 가버렸다.

채민의 가슴속에서 기쁨이 꿈틀거렸다. 주위의 떠드는 소리가 들리지 않았다. '아, 윤서 누나가 나를 보고 있었구나, 나에게 관심을 가지고 있었구나…….' 채민은 희열이 솟구치는 걸 느꼈다.

채민의 가슴속에 윤서가 새겨진 것은 그때였다. 채민은 그 순간을 사진처럼 품고 다녔다. L 선배가 같이 인화돼 있었지만 쓸쓸할 때, 힘들 때 그 사진을 꺼내 보는 것으로 자신을 위로했다. 그리움이 솟았다. 만나자고 했는데……. 그럴 수 있을까.

계절이 바뀌었다. 동일방직 여공들과 문인협의회 작가들은 연행된 후 소식이 끊겼다. 채민은 강의를 제쳐 두고 학생 기자 활동에 열정을 바쳤다. 채민은 장래 희망이 기자임을 부정하지 않았다. 이후 모임에서 윤서와 가끔 조우했지만 L 선배의 존재감에 눌려 말을 걸어 볼 엄두도 내지 못했다. 윤서가 악수를 청해 잡은 손의 온기로 가슴을 덥혔을 뿐이었다. 뇌리에 인화된 그 사진은 가끔 채민을 괴롭혔다. 세련된 L 선배의 모습에 도저히 자신을 비춰 볼 엄두가 나지 않았다. 캠퍼스의 바쁜 일상이 그나마 채민의 괴로운 마음을 밀어냈다.

채민은 삼 학년이 되자 편집장으로 선출됐다. 학교에 있는 동안 모든 시간을 학보사에 바쳤다. 한 달에 한 번꼴로 발행하는 신문에 왜 그렇게 많은 취재와 품이 들어가는지 가늠되질 않았지만, 아무튼 채민에게 학보사는 낮의 근거지였고 통금이 지난 야밤에는 숙소로 활용됐다.

새 학기가 시작된 캠퍼스는 소란했다. 채민은 중정 검열관의 부름을 받았다. 신문 일 면의 기사를 한 개만 남기고 통째로 삭제한다는 통보였다.

"그럼 신문을 어떻게 내요?"

채민의 항변은 아무런 소용이 없었다.

"그건 알아서 하고!"

그게 끝이었다. 다른 기자들이 모두 귀가한 학보사 건물은 텅 비었다. 채민의 얼굴은 끓어오르는 울분으로 벌겋게 달아올랐지만 다른 방법이 없었다. 채민은 건물 밖으로 걸어나왔다. 쌀쌀한 밤공기에 봄 냄새가 실려 있었다. 윤서가 보고 싶었다. 채민이 힘들 때 윤서를 그리워하는 건 은연중 습관이 되었다. 어둠이 짙게 내린 교정에 겨울을 지낸 나무들이 쓸쓸하게 서 있었다. 분노도 소용없는 현실이 허탈할 뿐이었다. 채민은 교정 벤치에 힘겹게 주저앉아 담배를 입에 물었다. 건너편 와우산에 내려앉은 달빛이 흐릿했다. 그때 벤치 쪽으로 천천히 걸어오는 여학생이 보였다. 윤서였다.

"어, 윤서 누나 아니에요? 여긴 웬일로?"

채민은 목소리를 가다듬으며 낮게 말했다.

윤서가 이내 반가운 표정을 지었다.

"아, 채민 씨구나!"

"어떻게 여길 왔어요?"

채민은 기운을 차려 말했다. 그러는 동안 윤서는 벤치 옆자리에 걸터앉았다. 약간 기운을 잃은 몸짓이었다.

"이 밤중에 왜 집에 안 가고? 무슨 일 있나 봐."

윤서의 정겨운 말소리가 일렁이는 분노를 일시에 가라앉혔다. 채민은 일러바치듯 말했다.

"판이 통째로 삭제됐어요. 한 달 취재가 물거품이 된 거예요. 이번 달 신문은 발행 불가! 그러니 이러고 있지요."

채민은 거의 울음을 터뜨릴 뻔했다. 윤서 앞에서 펑펑 울고도 싶었다. 윤서는 어깨에 멘 가방을 쓰다듬을 뿐 말이 없었다. 갓 피어난 여린 나뭇잎이 바람에 떨었다. 학우들이 하나둘씩 벤치 앞을 지나갔다. 조용하던 윤서가 뜻밖의 말을 꺼냈다.

"사실은…… 혹시 채민 씨를 볼 수 있지 않을까 해서 학보사 쪽으로 온 거예요. 그런데 만났네!"

채민은 윤서의 솔직한 고백에 놀라움과 기쁨을 동시에 느꼈다. 나를 만나려고 이쪽으로? 채민은 기사를 삭제당한 분노를 순식간에 잊었다. 다시 말문이 막혔다. 희열이 분노를 뒤엎고 기쁨이 현실을 덮었다. 이럴 때 무슨 언어가 필요할까. 겨울을 지낸 나뭇가지에 밤새들이 앉았다가 날아갔다. 달빛이 흔들렸다. 그때 윤서가 느닷없는 제안을 했다.

"나, 집에 바래다줄래요? 그리 멀지 않아. 요 근처거든."

채민은 짓눌렸던 가슴속에서 환한 촛불이 켜지는 것을 느꼈다. 폭죽이 터진 것도 같았다. 까닭 모를 환희가 채민의 얼굴을 붉게 만들었다. 감성의 돌기가 일고 있었다.

두 사람은 교정을 나와 신촌 쪽으로 걸었다. 술집에서 취객들의 노랫소리가 흘러나왔다. 노래라기보다 거의 악을 쓰는 듯했다. 로터리에서 E 여대 쪽으로 방향을 틀었다. 중고 가구점과 철물점, 국숫집, 전파사, 오뎅집이 아무렇지도 않게 늘어선 길이었다. 사위가 어둑어둑했다.

"우리 집이 아현동이야. 여기서 가까워 걸어가기 좋아."

윤서의 목소리는 봄밤의 미풍이었다. 채민의 가슴이 콩닥콩닥 뛰었다. 그제야 윤서의 양손에 들린 뭔가가 눈에 들어왔다. 한쪽엔 바이올린, 다른 쪽엔 배가 불룩 나온 가죽 가방을 들고 있었다. 채민은 바이올린을 낚아챘다. 손이 살짝 스쳤다. 찌릿한 전류에 감전된 듯했다. 채민이 짐짓 쑥스러워 말했다.

"바이올린을 켜요? 불문학과 바이올린이라……. 환상적인 조합이네요."

윤서가 나지막이 말했다.

"문학과 음악은 공통점이 있어. 모두 개인의 기질과 취향에서 출발하지만 다른 사람의 가슴속에 파고든다는 거지. 타인의 마음을 흔들지 못하면 아무짝에도 소용없는 영역, 그게 문학과 음악이야. 나는 내 마음조차도 모르겠는걸……."

윤서는 말을 흐리다가 채민에게 되물었다.

"정치학은 좀 다른가?"

한 번도 생각해 보지 않았던 질문에 채민은 당황했다. 길가에 늘어선 가구점들이 하나씩 문을 닫는 시간이었다. 초로의 남자가 접이식 의자를 안으로 옮기는 모습이 안쓰러웠다. 찬장과 낡은 가구 등속이 쌓인 가게를 지나쳤다. 가로등이 오가는 행인들을 비췄다. 채민은 강의 시간에 떠올랐던 기억을 되살리며 더듬더듬 말문을 열었다.

"사람들이 처한 현실은 왜 그런가, 사람들은 왜 저리 악을 써대는가, 이 야밤에 저들 가슴엔 어떤 원한과 울분이 쌓이는가, 그걸 어떻게 풀어내며 사는가를 밝히는 게 정치학이라고 생각해요. 사람들의 응어리를 푸는 방법도 생각해 낼수 있겠지요. 그런데 내 마음속의 애증은 밝혀내기 어렵죠. 가령……."

"가령?"

"학보사 창문에서 보이는 풍경이요. 건너편 산에 판잣집이 다닥다닥 붙어 있잖아요? 그 사람들의 삶이 궁금해요. 어떻게 저기에 정착했는지, 어떻게 살아가는지, 희망은 있는지, 뭐 그런 거요. 우리 사회 현실이 왜 이런지, 그 역사적 배경을 열강 하는 교수들은 거기에서 그치지만 나는 그 속에 뛰어들고 싶거든요. 거기로 기우는 마음을 한번 겪어 보고 확인하고 싶어요. 때로는 외면하고 싶기도 하고 때로는 도망치고 싶기도 해요. 학보사 기자를 하면서 계속 갈증을 느꼈는데…… 아직은 잘 모르겠어요."

"채민 씨는 음악을 해도 되겠다. 사람들 가슴에 충분히 파고들겠는데?"

늦은 시각, 승객들을 태운 낡은 버스가 힘겹게 고개를 올라갔다. 매연이 뿜어져 나왔다. 두 사람은 고개를 넘고 있었다. 포플러의 마른 가지가 흔들렸고 주황색 가로등 불빛도 따라 흔들렸다. 시가지의 네온이 깜빡거렸다. 거리는 어두컴컴했다. 귀가하는 행인들의 걸음이 빨라졌다. 윤서는 아현동 고갯길로 발길을 돌렸다. '순희네 근대화슈퍼'라는 큼지막한 간판을 단 상점엔 아직 불이 켜져 있었다. 근대화…… 라디오와 신문에서 대놓고 떠드는 개념이 슈퍼에도 등장했다. 새로운 삶의 지평을 약속하는 것 같기도 하고, 위정자들에게 속은 것 같기도 한 그 개념, 강의실에서는 경멸과 의구심을 동반하지 않으면 발설할 수 없는 그 수상한 말이 일상에 스며든 증거였다. 순희와 근대화, 그럼 동일방직 여공들은 근대화의 공적公敵인가, 그런 상념이 순간 스쳤지만 윤서가 옆에 있는 한 아무래도 좋았다. 동네 사람인지 아니면 마지막한 잔을 고집하는 취객인지 모를 사람이 근대화슈퍼 앞 평상에서 늦은 밤의 열변을 토해 내고 있었다. 평상을 에워싼 희미한 백열등 불빛이 쫓아와 윤서와 채민의 긴 그림자를 만들었다. 고갯길은 가팔랐다.

　"학기동 모임에서 채민 씨를 눈여겨봤어. 구석 테이블에서 말없이 술잔을 움켜쥐고 있었지. 뭔가 골똘히 생각하는 모습이 자주 끌렸어. 뭘 생각할까 궁금증이 일어서 그날 그 테이블로 갔었지. 너무 시끄러워 얘기를 나눌 수 없었잖아? 그런데 오늘 조금은 알겠네. 술집 안이 어둑해서 그랬나, 채민 씨 눈빛이 빛나고 있었던 것 같아."

채민은 희열이 솟구치는 것을 억제하기 힘들었다. '아, 윤서 누나가 내 눈빛을 읽고 있었다니! 나는 L 선배의 존재감에 눌려 말도 못 하고 있었는데.' 채민은 날아갈 것 같았다. 뇌리에 인화된 사진을 산산조각 내는 폭발음이 들렸다. 봄바람은 장애물이 사라진 가뿐한 마음을 휙 쓰다듬고 지나갔다. 어디서 휘파람 소리가 나는 것도 같았다. 천상의 노래가 들려오는 것 같았다. 채민은 윤서의 손을 잡을 뻔했다. 전율을 전해 주던 그 감각을 이번에는 오래 느끼고 싶었다. 윤서의 손에서 솟구친 전류가 눈을 멀게 하고 마음을 멍들게 해도 행복할 듯했다. 이대로 언덕을 올라 하늘에 닿고 싶었다. 마냥 가고 싶었다. 윤서만 옆에 있다면. 채민은 바이올린을 든 손에 힘을 주고 다른 한 손은 바지 주머니에 찔러 넣었다.

윤서의 발길은 고갯마루의 이 층 양옥 앞에서 멈췄다. 저택은 아니지만 누구나 부러워할 만한 근사한 집이었다.

"아, 이제 다 왔네. 조금 아쉽다. 더 듣고 싶은데, 채민 씨 이야기."

채민은 우물쭈물했다. 할 수 있는 게 없었다. 하고 싶은 말이 양옥집 높이보다 더 쌓여 있는데 무엇을 말해야 할지, 통금이 가까운 이 시각에 어디서부터 시작해야 할지 막막했다. 윤서가 의미심장하게 말했다.

"학교에서 너무 가까워. 더 갔으면 좋겠는데. 이 무지막지한 정권도 그리 오래 못 가겠지, 끝은 있는 법이니까. 오늘 삭제당한 기사를 간직해 봐. 언젠가는 역사가 되지 않을까?"

채민은 바이올린을 건넸다. 손잡이에 땀이 묻어났다. 윤서는 아담한 대문 앞에 잠시 서 있었다. 뭔가 하고 싶은 말을 찾는 듯했다. 대문에 붙은 빨간 우체통이 윤서의 마음을 출입하는 통로처럼 보였다. 윤서가 살짝 미소를 띠었다. 갸름한 얼굴, 애잔한 눈빛, 그리고 입술 부근에서 샘솟는 미소의 화살이 채민의 가슴에 날아와 박혔다. 윤서는 미소를 남기고 대문 안으로 들어갔다. 채민은 그렇게 서 있었다. 윤서가 들어가 버린 대문 안에선 정적이 흘렀다. 인기척도 나지 않았다.

그 정적으로 빨려 들어가고 싶은 욕망을 달래듯 꽃잎이 떨어졌다. 목련꽃이었다. 대문 안에서 담장 너머로 뻗은 나무, 거기에 핀 수백 송이의 꽃이 양옥 이 층을 향해 팔을 벌리고 있는 광경은 황홀했다. 이 층 창문에 불이 켜질 것이었다. 목련꽃 수백 송이의 축복을 받아 윤서의 창문은 저절로 열릴 것이었다. 목련꽃은 절정이었다. 밤에 켜지는 흰 촛불의 향연 속에서 채민은 감전된 것처럼 서 있었다.

"사실은…… 그날 이 층 창문에서 채민 씨를 보고 있었어. 목련에 가려 잘 보이지는 않았지만 거기 있다는 건 알았지. 한참을 서 있다가 천천히 언덕을 내려가는 뒷모습을 가로등이 비추고 있었어. 뒷모습이 쓸쓸해 이름을 부르고 싶었어…….

나도 왜 그런지 알 수 없었지."

채민은 갑자기 목이 멨다.

'그때 말했더라면…… 내 이름을 불렀더라면…….'

술을 한 잔 들이켰다. 술집에 손님들이 들어와 부산해지기 시작했다. 봄밤을 즐기려는 열기가 식당 안을 맴돌았다. 바로 뒷자리에는 남녀 대학생들이 한가득 앉아 젊음을 발산하고 있었다. 그들의 대화는 외침과 웃음으로 뒤범벅되었다. 마냥 즐거운 모양이었다.

"그날 M 대학에 도시락을 갖고 갔었어. L 선배가 행정고시를 준비하고 있었잖아. 인생을 약속한 사이니까 내가 뭐라도 해야겠다 싶어서. 저녁 먹으러 나오는 시간도 아까워하니 도시락이 좋겠다고 생각했지. 조금 추웠지만 도서관 앞 벤치에서 늦은 저녁을 먹고 나오는 길이었어. 조금 쓸쓸했지. 혹시 채민 씨를 만날 수 있을까 기대했어. 이제 생각하니 채민 씨가 이끈 발길이었나."

불룩했던 가방의 정체가 그거였구나……. 채민은 사소하지만 중요한 사실을 이제야 알았다. '용의주도한 인상의 L 선배, 내 감성을 짓누른 장애물이 폭파된 순간의 희열은 무엇이었을까.' L 선배의 존재감만으로도 산산조각 난 그 사진은 시시때때로 살아나 채민을 괴롭히곤 했다. 채민은 다시 술을 들이켰다. 오늘은 조금 취할 것 같았다. 아니, 취기가 전혀 오르지 않을 것 같은 예감도 들었다.

윤서가 그 아늑한 목소리로 다시 말을 이었다.

"그 편지 있잖아, 우체통에 쌓이던 항공 봉투 편지…….
답장을 쓰려고 무척 애를 썼었지. 사실 답장도 많이 썼는데
그냥 서랍에 간직하고 말았어. 채민 씨에게 혼란을 줄까 두
려워서. 실은 나도 그때 마음의 갈피를 못 잡았었어."

삼십 년 만의 답장이었다. 늦은 밤 학보사에서 몰래 썼
던 그 많은 편지가 수신자에게 제대로 도착은 했을까 걱정하
며 애태우던 기억이 떠올랐다. 학보사에 쌓인 우편물에서 일
일이 발신자 이름을 살폈던 기억도 났다. 뒷자리의 대학생들
은 논쟁에 돌입했는지 소란스러웠다. 손님들이 가득 찬 술집
은 봄밤의 활기로 시끌벅적했다. 여기저기서 들려오는 고함
이 윤서의 말을 자주 끊었다. 윤서가 술을 한 모금 마시고는
예전의 그 잔잔한 미소를 지었다.

"그런데 섬에서 채민 씨가 보냈던 그 편지는 어쩔 수 없
었어. 섬에 혼자 갇힌 채민 씨 생각에 다급해졌지. 한 번의 응
답. 어쩌면 내 인생을 가두던 울타리를 뛰쳐나온 응답이었는
데……. 왜, 그 돌아오던 배 난간에 기댄 채 망연자실하던 채
민 씨의 표정, 그걸 엿봤던 거야. 그날 돌아와서 오래 생각만
하던 유학을 결행했어."

윤서는 말을 잠시 끊더니 술 한 모금을 더 마셨다.

"유학 얘기를 꺼내면 채민 씨가 뭐라고 할지 듣고 싶었
어. 어쩜 포기했을지도 몰라. 채민 씨는 그날 배 난간에서 뭘

생각했어?"

윤서의 질문은 예고된 것이었다. 채민은 윤서가 프랑스로 가버린 뒤부터 줄곧 그 질문에 대한 답을 찾아 헤맸다. 마치 윤서와 L 선배가 담긴 그 사진이 뇌리에 박혔던 것처럼, 배난간에서 하지 못했던 답을 언젠가 해줘야 한다는 채무감에 시달렸다. 그러나 아직도 채민의 답은 희미했다. 채민은 중년에 이른 지금까지도 답이 형상을 갖추지 못했다는 걸 느꼈다. 채민은 잔을 들고 천장을 바라봤다. 흐릿한 백열등이 세련된 조명으로 바뀐 그 천장을.

10·26 사태 이후 정세는 급박하게 돌아갔다. 심상치 않았다. 군부가 다시 나선다는 말이 돌기도 했고 민주의 새벽이 밝아온다고도 했다. 그러나 결국 군부가 돌아왔다. 겨울은 다시 얼어붙었다. 긴 겨울 휴가 동안 각오를 다진 학생들이 대학 본부 앞 잔디밭에 텐트를 쳤다. 대학에 텐트촌이 만들어진 것은 처음이었다. 천여 명에 이르는 학생들이 밤새 논쟁했고 저항운동의 전략을 세웠다. 공수부대가 서울 남산 어딘가에 집결해 있다는 흉흉한 소문에도 아랑곳하지 않았다. 대학 캠퍼스는 민주화를 향한 학생들의 염원으로 활활 타올랐다. 졸업반이 된 채민은 여전히 편집장을 맡고 있었다. 대학신문은 휴간과 복간을 반복했다. 중정 직원의 명령에 학보사 주임교수는 그저 방관하고 있을 뿐이었다. 채민은 대자보를 써 붙

였다.

"어용 교수 박우성 학보사 주임교수는 역사에 사죄하고 사퇴하라!" 동료 기자들이 박수를 쳤다. 그랬더니 박우성 교수가 전화를 걸어 왔다.

"김 군! 어용 교수는 아무나 하는 게 아니야. 능력이 있어야 해!"

"아…… 예."

그걸로 끝이었다. '윤서 누나는 어떻게 지내고 있을까? 이 시국에 바이올린 선율로 대중의 마음에 안식을 주고 있을까? 불문학의 언어와 사상이 우리 마음에 희망의 등불을 켜줄 수 있을까? L 선배는 행정고시에 합격했을까?' 윤서를 향한 채민의 그리움은 곧바로 치열한 학내 정치에 묻혔다.

오월이 되고 시국 성명서가 발표됐다. 시국 성명서의 홍수였다. 모든 저항 인사는 물론 운동 단체 명의로 된 성명서가 캠퍼스에 나부꼈다. 기자들은 중지衆智를 모았다. 학보사 명의로 성명서를 내야 한다고, 편집장이 최종 책임을 져야 한다고 했다. 채민은 마다하지 않았다. 항명성 기사에 이골이 난 채민은 성명서라면 자신 있었다. 채민은 밤을 샜다. 마치 윤서에게 편지를 쓰는 심정이었다. 성명서를 쓰는 채민을 바라보며 윤서가 격려의 웃음을 보내는 듯했다.

채민은 성명서 구상에 들어갔다. 4·19 혁명이 떠올랐고, 프랑스 6·8 혁명이 그 배경에 깔렸다. 탄압과 독재로 얼룩진

칠십 년대, 정보기관에 연행된 문화 인사들, 그리고 군경의 몽둥이와 구사대救社隊의 주먹에 맞아 쓰러지는 여공들의 울부짖음이 들렸다. 사복경찰이 강의실에 무람없이 들어와 학우를 연행하던 장면, 숨죽여 울던 친구들의 얼굴도 스쳤다.

초저녁부터 쓰기 시작한 성명서는 새벽이 되자 골격을 갖췄다. 프랑스 6·8 혁명이 현실을 바꿨다는 역사적 의미와 학생들이 군부의 재등장을 방관하면 결국 죄인이 된다는 비장한 어조가 채민의 가슴마저 뛰게 했다. 새벽에 등교한 기자들이 감탄사를 연발했다.

"우리 편집장 최고!"

성명서는 학보사에 비치된 등사기로 천여 장 복사됐고, 오후에 캠퍼스 곳곳에 뿌려졌다. '우리가 민주화 대열에 동참해야 하는 역사적 이유'가 제목이었다. 열기가 한껏 달아올랐다.

텐트촌은 시위대의 임시 숙소였다. 어느 날 텐트촌이 걷히고 시위대가 모습을 드러냈다. 그들은 대학 광장에 집결했다. 동료가 성명서를 낭독했다. 채민이 밤사이 쓴 성명서였다. 학교를 집어삼킬 듯한 함성이 들려왔다. 운집한 학생들은 시위대로 돌변했다. 시가지 투쟁이 시작된 것이다. 학생들이 서울 중심지로 몰려나오자 군부는 계엄령을 발동했다. 한밤의 기습이었다. 통행 금지령과 휴교령이 발령되고 시국사범 수배자 명단이 신문을 도배했다. 박우성 교수가 전화로 급히 채민을 찾았다.

"김 군, 자네가 수배자 명단에 올랐으니 당분간 은신해 있어라. 가능하면 멀리 가라. 내가 어찌 손을 써볼 테니."

박 교수의 음성이 떨렸다. 잠깐 당황했지만 예상했던 사태였다. 채민은 그길로 가방을 챙겼다. 편지를 쓸까 어쩔까 잠시 망설이다가 짧은 사연을 적어 그 우체통에 넣었다.

"윤서 누나! 나 수배됐어. 피신해야 해. 인천 앞바다 섬으로 가려고 해."

급박한 심정이었지만 마지막 구절을 몇 번이나 썼다가 지우기를 반복했다.

"몸조심해요. 보고 싶어!"

이른 아침에 집을 나선 채민은 종로3가 버스터미널로 갔다. 거기서 인천 연안부두행 버스를 탔다. 전투복 차림의 전경 몇 명이 터미널에서 잡담을 나누고 있었으나 단정한 차림의 채민을 수상하게 보지는 않았다. 연안부두 해운 게시판에서 섬 이름을 살펴보던 채민은 '자월도'라는 글씨에서 눈길을 멈췄다. 처음 보는 지명이었다. 부두 터미널에서 두 시간 거리면 적당할 것 같았고, 세간에 그리 알려지지 않았다는 점이 마음에 들었다.

채민은 두어 시간 항해 끝에 자월도 부두에 도착했다. 자월도의 동쪽은 구릉이었기에, 지형이 완만한 남서쪽 사면에만 촌락이 형성되어 있었다. 마을 전체가 한눈에 들어올 만큼 작은 섬이었다. 채민은 하나밖에 없는 민박집에 여장을 풀었다. 민박집은 부두가 내려다보이는 산기슭에 있었는데, 뒷산에 오르면 사방에 수평선이 훤히 펼쳐졌다. 바람이 셌다. 마음씨 좋게 생긴 중년의 여주인이 혼잣말처럼 중얼거렸다.

"북한 괴뢰가 남침해 내려오면 어쩔라꼬 이런 시국에 데모를 한댜, 정신이 나갔지 원!"

채민더러 들으라고 한 말인지 알쏭달쏭했지만, 주인은 채민이 머무는 동안 별로 간섭하지 않았다. 이야기를 들어 보니 그녀는 생계 때문에 민박을 운영하는 과부였다. 남편이 고기잡이를 떠났다가 소식이 끊긴 후 외동아들은 뭍으로 나갔다고 했다. 명랑한 말투에서 오랜 외로움을 견뎌 낸 인내가 묻어났다. 민박집 안방에 텔레비전이 있는 건 다행이었다. 소식을 들으러 이장 집까지 내려갈 필요가 없었다. 이장은 여러 날 그 가난한 섬에 머무는 채민을 의심에 찬 눈초리로 바라봤다. 채민은 소설을 쓴다고 둘러댔다. 남파 간첩이라기엔 몸이 여리고 고정간첩이라기엔 나이가 어린 채민을 보고 이장은 의심의 딱지를 뗐다. 전화는 지서支署에 비치된 것이 유일했다. 경찰이 수상하게 여길까 싶어 그 근처에는 얼씬도 안 했다. 민박집 주인은 부두 앞에 우체통이 있고 하루에 한 번씩 우편선이 들른다는 사실을 일러 줬다. 채민은 나흘 뒤 부두로 내려가 윤서에게 편지를 부쳤다.

"여기 자월도에 도착했어. 당분간 숨어 지낼 예정이야. 몸조심해요. 그리워!"

이번엔 그립다는, 사뭇 간절한 글귀로 끝을 맺었다. 섬으로 밀려오는 바람 소리에 그 말의 무게가 훨씬 가벼워졌다. 혼자가 되니 그보다 더 강한 감정이 실린 말도 덧붙일 용기가 생겼다.

텔레비전은 연일 광주의 상황을 특집방송으로 틀어 댔다. 마당을 서성거리던 채민은 아나운서의 목소리만으로도 그 심각성을 짐작했다. 시민들이 군인들의 총에 죽어 간다는 말이 들렸다. 민박집 주인의 혼잣말도 분위기가 달라졌다.

"사람들을 쥑이다니 시상 나쁜 놈들이네."

이장 집에서 연일 방송이 흘러나왔다.

"이장입니다. 주민 여러분께 알려 드립니다"로 시작한 느릿한 연설은 "무장 공비 침투가 걱정입니다. 문단속 잘하시고 수상한 사람이 발견되는 즉시 지서 김 순경에게 알려 주시기 바랍니다"로 끝맺었다.

섬에서 보내는 시간은 무료했다. 아무 일도 일어나지 않는 일상에서 시간의 흐름은 느렸다. 채민은 늦은 잠을 잤고, 늦은 아침을 먹었다. 뒷산에 올라가 먼 수평선을 바라봤다. 육지는 보이지 않았다. 육지에서 일어나는 일들이 까마득했다. 사람들이 죽는다. 남쪽 도시에서 폭동이 일어나고 있다는 사실이 가슴에 닿지 않았다. 폭동이라……. 신군부는 북한 간첩의 소행이라 했고, 북괴의 선전선동에 현혹되지 말라고 경고했다. 김대중을 비롯한 많은 정치인이 연행됐다. 그런 사실이 아득하게만 느껴졌다.

뒷산에는 키가 작은 풀들이 수북이 자라 있었다. 주홍색 야생 나리가 무리 지어 피었고, 작은 꽃잎이 모여 몸을 동그랗게 오므린 수국은 아무렇게나 자랐다. 채민은 나리꽃 무리와 수국꽃밭을 천천히 걸었다. 윤서의 얼굴이 곳곳에 피어 꽃 무리 속에서 웃고 있었다. 이렇게 그윽하고 여유로운 시간은 처음이었다. 채민은 자신을 쳐다보는 사람이 아무도 없는 꽃 무리를 지나 바위를 내려갔다. 작은 해변이 나타났다. 해변을 홀로 가졌다는 생각에 갑자기 부자가 된 느낌이었지만, 누구도 볼 수 없는 외로운 부자가 무슨 소용인가 싶었다. 세상은 같이 살아가는 이들이 없으면 무의미하다는 사실을 새삼 깨달았다. 정치학이 그런 것 아닌가. 동시대 사람들과 궁리하며 잘 살아가는 일, 그것이었다. '나는 잘 살아왔을까? 이 시대를 사는 사람들의 고민과 고통을 공감하고 해결하려 했을까? 그런데 그게 나와 무슨 상관인가?' 그런 생각이 불쑥 고개를 들자 책임 의식과 면책받고 싶은 욕망이 엇갈렸다.

그리움만이 진실이었다. 바닷물이 밀려왔다가 하얀 거품을 남기고 물러갔다. 바닷물도 홀로 파도를 만들기 싫

어 채민에게 달려드는 모양이라고 생각한 순간 풋, 웃음이
났다.

　　바위에 걸터앉았다. 오월 하순의 훈풍이 불었다. '윤서
누나는 내 전갈을 받았을까? 받았다 해도 여기 외딴섬에 올
까? 온다고 해도 여기서 무얼 할 수 있을까?' 수국 향기가 났
다. 어디서 매헤헤, 하고 염소가 울었다. 돌아보니 까만 새끼
염소였다. 앉아 있는 채민이 궁금해 죽겠다는 표정이었다.
멀찌감치 어미 염소가 걱정스레 쳐다보고 있었다. 어미 염소
의 눈빛에 윤서가 어렸다. '윤서 누나가 나를 걱정해 주길 바
라고 있는 걸까? 걱정한다고 무엇이 분명해지는가?' 채민은
윤서에게 꼼짝없이 결박된 채 그녀만 바라보고 있지만, 그녀
는 채민을 걱정한다 해도 곧장 자기 갈 길로 돌아서면 그만
이었다. L 선배는 윤서를 떠날 것 같지 않았다. 미래를 약속
한 사이라는 얘기를 학기동 모임에서 몇 번 들었던 바다. '오
래전 뇌리에 인화된 사진, 두 사람이 연인처럼 속삭이는 그
사진을 불살라 없앤다 한들, 윤서 누나는 나에게 인생을 약
속할까? 아니, 한다고 해도 나는 그녀에게 어떤 답을 할 수
있을까? 그녀와 함께 우리만의 길을 나아갈 수 있을까?' 채
민에겐 모든 것이 불분명했다. 분명한 건 그리움일 뿐, 그것
을 간수할 길은 아득했다. 섬의 밤이 깊었지만 잠이 오지 않
았다. 그리움이 잠을 쫓아냈다. 밤의 적막이 다시 그리움을
몰고 왔다. 소쩍새 울음도 적막을 밀어내진 못했다. 뒤척거

리는 파도 소리와 함께 햇살이 밀려들었다.

유월에 접어들었다. 텔레비전에서 소요 사태가 진정되었다는 소식이 흘러나왔다. 이제 돌아가야 하지 않을까? 채민은 학교에 돌아갈 가능성을 조심스레 타진해 보았다. 영 자신이 없었다. 소요 사태가 끝났다 해도 수배자 검거는 계속될 것이다. 군부 정권의 끈질긴 잔혹함을 이미 겪지 않았는가. 너구리같이 생긴 그 중정 요원, 오토바이를 타고 교정을 돌아다녀 '오토바이 김'이라 불린 그 교활한 놈이 더욱 활개를 칠 것이다. 아마 채민이 알고 있는 운동권 친구 몇 명은 붙잡혀 고초를 겪고 있을 텐데…… 제 발로 거길 들어간다고? 혹시 중정 요원의 손길이 윤서에게도 닿았을지 모른다는 생각이 들자 채민은 두려움에 몸을 떨었다. 연락선으로 부친 편지가 발각됐을까? 그럴까, 과연 그럴까? 그렇다면 가야 할 것 같았다. 윤서가 자기 대신 고초를 겪는다면 그걸 어떻게 참을 수 있으랴. 채민은 이를 악물었다. 그러자 금세 그 모든 게 쓸데없는 걱정일지 모른다는 생각이 밀려왔다. 아니야, 아닐지도 몰라. 제아무리 능력이 탁월한 정보원이라도 섬마을 우편을 낚아챌 수 있을까? 학기동 회원들을 모조리 뒤진다면 몰라도. 그렇다고 아현동까지 수사의 눈초리가 닿을 수 있을까? 채민은 아현동과 윤서를 생각하자 두려움보다는 그리움이 앞섰다. 가자, 그래 가자. 잡히는 한이 있더라도 윤서를 봐야 할 것 같았다. 채민은 섬에 들어온 지 보름 만에 돌아갈 생각에 사로잡혀 다시 밤을 새웠다. 소쩍새가 또 울어 댔다. 섬마을의 밤은 짧았다.

짐을 싸는데 민박집 주인이 물었다.

"소설은 다 쓴갑네."

"아뇨, 육지가 시끄러워서 잠시 피해 왔다가 그냥 놀다 갑니다. 연락선이 오후 네 시라지요?"

"에고, 마, 더 눌러 있지 와 벌써 가려는감?"

주인은 밥상을 들고 나가며 눈을 흘겼다. 채민은 벽에 등을 기댄 채 마루에 앉았다. 멀리 뱃고동 소리가 들렸다. 오전에 출발한 배가 입항하는 소리였다. 돌아가면 무엇을 할 수 있을까. 정국은 계엄령으로 얼어붙었을 테고, 강의도 제대로 이뤄지지 않을 것이다. 졸업반 김채민, 학보사를 두고 어디로 갈까? 채민의 미래는 그려지지 않았다.

기업에 취직한다는 생각은 아예 지운 지 오래다. 선택지로 남은 것은 신문기자였다. 채민은 방송에서 얼핏 본 장면을 떠올렸다. 광주 MBC 방송국이 계엄군의 공격을 받아 불타오르는 모습이었다. 건물 벽이 시커먼 그을음에 얼룩졌다. 아나운서는 기자들이 건물 안에 갇혀 꼼짝도 못 한다고 전했었다. 불에 타 죽었을까? 군부 치하에서 기자직은 죽음을 재촉하는 지름길이었다. 그 위험을 무릅쓰면서까지 기자가 될 각오가 서질 않았다. 모든 것이 희미한 암연에 잠겼다.

졸업반 김채민. 무엇을 하려 하는가. 무엇을 하고 싶은 가. 네가 쓴 기사들이 학교 동료의 가슴을 울렸는가. 성명서 가 역사의 물꼬를 바꿨는가. 그게 역사의 작은 기록이라도 되는가. 너는 마음속에 고인 청춘의 회한을 발산하려고 기 사를 쓰는가. 그렇다면 기사는 결국 네가 토해 낸 마음의 토 사물일 뿐 억압에 짓눌린 세상을 데리고 환한 출구로 나아갈 수 있는가. 출애굽기? 위대한 사람이나 하는 그런 일을, 대 학생일 뿐인 네가 할 수 있는가. 그래 네 꼴이 그렇다고 치자. 어떻게 살고 싶은가, 네 꿈은 무엇인가.

채민은 주섬주섬 짐을 쌌다. 인근 섬을 돌아 인천으로 귀항하는 배를 타려면 시간이 촉박했지만, 보름 동안 동무해 준 뒷동산 바위와 꽃 무리에 작별 인사를 하고 싶었다.

그때, 사립문 쪽에 서 있는 낯선 방문객이 보였다. 윤서 였다. 눈에 익은 가죽 가방을 어깨에 멘 채 잔잔한 미소와 눈 웃음을 지으며 그녀가 서 있었다. 채민은 마루에서 뛰어내려 한걸음에 달려갔다.

"다행이다. 잘못 찾아왔나 싶어서 조금 걱정했거든. 민 박집치곤 아담한 편이네. 보름 동안 호강한 거 아니야?"

윤서는 농담을 던졌다. 채민은 마음속에 일렁이는 반가 움을 억제하느라 애쓰는 그녀의 모습에 더 기뻤다.

민박집 주인이 웬일인가 싶어 부엌에서 나와 윤서를 아 래위로 훑었다.

"참한 색시가 왔네, 참 얼굴도 고우이, 이런 처자가 여기 누추한 곳에 웬일로……. 아 그리고 보니 우리 집 소설가가 복도 많구먼그랴 잘됐네, 하루 더 묵으야겠네!"

윤서는 야릇한 웃음을 흘리는 주인과 인사를 나눴다. 채민은 윤서를 마루로 안내했다. 두어 시간 항해 끝에 오는 나른한 피로 때문인지, 윤서는 마루에 풀썩 주저앉았다. 그리고 불룩한 가죽 가방을 열었다. 그 속엔 하얀 내의와 양말, 초여름 점퍼와 반소매 남방 따위가 들어 있었다. 마치 윤서의 체온을 품고 있는 듯했다.

"오랫동안 머물러서 이런 게 필요하겠다 싶었지. 그리고 이거!"

윤서는 작은 보온병과 케이크가 든 조그만 상자를 꺼냈다. 섬마을에서 케이크 파티라니, 채민은 정말 호강이다 싶었다. 윤서는 눈웃음을 지으며 보온병 뚜껑에 커피를 따랐다. 케이크는 다소 설었지만 설탕처럼 녹아 목구멍을 넘어갔다. 외국에 온 느낌이었다. 커피는 아직 따뜻했다. 달콤한 케이크와 함께 현실의 쓴맛이 금세 녹아 사라지는 것 같았다.

"위로 의례야. 유배된 사람에 대한. 달콤함으로 쓴 고통을 잊으라는 뜻."

"보름이라면 유배도 아닌걸. 수배를 빙자한 휴가? 겨우 그 흔한 성명서 하나 쓴 거, 뭐 대단한 일도 아닌데요."

채민은 쑥스러워 쿡쿡 웃었다. 그때 윤서가 톤을 높여

말했다.

"기쁜 소식! 채민 씨가 수배에서 풀렸대요!"

느닷없는 소식에 채민은 어안이 벙벙했다. 몸을 칭칭 감고 있던 거미줄이 한순간에 풀리는 듯했다.

"정말? 그럴 리가……."

윤서는 흥분을 가라앉힌 채민에게 차분히 설명했다. 나지막한 목소리였다.

"학기동 회원이 내게 물어 왔어. 채민 씨가 어디 있는지 아느냐고. 물론 모른다고 했지. 나에게 물어보는 게 뭔가 들킨 듯해서. 알고 보니 박우성 교수가 수소문한다는 거야. 박 교수가 군부의 아는 사람에게 부탁해 채민 씨를 수배자 명단에서 지웠으니 돌아오라는 말을 하려고."

"그래서?"

채민은 신기한 듯 물었다.

"계속 모른다고 했지. 전화를 끊고 궁리하다가 오늘 아침 연안부두로 달려가 자월도행 배를 탔어. 우편배달부 장윤서가!"

채민은 눈물이 핑 돌았다. 소식을 전하러 여기까지 오다니. 긴장이 풀리고 감격이 몰려오자 몸에서 힘이 빠져나갔다. 어용 교수 박 교수가 고마웠다. 채민은 절로 깊은 한숨을 쉬었다.

"나는 그 결기가 존경스러워. 청춘을 던져 현실의 모순과 맞서는 결기 말이야. 나는 그런 용기가 없어. 문학과 음악에 몸을 담근 채 그저 바라보고 있을 뿐이지."

윤서의 얼굴에 순간 음울한 빛이 스쳤다. 기운을 차린 채민이 재빨리 화제를 돌려 제안했다.

"내가 섬을 보여 줄게요."

윤서가 금세 표정을 고치고 일어섰다. 그러고는 가죽 가방에서 고동색 점퍼를 꺼내 들었다.

섬은 초록색 물결로 덮여 있었고, 바닷물이 들어왔다 나가는 소리가 들렸다. 윤서는 나리꽃과 수국꽃 무리에 다가서며 환호를 질렀다.

"이런 천국에 있었어? 일찍 올 걸 그랬나……. 실은 걱정 많이 했어. 수배 풀렸으니 망정이지 아니면 감옥에 갔을 거 아냐. 내가 아는 후배들 몇은 잡혀갔거든."

윤서가 비장한 톤으로 말했다. 저 먼발치에서 염소 떼가 두 사람을 경계했다. 인기척에 놀란 새 떼가 푸드덕거리며 날아올랐다.

"서울 사정은 어때요? 돌아갈 일이 더 걱정스러워서."

"다 휴교 상태야, 계엄령은 풀렸지만 시내 경계가 삼엄해서 나다니기가 좀 겁난달까. 대학원 수업은 아예 엄두도 못 내서 교수가 리포트로 대체한다고 했어. 첫 학기가 이러니 공부할 맛이 안 나요."

윤서의 말이 끝나고 약간 침묵이 흘렀다.

채민은 아까부터 망설이던 질문을 꺼냈다.

"L 선배는 어떻게 됐어요?"

윤서는 애써 담담해 했지만 얼굴에 슬픔이 비쳤다.

"응, 지난봄에 고시를 패스했어. 지금은 연수원에 들어 갔고. 몇 달 걸리나 봐. 수료 후엔 행정부로 배치된다나. 그 런데……."

"그런데?"

채민은 참지 못하고 다시 물었다.

"연수원 들어가기 전에 편지가 왔어."

윤서는 멀리 수평선을 응시했다. 옆얼굴에도 슬픔이 묻 어났다. 눈물을 참는 것일까.

"일찍 말하지 못해 미안하다고, 자기 같은 공무원이 음 악하는 사람을 뒷바라지하기엔 어울리지 않다고 하더라. 나 의 희생을 딛고 싶지 않다고……."

채민은 의아했다. 뒷바라지와 희생이라는 말이 모래알 처럼 부딪혔다. 뒷바라지와 희생의 주체는 모두 윤서였다. L 선배에게는 그런 사람이 필요하다는 이기적 화법이었다. 면책의 화법에 몸을 숨긴 사람에게서 받은 고통은 컸을 것 이다. 채민은 윤서가 L 선배에게 그런 마음의 행로를 캐물을 수 없었으리라 생각했다. 허망함이 밀려 왔을 터였다. 사랑 의 빈자리는 그렇게 느닷없이 생긴다. 그 빈자리의 아릿함은 누구도 달랠 수 없다. 거기까지 생각이 미치자 채민은 일종의 낭패감과 마주했다. 윤서의 빈자리를 채울 수나 있을까. 그 자리의 상처는 끝내 남을 것이다. 누가 일부러 낸 상처도 아니고 일부러 받은 상처도 아니지만, 절절한 시간으로 엮인 그리운 약속의 꽃잎이 속절없이 떨어져 내리는 순간을 아픔 없이 감당할 순 없을 것이다. 윤서의 옆얼굴에 비친 비애가 그것이었다.

그러자 이번에는 열등감이 몰려왔다. L 선배는 이미 진로를 결정한 사람이었다. 그것도 누구라도 부러워하는 엘리트 코스에 안착해 있었다. 그는 확고한 그 길을 걸어가면 된다. 그의 세계는 단단한 기초 위에 서 있는 건물처럼 흔들리지 않을 것이다. 군부나 다른 어떤 정권이 현실을 장악해도 영향을 받지 않는 단단한 건물의 주인이었다. 그는 떠났다. 채민은, 지금 윤서의 위로를 받고 있는 채민은 어디로 가야 할까. 정국과 현실에 이렇게 쉽게 부대끼는 채민을 윤서는 어떻게 보고 있을까. 곤혹스러운 채민의 표정을 눈치챘는지 윤서가 물었다.

"채민 씨는 정치학을 계속할 거야? 아님 기자?"

그 질문이 채민을 더욱 난처하게 만들었다. 잠시 침묵이 흘렀다. 그때 윤서가 채민의 손을 잡았다. 찌릿한 느낌과 함께 따스한 체온이 전해졌다. 다행히 감전되지는 않았음에 안도했다. 아니, 감전되지 않았음에 절망했다. 채민이 스스로 발생시킨 고뇌의 전류가 그걸 막았다. 혼란과 열등감에 허우적대느라 윤서의 손길에 매혹될 여유를 잃었다. 윤서가 쥔 채민의 손에 땀이 나고 있었다.

"사실, 사실은…… 방송국이 타오르는 걸 보고 끔찍했어요. 내가 갈 수 있는 터전이 폐허가 된 거야. 군부 치하에서 기자라……. 타협 아니면 항명? 곰곰이 생각해 봤어요. 내가 그만한 각오가 돼 있는지를. 내 인생을 던져 막아 낼 자신이 있는지를. 답은 흐릿했어요. 내가 비겁한 게 아닌지도 수없이 되물었고. 그러다 보니 자신이 없어졌죠."

윤서의 손에 힘이 들어갔다. 채민의 손은 거꾸로 힘이 풀렸다. 엄마에게 안긴 갓난아기 꼴이었다. '어느 것도 분명한 것이 없어, 모두 희미해……'라고 말하고 싶었지만, 채민은 윤서가 잡아 준 손처럼 그냥 품에 안기고 싶은 마음뿐이었다. 오후에 입항한 배가 떠나는 고동 소리가 들렸다. 윤서는 채민의 이깨에 점퍼를 걸쳐 줬다.

"망망하기는 나도 그래. 저기 수평선처럼 말이야. 세상에서 가장 단순한 형상이 저 수평선인데. 우리가 겪는 모든 일들, 그러니까 기쁨과 슬픔, 성취와 상실 같은 삶을 생동하게 하는 것들이 귀중한 이유는 저렇게 단순명료한 원형의 수평선이 받쳐 주기 때문이겠지. 저기에 닿기 전까지는 모든 희미힘도 의미를 갖지 않을까?"

윤서의 말에 채민은 짧은 투항에서 벗어나 기운을 회복했다.

"맞아요……. 그런데 분명한 것은 있어요. 그리움!"

윤서는 흠칫 놀란 표정을 지으며 채민의 손을 놓았다. 그러자 채민의 마음에 다시 전류의 파동이 일어났다.

윤서가 낮게 속삭였다.

"그 편지 말이야, '보고 싶어'로 끝맺은 그 편지, 수십 번 발음해 봤는데……."

채민은 윤서가 말을 잇기를 기다렸다.

"보고 싶은 마음이 가득 차올랐어. 나도 내 마음을 잘 모르겠어. 그래서 무작정 날이 밝으면 여길 와야겠다고, 널 만나야겠다고 마음먹었지. 기쁜 소식도 전해 줄 겸."

채민의 마음속엔 다시 수백 개의 등불이 환히 켜졌다. 환희의 폭풍우가 몰려왔다. 새 떼가 날아들었고, 염소들이 한꺼번에 매헤헤 울어 댔다. 시간이 여기서 멈춰 버리기를 기원했다. 아무도 모르는 이 외딴섬에서 그냥 평생을 같이 살고 싶었다. 윤서만 있으면 인생은 들판의 야생화처럼 피어나리라. 나리꽃과 수국처럼 아무 곳에나 튼튼한 뿌리를 내리고 멋진 꽃을 피워 낼 수 있을 것 같았다. 돌아간들 무슨 대수랴 싶었다. 지금 이 시간이 영원하길 기도했다.

윤서와 채민은 어둑한 동산을 내려왔다. 언제 그랬는지 손을 잡은 채였다. 저녁 바람이 일었다. 그 바람에 몸을 싣고 수평선으로 날아가고 싶었다. 수평선의 단순한 형상으로 빨려 들어가고 싶었다.

어둠이 내리는 바닷가를 말없이 걷다가 민박집으로 돌아왔다. 주인이 차려 준 저녁을 먹는 둥 마는 둥 물리고, 둘은 불도 켜지 않은 어둑한 방 안에 앉아 있었다. 소쩍새가 울었다. 윤서는 벽에 등을 기댄 채 말없이 고개를 숙였다. 채민도 맞은편에 우두커니 앉아 있었다. 어둠에 적응한 채민의 눈이 윤서의 형체를 인지했다. 아름다웠다. 신비로웠다. 아득한 파도 소리가 밀려들었다가 잦아졌다. 먼 곳에서 개가 컹컹 울었다. 채민의 가슴이 쿵쿵 뛰는 소리가 방 안을 채웠다.

꿈이었을까. 윤서의 숨소리가 들렸다. 숨소리는 길게 그리고 짧게 이어졌다. 적막 속 숨소리는 선율이었다. 윤서의 숨결이 가빠졌다가 바닥으로 가라앉았다. 적막의 바닥은 살냄새였다. 채민은 현기증을 느꼈다. 채민은 그 현기증 속으로 속절없이 망명하고 싶었다. 거침없는 희열이었다. 채민은 살냄새를 좇아 활강하는 한 마리의 새였다.

꿈이었다. 윤서는 인파 속을 걷고 있었다. 긴 머리카락은 찰랑거렸고, 양손엔 바이올린과 가죽 가방이 들려 있었다. 채민은 윤서를 불렀지만 그녀는 내처 걷기만 했다. 조바심이 난 채민은 인파를 헤집고 윤서를 따라 달렸다. 그러자 그녀는 어디론가 사라졌다. 어디로 갔을까. 넘실거리는 인파가 꽃 무리로 변했다.

꿈이었다. 파도가 밀려왔다. 윤서는 갯바위에 앉아 있었다. 채민은 윤서를 불렀다. 윤서는 뒤돌아보며 미소만 지었다. 채민은 윤서를 붙잡으려 달렸다. 윤서는 갯바위에서 뛰어내려 바닷물에 몸을 담갔다. 그리고 파도 속으로 사라졌다. 채민은 망연자실한 채로 바위에 서 있었다. 파도가 바위를 때렸다. 식은땀을 흘렸는지 채민은 젖은 어둠 속에서 곤한 잠에 빠져들었다.

채민은 늦은 아침 눈을 떴다. 현기증은 사라졌지만 부끄러움이 밀려왔다. 윤서가 보이지 않았다. 밖에서 인기척이 들리며 문이 열렸다.

"나리꽃과 수국을 꺾어 왔어."

윤서는 작은 꽃가지가 꽂힌 물병을 책상 위에 놓았다.

"잘 잤어, 채민 씨?"

아침의 뒷동산이 천국 같다고 했다. 문학과 음악이 어우러진 자연의 회합에서 윤서는 구원救援의 시간을 보낸 듯했다. 연두색 블라우스를 입은 윤서는 그야말로 천사였다.

그날 아침나절 동안 무얼 했는지 기억이 흐릿하다. 실성한 듯했으니까. 섬을 무작정 돌아다녔을 것이다. 우리의 시간 속엔 정국과 성명서는 없었다. 군부와 근대화도 사라졌다. 책임과 면책의 갈등도, 학기동 친구들의 울분과 삭제된 기사도 의미를 잃었다. 오직 윤서의 살냄새와 현기증, 그리고 파도처럼 밀려든 부끄러움이 세상 전부였다. 부끄러움을 잊으려 섬마을을 돌아다녔다. 부끄러울수록 그리움의 생성은 계속됐다. 윤서도 잊어야 할 것이 있는 듯했다. 해안 갯

바위에도 올라갔고, 낮은 지붕 밑에 웅크려 집 안을 훔쳐보기도 했다. 집 뒤뜰에 아무렇게나 자란 대나무들이 서걱서걱 소리를 냈다. 누렁이가 따라 나와 반갑다는 듯 짖었다. 가끔 길에서 마주친 마을 사람들이 의아한 눈빛을 보냈다. 뭍 청년들이 정신이 나갔나, 하는 눈초리였다. 틀리지 않았다. 채민은 실성해 있었다. 아니, 실성하지 않으려고 안간힘을 썼던 것으로 기억한다.

한나절이 지나 돌아갈 시간이었다. 민박집으로 돌아와 짐을 챙겼다. 향연의 끝이었을까, 그건 기억에 없다. 민박집 여주인이 사립문까지 따라 나와 손을 흔든 장면은 남았다. 평일이라 그런지 연락선엔 승객이 없었다. 갈매기 떼가 배를 따라왔다. 연락선은 너울을 가로지르면서 앞으로 나아갔다. 배가 울렁이며 섬에서 조금씩 멀어지고 있었다. 둘은 말이 없었다. 그리움을 확인하고 나서 허망함이 몰려올 줄 예상하지 못했다. 기관실 연통에서 검은 연기가 통통거리며 뿜어져 나왔다. 배가 기우뚱거렸다. 윤서는 멀미가 나는지 얼굴이 하얘진 채 난간을 붙잡고 있었다. 채민은 윤서를 배 가운데로 데려가 앉혔다. 채민도 그 옆에 앉았다. 배는 한동안 출렁이다가 곧 안정을 되찾았다.

그리움과 확인의 바닥, 심연深淵. 그 마개가 열릴까 조바심이 났을까. 둘은 말이 없었다. 그리움의 바닥은 비어 있을까. 그리움을 잣는 심연이 비었다면 그리움은 일시적인 것,

곧 소멸할지도 모르는 감정에 서로 의지하는 꼴이 된다. 윤서도 채민도 그걸 어렴풋이 느끼고 있었다. 모든 것이 흐릿한 가운데 유일하게 분명한 것이 그리움이라 해도, 그 심연이 비었을지도 모른다는 두려움에 몸을 떨었다. 그리움은 쉽게 증발한다. 그리움을 자아내는 심연의 창고가 어떤지 확인할 자신이 서질 않았다. 해가 서쪽으로 기울었다.

그때, 윤서가 조용히 말했다. 그 말은 바닷바람에 섞여 공중으로 흩어졌다.

"나, 유학 갈까…… 봐. 그럼 채민 씨를 못 볼 텐데……. 채민 씨는…… 어떻게 생각해?"

이제 그 심연의 창고를 열어야 하는 순간이었다. 나지막한 목소리로 말한 윤서의 결심이 그걸 요청하고 있었다. 채민은 한동안 말이 없었다. 그리움과 작별을 동시에 확인하는 방문이었을까. 채민은 자리에서 일어나 난간 쪽으로 몇 발짝 뗐다. 그리고 난간에 몸을 기댔다. 그날따라 석양은 검붉은 빛을 발했다. 답을 해야 한다고 종용하는 것 같았다. 채민은 소멸하는 수평선에서 눈을 떼지 못했다. 윤서도 기관실 너머 어두워지는 하늘을 응시하고 있었다. 둘의 눈길은 엇갈렸다. 손을 잡아도 눈길은 마주치지 않는 순간이 있다. 손을 놓아도 눈길이 마주치는 순간도 있다. 너울거리는 파도를 헤치며 힘겹게 육지로 향하는 연락선에 함께 몸을 실어도, 육지에 닿는 순간 젊음의 호각 소리가 불협화음을 낼 수도 있다.

뱃고동 소리와 함께 배는 연안부두에 닿았다. 둘은 말이 없었다. 승객이 별로 없는 고속버스 안도 적막이었다. 채민은 답을 해야 했지만 그리움과 작별 사이에서 길을 잃었다. 어둠에 잠긴 길에서 버스는 속력을 냈다. 소도시의 불빛이 아무 일 없다는 듯 스쳐 갔다. 침묵은 소란스러웠다. 머릿속을 어지럽히고 가슴을 강타했다. 말은 고이지 않았다. 고였다가도 금세 흩어져 버렸다. 얼마나 달렸을까. 시가지 불빛이 보였다. 버스 안이 갑자기 환해졌다. 버스는 종로 터미널에 도착했다. 둘은 말없이 내렸다. 열 시에 가까운 시각이었다. 윤서는 채민을 바라봤다. 채민도 윤서를 바라봤다. 가로등 불빛 때문일까. 윤서의 눈에 눈물이 고인 듯했다. 닦아 주고 싶었다. 채민의 답이 윤서의 눈물을 미소로 바꿀 수 있을 것이었다. 그러나 끝내 채민은 답할 말을 찾지 못했다. 침묵에 지질린 말이 낙하했다. 이윽고 윤서는 몸을 돌려 발걸음을 뗐다. 느린 걸음이었다. 아주 조금씩 윤서의 뒷모습이 작아져 가다 어둠 속 사람들 사이로 사라졌다. 채민은 그 자리에 그대로 서 있었다.

술집이 조금 조용해졌다. 손님들이 더러 나가 좌석이 비었다. 채민은 윤서의 얼굴을 바라봤다. 그날 터미널에서 응시했던 그 눈빛이었다. 애잔한 눈빛이었지만, 그날처럼 눈물이 비치지는 않았다. 윤서도 채민을 바라봤다. 답을 기다리는 윤서의 작은 눈웃음이 순간 퍼져 나갔다. 채민이 낮게 말했다.

"사실…… 사실은, 아직도 답을 못 찾았어."

윤서는 다시 미소를 지었다.

"답은 없지……. 물론 그날 버스터미널에서 나를 말렸으면 어땠을까, 그런 생각은 했어."

채민은 술을 다시 들이켰다. 그때 휴대폰이 울렸다. 아내 유선이었다.

"오늘 세미나는 어땠어? 근사했겠지?"

유선의 밝은 목소리가 들렸다.

"응, 여기 신촌 부근 술집인데 아직 교수들하고 있어. 곧 갈게."

전화를 끊자 윤서가 궁금한 듯 물었다.

"어떻게 만났어? 좋아 보이는데……."

"유학 가서 이 년 된가, 연수 온 아내를 만났어. 쾌활하고 거침없는 성격이라 연구실에 처박힌 나를 구제해 줬지. C 신문사 기자야."

"채민 씨가 못 한 그 기자……."

윤서는 의미심장한 미소를 지었다. 그러더니 느닷없는 제안을 했다.

"나 오늘 바래다줄래? 아현동 그 집."

'아현동 그 집.' 채민은 속으로 발음했다. 둘은 술집을 나왔다. 바이올린은 없었지만 윤서의 어깨엔 가죽 가방이 걸려 있었다.

"가죽 가방은 여전하네."

"이거 편리하거든, 쓸데없는 것도 다 넣고 다닐 수 있어. 내의 같은 것?"

둘은 은밀한 공모자처럼 소리 내어 웃었다. 약간 취기가 돌았다. 신촌 로터리를 돌아 아현동 고개 쪽으로 방향을 틀었다. 길은 훨씬 밝아졌고 현대풍 카페들이 줄지어 불을 켜고 있었다. 대학생들이 봄밤을 축하하듯 맥주잔을 앞에 놓고 즐겁게 떠드는 모습이 보였다. 윤서가 말했다.

"어느 날 지도교수가 불러서 갔더니 엽서를 주더라. 이거 네 거 아니냐고. 수신자 Mademoiselle Chang. 내용은 한글로 쓰여서 모르겠다고 하면서."

채민은 유학 시절을 떠올렸다. 기자직을 포기하고 홀로 떠난 유학이었다. 늦은 밤, 연구실에서 리포트를 쓰던 채민은 파리 제8대학으로 유학 간 윤서를 기억했다.

"윤서 씨, 잘 지내는지, 여긴 샌프란시스코야. 결국 정치학에 정착했어. 그날, 나는 배가 연안부두에 닿지 않길 바랐지……." 그렇게 보낸 대학 그림엽서였다.

"누군지 몰라 계속 서랍에 넣어 뒀다고 했어. 그 엽서를 전해 받고 쩔쩔맸어. 기쁘기도 했고 슬프기도 했으니까. 대학 건물에서 나와 센강까지 걸었어. 그날 밤, 아현동까지 걸어간 순간들이 떠올랐지. 그리움의 눈물이었을까. 센강의 넘실거리는 강물에 그리움을 쏟아 냈어. 그렇게 마음을 다잡았지."

윤서 옆에서 말없이 걷던 채민은 생각했다. 그 많은 편지 가운데 두 차례의 답신을 받았다고. 그리움과 작별을 확인한 섬마을 방문, 다른 하나는 샌프란시스코의 적막한 밤에 대서양을 가로질러 띄운 편지. 이십 년 만에 수신자의 답을 이렇게 받다니. 채민은 이국 대학의 외로운 연구실에서 그의 답을 기다린 윤서에게, 그 답이 아닌 마음의 조각을 보낸 그 무책임한 호소에 회한이 들었다.

아현동 골목길에 접어들었다. '순희네 슈퍼.' 순희네 슈퍼는 '근대화'를 지웠을 뿐 여태 건재했다. 반가웠다. 평상이 있던 자리에 파라솔을 쓴 빈 테이블이 놓였다. 백열등은 없었다. 슈퍼를 지났다. 윤서는 말이 없었다. 채민이 들어 줄 바이올린도 없었다. 빈손이 괜스레 크게 느껴졌다. 채민은 윤서의 손을 잡고 싶은 충동을 억누르느라 하늘을 올려다봤다. 고갯길 양편의 작은 기와집들은 빌라로 변해 있었다. 윤서는 말없이 걸었다. 채민도 걸었다. 손은 잡지 못했다. 감전될 자신이 없었다. 감전되면 또다시 길을 잃을 것이다.

삼십 년 세월이 지나도 답을 내리지 못하는 사람이 있다. 답을 내려도 손이 닿지 못하는 사람이 있다. 그리움을 안은 채 서로 다른 길을 걸어야 하는 사람들이 있다.

언덕 위 이 층 양옥 앞에 도착했다. 빨간 우체통은 그대로였다. 윤서는 채민을 바라봤다. 여전히 말이 없었다. 채민도 할 말을 찾지 못했다. 둘은 한동안 그렇게 서 있었다. 이윽고 윤서가 작고 낮은 음성으로 말했다.

"잘 살고 있어서 고마워."

눈물이 비쳤는지 모르겠다. 윤서는 등을 돌려 대문 안쪽으로 사라졌다. 채민은 그 자리에 서 있었다. 그날 밤처럼 꽃잎이 휘날렸다. 목련꽃이었다. 목련은 담장 밖으로 우람한 몸체를 드러냈다. 긴 세월을 멋지게 버텼다는 함성이 들렸다. 밤공기를 머금은 봄바람이 불었다. 목련꽃이 휘날렸다. 채민은 꽃잎을 맞으며 그 자리에 서 있었다. 이 층 창문의 불은 켜지지 않을 것이다.

산
벚
꽃
바
람

알리지 않고 떠나서 마음을 졸였어요. 그렇게 할 수밖에 없었던 나를 이해하리라 믿어요. 이 동네에는 산벚꽃이 벌써 지고 있네요. 나무들이 파릇하게 작은 잎새를 내밀고 있어요. 봄꽃의 향연에 마음은 더 초라해지는군요. 그게 나예요. 이제 깨달았어요. 행복한 것에 불행의 예감을 느끼는 오랜 습관이 나의 본질임을 알아차리는 데 이렇게 오랜 시간이 걸렸어요. 그렇게 살아가기로 작정했어요. 인정하지 않으려고 몸부림치는 것보다 인정하는 편이 편안하다는 것을. 떠나기로 해요, 이제.

자정에 가까운 시간에 날아온 이메일이었다. 발신자 'sad_border'. 이 주일 넘게 소식이 없던 연주의 기별이었다. '쿵' 하고 내려앉는 마음의 진동이 손끝까지 느껴졌다.

　　'떠나기로 해요, 이제.'

석희는 마지막 구절이 마음에 걸렸다. 범상치 않은 그녀의 결행을 그저 지켜볼 수밖에 없었다. 수십 번 고비를 넘긴 예행연습을 마감하는 결단의 눈물 같은 것이 배어 있음이 느껴졌다.

'이연주……'

석희는 속으로 그 이름을 불러 보았다. 걸음걸이에서 섬세한 감각과 섬약한 기질이 동시에 묻어나는 여자. 일찍이 낯선 도시로 스며들어 외롭게 자란 흔적을 감추려고 짐짓 쾌활함을 가장하지만, 갓 입단한 신인배우처럼 변신하지 못한 자의식의 표정을 결국 들키고야 마는 여자. 석희는 가만히 눈을 감았다.

'떠나기로 해요'는 처음 만날 때부터 연주의 마음속에 고이기 시작한 한 움큼의 문장이었을까? 그렇다면 나는 그 말을 충분히 예견해 왔다는 말인가. 마치 대중가요의 가사처럼 닳고 닳은 그 범주로 채색되기 싫어 내가 사랑한다는 말을 피해 왔던 것처럼. 그 말은, 떠나는 것의 두려움을 애써 지우려 했던 그녀의 가슴속 씨앗이 어느덧 무성하게 잎을 돋아 저항을 덮었다는 자각에 대한 변명일 수도 있다.

'이제 떠난다니.'

발신자 'sad_border'. '변방邊方의 슬픔'을 뜻한다고 언젠가 연주가 말했을 때 석희는 그저 웃었다. 그녀가 서울 거리 한복판에서 낯설어하는 풍경이 떠올랐다.

"변방은 좋은 거야. 매혹의 강물에서 헤엄치다 지치면 담장에 올라앉아 다른 쪽에서 엄습하는 혐오를 바라보는 그 습관적 기질이 변방인의 타고난 운명이지. 인생은 황홀하고 또 끔찍하잖아. 그 사이를 아슬아슬하게 줄타기하는 사람이야말로 작가 자격이 있는 거지. 연주는 타고난 작가 아닐까."

석희는 그렇게 위로했지만, 연주의 진지한 표정은 조금도 바뀌지 않았다. 사실 자신을 변방인으로 자처한 것은 문학의 신경통을 앓지 않으려는 그녀의 위장이었다. 석희는 젊은 시절의 욕망, 작가가 되겠다는 그 고통의 향연에서 힘겹게 벗어났다. 그런데 연주는 달랐다. 상대가 누구든 아랑곳않고 덤벼드는 투견鬪犬처럼, 연주는 무작정 그 시대의 중추신경을 건드렸고 온몸으로 신경통을 앓았다. 그것이 문학하는 사람의 업인 양. 시대와 존재가 상호 침투하는, 최전선을 정찰하는 척후병처럼, 연주는 고통의 축제를 스스로 개최했고 주관했다. 축제의 불꽃이 사그라지면 허무가 찾아왔다.

"보들레르가 좋아요. 그의 고통을 느끼면 왠지 편안해지거든요."

연주가 불문학도답게 보들레르를 발음했을 때 석희의 마음속엔 경계심이 일었다. 석희는 보들레르의 이원적 세계를 감당할 수 없었다. 불꽃처럼 발화하는 생명에의 찬미와 저항을 동시에 토해 낸 시인의 격정도 그렇거니와 독자들을 정서의 양가성에 내던지는 그 무책임한 언어가 무서웠다. 『악의 꽃』은 생명을 죽음으로 치환하고, 사랑을 환멸로, 근거 없이 솟는 희망을 절망의 무덤으로 안내하는 시인의 무도舞蹈였다. 석희는 반항과 도피, 죽음과 해방을 동시에 끌어안는 이원성의 용광로를 벌써 내던졌는데, 연주는 그 속에서 유영하다 모든 것을 불태운 허무를 끌어안고 돌아왔다. 그러곤 주류에 결코 뛰어들지 못하는 변방의 고독을 앓았다.

"파리는 유럽의 변방인들이 자신들의 소외감을 태우는 소각로잖아요. 거기서 피어나는 문학과 예술의 개화開花를 보고 싶었어요."

연주는 프랑스 문학을 선뜻 택한 이유를 그렇게 설명했다. 그것은 주류에 속하고 싶은 선망과 냉소하고 싶은 경멸의 이원적 감성이었다. 그것이 연주를 보들레르로 안내한 유혹이었음을 석희는 어렴풋이 느꼈다. 그 이원성을 견디려면 냉정함이 필요했다. 그런데 양쪽 세계를 훔쳐볼 수 있는 시선의 거리 두기를, 선망과 경멸의 교차로에서 허무와 마주치지 않으려는 경계심을 연주는 비굴함의 징표로 간주했다. 연주는 격정과 불꽃 뒤에 찾아오는 허무를 온몸으로 받아들였다. 석희가 그토록 경계했던 문학의 독을 연주는 주저 없이 마셨다.

그런 연주에게 유일한 해독제는 버지니아 울프였다. 자신을 끊임없이 자학自虐의 공간으로 몰아세우고, 정신분열의 언어를 기어이 쏟아 내야 비로소 조그만 자의식을 터득하는 삶. 문학을 업으로 하되 고통과는 일찍이 단절을 선언했던 석희는 그런 연주에게 레너드가 되어 줄 자신이 없었다. 버지니아의 남편 레너드는 그녀를 끝내 지켰다.

연주의 소식이 끊긴 지난 이 주일 동안 석희는 강물로 서서히 걸어 들어가는 버지니아의 자살 장면이 뇌리에서 떠나지 않았다. '떠나기로 해요'라는 말은 그런 상상에 비해 다소 안심되는 구석이 있기는 했다.

석희는 머릿속이 갑자기 텅 비는 것을 느꼈다. 일본 작가 다자이 오사무와 김승옥을 비교하는 논문의 중간쯤에서 석희는 손을 멈췄다. 두 작가 모두 불문학도로 출발해 소설가가 됐다는 점도 흥미로웠지만, 다자이 오사무가 만년에 쓴『인간 실격』과 김승옥의『무진기행』에서 나타난 생의 희망과 좌절을 당대의 상황처럼 흐릿한 안개 속에서 절박하게 바라본다는 점에 끌렸다.

석희는 시간강사로 있는 K 대학 국문과 학과장이 한 달 전 귀띔해 준 다음 학기 교수 채용을 내심 벼르고 있는 중이었다. 강사 생활을 청산하고 연주와 함께 새로운 인생을 시작한다는 생각만으로도 석희의 마음은 벅찼다. 대학 졸업과 함께 석희는 문학청년의 화려한 꿈을 접는 대신 대학원에 진학해 문학 연구로 진로를 바꿨다. 숱한 선배들의 넋두리가 아니었어도, 생업으로서의 창작은 결코 화려한 것이 아님을 석희는 알았다. 그래도 어쩌랴. 창작의 꿈은 접더라도 문학 근처에서 맴돌고 문학을 강의하면서 지내는 삶도 젊은 시절의 꿈에 대한 배신은 아니리라 생각했다. 그렇게 상처를 외면하며 자신과 타협하는 데에 쏟은 시간이 아깝게 느껴지는 요즘이었다.

석희는 몸을 일으켜 창가로 갔다. 저 멀리 도심의 불빛이 아득한 꿈처럼 빛나고 있었다. 그곳으로부터 연희동 산동네를 연결하는 길이 한 줄기 희미한 선이 되어 창가 아랫마을까지 이어지고 또 끊어졌다. 봄밤의 쌀쌀한 공기가 폐부로 들어왔다. 내일은 낚시를 가야겠다는 생각이 불쑥 떠올랐다. 그러자 전후 종말론적 풍경 속에서 파괴된 인간성과 문명의 파편을 건져 올리는 엘리엇의 시구가 언뜻 떠올랐다.

> 나는 기슭에 앉아
> 낚시질했다. 등 뒤엔 메마른 들판.
> 적어도 내 땅만이라도 바로잡아 볼까?

사랑과 욕망이 파멸의 길이라면 불모의 땅에 살아 숨 쉬는 현대인들에겐 어떤 희망이 남아 있을까. 부활의 꿈을 꾸는 것은 사치인가. 허무와 황폐를 넘어 우리에게 손짓하는 신의 속삭임은 없는 것인가. 자학의 영역에서 연인을 데리고 나오는 사랑의 유혹은 결국 무의미한 것인가. 잿더미에서 매혹을 낚을 수는 없을까? 그 매혹이 순간적, 찰나적일지라도 손에 잡히는 생명의 감각은 엘리엇의 절망적 노래처럼 '꿈의 도시Unreal City'에서나 가능한 것일까.

석희는 오랫동안 담아 두고 고민했던 논문을 끝냈다. 박사학위를 받은 뒤 피폐해진 머리로 쓴 첫 논문이었다. 모더니즘의 정신적 기원에 관한 연구였지만 시원하게 결론이 맺어진 것은 아니었다. 논문을 학술지에 보내 놓고 대학원 동료들과 저녁 자리를 같이했다. 석희는 친구들이 건네준 술잔을 받아 마셨다. 모두가 대학가에서 일어난 소소한 사건들을 화제 삼아 거나하게 술을 들이켰다. 창작의 동굴은 파고 내려갈수록 숨겨진 세계를 감당해야 했다. 감성의 도굴꾼. 유물도 부장품도 아니지만 발견되기를 기다리는, 그 미지의 영역을 훔쳐보려는 욕망은 그들을 문학의 감옥에 가둔 간수나 마찬가지였다.

술자리가 끝나자 석희는 동료들과 헤어진 후 자신만의 길이 열리는 듯한 해방감을 느꼈다. 한 편의 논문이 가져다주는 포만감의 부피는 컸다. 연주와의 미래에 등불이 켜진 것 같았다. 석희는 편의점에 들러 소주 한 병을 사 들고 와우산 골목길을 올랐다. 전봇대에 매달린 삿갓 등이 야밤의 정겨움을 더해 주고 있었다. 연주는 골목길 끝자락에 있는 양옥집 자취방에서 그때까지 뭔가를 쓰고 있었다. 조금 지친 표정이었다. 말라르메 시집이 책상 위 램프 부근에 놓여 있었다.

석희는 깊이 숨을 몰아쉬고는 방 한쪽에 등을 기대고 앉았다. 책상 위 램프 불은 방 안의 어둠을 다 걷어 내지 못했다. 어둑한 가운데 연주의 얼굴은 잘 보이지 않았다. 연주도 석희의 맞은편에 등을 대고 앉았다. 석희가 술병을 꺼내며 조용히 입을 열었다.

"자축 파티 하려고. 첫 논문 끝낸 거."

들뜬 말투를 눈치챘는지 연주는 나지막이 말했다.

"그래요. 힘들어 하더니 용케도 마무리했군요. 다 거쳐야 할 과정이겠죠……."

뭔가 흔쾌하지 않은 말투였다. 거쳐야 할 과정이란 장애물 넘기? 현실의 벽을 넘어 목표 지점에 도달하기? 목표 지점이란 대체 무슨 의미가 있는가, 그런 반문이 느껴졌다.

"왜, 연주 씨는 뭐가 걸려?"

연주가 천천히, 아주 조심스럽게 입을 뗐다.

"신춘문예나 문학잡지 같은 등용문이 있잖아요? 자격을 인정해 주는 곳이요. 마땅히 그래야 하겠지만, 이 '인정'이라는 것이 창조 행위를 오히려 파괴하는 것은 아닌지……. 결국 나는 아무것도 못 하고 있으면서……, 권위는 현실이 행사하는 위력이라는 생각이 들어요. 그것에 굴복하고 타협하면 어떻게 문학과 예술이 현실을 넘어설 수 있겠어요?"

문학 행위에 대한 본질로 다가서는 연주의 말에 석희는

말문이 닫혔다. 제도화된 문학이 문학의 본질을 살려 낼 수 있을까, 이 본질적 물음에 대해서는 석희도 할 말이 많았다. 그런데 이 밤에, 창작 행위가 인정이라는 권위에 짓눌려 있다는 생각에 사로잡힌 연주를 설득할 분위기는 아니었다.

"화가 고흐가 꼭 이 경우에 맞다고는 생각하지 않지만, 고흐는 당시 화단의 권위를 아예 생각하지도 않았지요. 정신적 불안정에 몸을 맡긴 채 자연과 빈민을 화폭에 담았어요. 전혀 다른 시선으로."

"그래서?"

"고흐가 당시 화단과 화풍에 신경을 썼다면 걸작을 남기지는 못했을 거예요. 현실이 예술 정신을 죽이는 것에 우리가 가담하고 있지는 않은가 해서요. 고흐는 죽은 뒤에야 화단의 인정을 받았지요. 살아생전에는 끼니도 못 때웠는데…….. 미안해요. 이런 얘기를 해서…….."

연주의 말은 어느 때보다 비장했다. 석희는 들뜬 마음이 무안해졌다.

"그건 그래. 하지만 난 해석 전공, 소비자인 셈이지."

"문학을 이렇게 제도 속에 가둬 놓는 게 맞는 것인가. 석희 씨 논문을 생각하면서, 학회지가 뿜어내는 권력을 느끼면서 그런 생각이 부쩍 들었어요. 나도 그 속에 갇혀 있는 셈인데 문학은 규율과 규칙을 파괴할 의무가 있잖아요. 다른 무엇보다 문학은요."

석희가 궁색하게 답했다.

"대학에 기대고 있으니 우리는 이미 그런 것과 일찍이 타협한 것 아닐까?"

"이성이 통제하지 못하는 심층까지 파고 들어가 무한한 항변을 퍼 올리는 게 창작일 텐데, 곧장 현실 권력의 검열과 누추한 삶의 공격을 견뎌야 하는 운명에 처해지잖아요. 이 불일치를 버텨 내기 어려운 상태에 다다르면 어떻게 해야 하죠?"

연주의 질문에 석희는 갑자기 술기운이 사라지는 것을 느꼈다. 논문 게재, 현실이란 장벽을 넘기 위해 스스로에게 허용한 여유가 일종의 자기기만처럼 엄습했다. 논문 한 편을 들고 세상과 대적하려 한 치기가 어리석고 부끄러워졌다. 동료들과 나눈 술잔은 현실과의 비겁한 타협이자 투항의 노래였다. 창작이 추구하는 치열한 세계와 현실 사이를 논문 한 편으로 가려 버린 들뜬 존재를 연주 앞에서 묻어야 했다. 언어는, 감성의 채굴은 저속한 세계를 구제하는 운명적 작업이어야 했다. 의식의 지평을 끝없이 확장하고 미지의 언어로 현실과 대적해야 하는 작가에게 가장 무서운 적은 삶, 그 자체임을 연주는 말하고 있었다.

"저는 그게 힘들어요, 여기서 포기할 수도 없고……."

밤이 이슥해졌다. 창밖에 비친 도심의 불빛이 사위고 있었다. 개가 컹컹 울었다. 후원자 없는 예술은 이제 불가능한 시대로 벌써 접어들지 않았는가? 창작의 고통을 무게로 달아 팔아야 하는 시대, 학계와 문단의 검열을 거치지 않으면 고통의 무게가 자신을 파괴하는 현실과 어떻게 대적할 수 있을까. 석희는 작은 창작 공동체, 상처를 치유할 우리만의 피신처가 필요하다는 결론에 이미 도달해 있었다.

석희는 며칠 전부터 한 다짐을, 술기운을 핑계 삼아 끄집어냈다. 상상력의 무서운 반역과 현실의 간극 사이에서 몸을 떨고 있는 연주에겐 어울리지 않는 말이었다.

"우리…… 이제 같이 살면 어떨까. 살림을 합치는 거…….
내가 어디 취직이라도 하면 결혼식도 올리고……."

석희는 말을 더듬거렸고 기운이 없었다. 그래도 연주의 자취방에 온 가장 중요한 이유였다. 연주를 만난 지 삼 년이 지났다. 석희는 누추하고 힘든 현실을 접고 새로운 문을 열고 싶었다. 연주와 함께.

연주는 말이 없었다. 어둠 속에 형체만 희미하게 드러날 뿐 표정을 읽을 수도 없었다. 둘은 한동안 그렇게 앉아 있었다. 석희는 연주를 두고 방을 나왔다. 새벽 기운에 취기가 사라졌고 자기기만이라는 부끄러움이 조금씩 스멀댔다. 자정이 한참 지나 버린 부연 새벽이었다.

석희의 중고 자동차가 산길로 접어들었다. 늦은 오후였다. 기왕이면 일찍 서두를걸. 방 안을 오락가락하며 어떻게 할지 궁리하던 자신의 모습을 질책했다. 우유부단하다는 점은 성장기의 석희에겐 일종의 열등감이었다. 그런데 가끔은 우유부단함이 사정을 예기치 않게 뒤바꾸는 이점으로 작용할 때도 있었다. 지금이 그때라고 생각했고, 그 생각에 오전 시간을 다 소비했다. 아무런 답을 하지 않는 것. 무응답은 고통받고 있음을 넌지시 알리는 부호일 것이고, 그렇게 끝내서는 안 된다는 연(戀)의 명령을 전할 수 있는 좋은 방법이기도 했다. 낚시 도구를 챙기는 손길이 한결 가벼워졌다. 레너드는 이런 때 낚시 따위는 하지 않을 것 같다는 생각에 미치자 궁색함이 다시 스멀스멀 살아났지만, 창밖에 스치는 산의 봄 풍경이 스산한 마음을 조금 달래 주었다.

석희가 좋아하는 호수는 꽤 멀었다. 호수를 에워싼 산의 진입로에 도달하는 데에 족히 한 시간 넘게 달려온 듯싶었다. 산길로 접어들면 구불구불한 비포장도로가 나타나고 삼십 분 정도를 더 가야만 넓은 저수지가 나왔다. 석희가 점찍어 둔 포인트에 도착하려면 이삼십 분 정도 더 산기슭으로 차를 몰아야 했다. 석희는 혼자만의 시간이 필요하다고 느낄 때 이 낚시터를 찾았다. 아무도 찾을 수 없는 곳으로 몸을 숨길 수 있다는 심정이 잠시라도 석희를 안심시켰다. 작년 교수 채용에 응모했다가 낙방했을 때도 혼자 이곳을 찾았다. 실패한 인생 또는 실패할 인생이라는 낙심이 석희를 엄습했고, 학생들이 자신을 그렇게 바라볼지도 모른다는 생각에 몸

서리를 쳤다. 석희에게 낚시터는 일종의 아지트였다. 총상을 입거나 병마에 시달리는 빨치산이 깊숙한 산속 동굴 '트'아지트에서 기운을 회복했듯, 석희는 낚시터를 자신의 야전병원 쯤으로 여겼다. 의사도 간호사도 없었지만, 낚시 포인트 뒤편에 늠름하게 서 있는 산벚나무에 기대면 수피의 따뜻한 온기가 전해졌다. 그곳에서 잔잔한 수면을 응시하노라면 세상은 다시 잠잠해졌고 현실의 공습은 냉정한 갈퀴를 내렸다.

돌아가는 산굽이 좁은 길에 뒤늦게 핀 산수유의 노란 가루가 바람에 흩어졌다. 잘 왔다고, 석희는 자신을 달랬다. 개똥지빠귀같이 생긴 조끄만 새들이 차창 앞 저편을 가로질러 날았다. 산은 깊었다. 길섶에는 겨울을 견딘 나무들이 수액을 빨아올려 푸릇푸릇한 잎사귀들을 피워 내고 있었다. 하얀 안개 같은 작은 꽃을 달고 있는 키 작은 나무들이 옅은 초록색 덤불과 어울려 파스텔화 같은 풍경을 연출했다. 석희는 몇 굽이째인지 세어 가며 천천히 차를 몰았다. 힘겹게 흙길을 나아가는 중고 자동차가 고맙게 여겨졌다. 둑이 나타났다. 길옆 작은 공터에서 석희는 잠시 차를 쉬게 했다. 마치 자신을 기다리기라도 한 것처럼 호수는 잔잔한 수면을 드러냈다. 좌우로 길게 벋은 호수의 생김새가 언제라도 자신을 안아 줄 손길처럼 느껴졌다. 석희의 마음은 잠시 설렘으로 벅찼다.

"한겨울 잘 있었니?"

석희는 호수에 말을 걸었다. 답이라도 하듯 호수의 표면에 작은 물결이 일었다. 그때 연주가 보낸 이메일의 마지막 구절이 환청처럼 들렸다. '떠나기로 해요, 이제.' 연주는 떠날 것이다. 그렇다고 그의 고통이 옅어지는 것은 아니다. 연주는 자신만의 상처를 만들고 자신만의 아픔을 앓을 것이다. 떠나지 않는다고 사정이 달라지는 것도 아니다. 사랑에 안착한 것을 속죄하려는 듯 연주는 자신을 더욱 몰아칠 것이다. 레너드처럼 보호막이 되려고 애쓰는 석희를 바라보면 다시 죄의식이 증폭할 것이고, 사랑이 고통을 치유할 수 없음을 깨닫는 순간 사태는 더욱 악화될 것이다. 불행을 예감하고 고통을 스스로 잉태하면서 자의식의 촛불을 지키려는 오랜 습성에 연주는 몸과 의식을, 우리의 미래를 맡길 것이다. 석희는 연주의 생각을 어렴풋이나마 알아챘지만 마음을 접기엔 이미 늦었다는 사실을 깨달았다.

석희가 창작의 길을 포기하고 대학원에서 문학을 더 공부하기로 결심했을 때 단단히 쳤던 경계선의 저편에서 연주가 걸어왔다. 대학 서점에서였다. 식민지 시대, 모더니즘 작가의 내면을 관찰하던 석희는 엘리엇의 문명 비판에서 해석의 힌트를 찾았다. 엘리엇은 야만의 문명을 치유하는 실마리를 신화의 세계에서 탐색했고, 살육과 포연으로 얼룩진 현실을 신화적 언어 공간으로 데리고 갔다. 식민지의 야만을 적나라하게 재현하는 방법도 그 언저리에 있을 듯했다. 문명적 상징으로 침울한 현실에 생기를 불어넣고자 했던 식민지 시대 주지주의는 결국 일제의 탐욕에 투항하는 전초전이었을까, 아니면 도피의 방식이었을까.

엘리엇의 시집 부근을 어슬렁거리던 석희의 눈에 열심히 책을 보는 여학생이 들어왔다. 아까부터 서가에 등을 기댄 채 바닥에 주저앉아 책에 빠져든 모습이 궁금증을 일으켰다. 대학의 연구실 복도에서 가끔 마주치던 얼굴이었다. 그녀 옆에 보들레르 시집이 몇 권 흩어져 있었다.

"아, 보들레르구나."

그녀는 얼굴을 들지 않았다. 못 들은 것일까. 석희는 그녀 옆으로 한 발짝 다가섰다.

"보들레르를 그렇게 열심히 읽고 있어요? 나는 그 시인이 두려운데……."

그제야 그녀는 얼굴을 들었다. 작고 갸름한 얼굴. 석희를 바라보는 눈빛에 잠시 경계심이 반짝였다.

"아…… 예, 보들레르요. 여기저기 돌출하는 난해한 표현 때문에……."

멋쩍었는지 그녀는 상기된 얼굴로 몸을 일으켰다. 서가의 책이 그녀의 호위병처럼 펼쳐졌다. 석희는 그녀의 무안함을 덜어 주려 자신을 소개했다.

"국문학과 대학원생이에요, 오석희."

"아…… 아…… 저는 불문과 대학원 신입생 이연주라고
해요."

"가끔 인문대학 근처에서 본 것 같아요. 낯이 조금 익은
것을 보니."

"그런가요……."

말문이 끊긴 잠깐의 침묵이 어색해서 석희는 느닷없는
제안을 했다.

"마침 점심시간이네요. 밥이라도 같이 할까요?"

망설이던 그녀는 쭈뼛거리며 석희를 따라 서점을 나왔
다. 그렇게 둘은 우연찮게 학교 식당에서 마주 앉았다. 강의
를 마친 학생들이 시장기를 채우느라 식당은 소란스러웠다.
얘기와 밥과 반찬이 함께 목을 넘어가고 있었다. 그녀는 말
이 없었다. 소란 속에서 어떤 화두를 꺼내야 할지 망설여졌
다. 그녀 옆 의자에 놓인 노트가 보였다. 석희는 화제를 찾은
듯 물었다.

"창작 노트인가 봐요?"

"……."

"프랑스 문학에서 시, 아니면 소설 전공?"

"시예요. 소설은 좀 지루하기도 하고, 역사도 문화도 다
른 외국인들의 얘기를 따라가기가 무척 버거워요."

"그럼 시를 쓰시나요?"

"예. 고등학교 시절부터 썼는데…… 여전히 오리무중이

에요."

그러고 보니, 지난 호 학보에서 얼핏 읽었던 시가 떠올랐다. 꽤 괜찮았다는 인상을 아직 간직하고 있었다. 지은이가 연……주, 바로 그녀였다.

"그…… 그…… '아틀리에, 아틀리에 부근'이었던가요? 그 시 주인이군요!"

석희는 갈피에 접혀 있던 기억을 떠올리며 반색했다.

"예, 맞……아요."

연주가 작은 소리로 말했는데, 학생들 소음 속에 파묻혀 거의 들리지 않았다.

"어쩐지 프랑스 문학 전공자 같더라고요. 제목도 그렇고 시에 흐르는 정서도 그렇고. 아무튼 영광입니다. 시인을 만나 뵙게 돼서……."

그녀는 얼굴을 붉히면서 밥을 뜨고 있었다. 식당을 나와 캠퍼스를 가로질러 걸으며 석희는 어떤 감정의 끈이 연주와 연결되고 있음을 느꼈다.

연주의 고향은 삼랑진이었다. 고등학교 일 학년 때 서울로 전학을 와 자취방에서 홀로 살았다는 것, 친구가 별로 없다는 것, 창작 노트에 습작 시가 가득하다는 것. 그리고 일 년이 훌쩍 지난 뒤 알았지만, 제도화된 문학의 틀에서 벗어나 고향으로 돌아가고 싶어 한다는 것. 이런 자잘한 것들을 알아가면서 석희는 연주에게 더욱 가까이 다가섰다.

두 사람은 저녁 식사를 핑계로 자주 만났다. 늘 혼자였던 그녀에게 저녁 시간은 항상 비어 있었는데, 할 말이 한가득 차올랐던 석희에겐 쏟아 놓을 상대가 필요했다. 석희가 이야기 실타래를 풀면 연주는 대개 그냥 들었다. 석희의 창작에 대한 갈망과 난해한 작품의 상징 세계를 궁금해하는 연주의 목마름이 두 사람을 묶었다. 늦은 밤 와우산 기슭에 있는 자취방까지 연주를 데려다주는 경우가 잦아졌다. 연주의 자취방은 골목길로 접어드는 어귀의 아담한 양옥집 이 층에 있었다. 서재 겸 침실로 꾸며진 작은 방이었다. 프랑스 시집과 작품집이 벽 한쪽을 한가득 메운, 십 년 가까이 문학도의 고독이 밴 방이었다. 책상 위에는 말라르메의 시집이 놓여 있었다. 한강 쪽을 비추는 창문에 강변 불빛이 어른거렸다. 석희가 말라르메의 시집을 들면서 물었다.

"전공을 바꿨나 봐, 말라르메?"

"보들레르에서 도망쳤어요. 격정에 질려서……."

"맞아, 내가 처음 만났을 때 두렵다고 했잖아. 기억나?"

"기억나요. 그런데 석희 씨도 엘리엇에서 도망치지 않았나요?"

"하하, 그렇지. 신화적 세계가 우리 정서하곤 너무 안 맞아. 아무리 감정이입을 해봐도 단테보다는 단군신화가 금세 들어오거든."

연주가 살며시 웃는 모습이 석희의 가슴을 건드렸다. 석희는 들키고 싶지 않아 말을 이었다.

"차라리 아일랜드 시인들이 한국의 초창기 모더니즘하고 맞는 것 같아. 예이츠 같은 시인? 후기에는 낭만주의에서 벗어나 조국의 어두운 현실을 주지주의의 언어로 살려 냈거든."

석희의 말은 연주의 가슴에 닿지 않았다. 연주가 나지막이 말을 이었다.

"보들레르가 만든 아날로지의 창고에 심취해서 저는 자아를 잃을 뻔했어요. 이 분열의 운명을 응시하게 해주는 힘을 말라르메에게서 보았던 거죠. 균형의 시선이랄까. 익사 직전의 자아, 격정에 허우적거리는 자아에 말라르메가 구명 밧줄을 던져 줬던 거죠. 분열을 이상으로 바꿔 내는 힘을 엿봤어요. 서정抒情을 초월하는 시선이랄까. 그래도 저는 서정에 머물고 싶기는 해요."

석희가 조금 머쓱해하자 연주는 석희가 말한 단군신화의 맥락에 의미를 부여했다.

"말라르메의 상징 세계에서 프랑스의 토속성이 발견되는 것은 좀 이상하죠? 프랑스에 잠재된 정신세계의 문법이랄까. 나는 토속적인 것에 이끌리나 봐요. 향토성, 예를 들면 백석의 시 세계?"

창문을 통해 어둠이 밀려들었다. 어둠은 책상 위에 놓인 램프 부근을 감쌌다. 말라르메 시집 위에 형광빛이 내려앉아 반짝였다. 석희가 놀란 듯 물었다.

"백석?"

"예……."

연주는 말라르메와 토속성의 먼 간극에 보들레르를 다시 끌고 왔다.

"시인이란 누추한 현실에서 미지의 잠재성을 길어 올리는 것을 업으로 하잖아요. 향기, 색깔, 운율이 그 두레박이라고 한다면 자연과의 합일 속에서 현존을 구제할 가능성은 이미 보들레르가 보여 줬죠. 자아의 육화肉化라고 할까. 그걸 말라르메는 프랑스적 상징 세계로 엮어 낸 거죠."

연주는 '프랑스적'이란 말에 힘을 줬는데, 석희는 연주가 펼친 상상의 세계를 따라가기 힘들다는 표정을 지었다. 그러자 연주는 잠시 입을 오므려 느닷없이 백석의 시를 읊었다.

> 토방에 승냥이 같은 강아지가 앉은 집
> 부엌으론 무럭무럭 하이얀 김이 난다
> 자정도 훨씬 지났는데
> 닭을 잡고 모밀국수를 누른다고 한다
> 어느 산 옆에선 캥캥 여우가 운다

창문으로 어느 집 개 우는 소리가 컹컹 들렸다. 연주는 삼랑진의 어린 시절로 돌아간 듯했다. 밀양강과 낙동강이 만나는 합류의 화음을 하염없이 듣던 그 시절이 연주에겐 지친 영혼을 달래 주는 향토성이었다. 격정을 향한 한없는 갈증 때문에 떠났던 삼랑진이었다. 매혹과 혐오의 담장 사이를 위태롭게 걸어온 불문학도에겐 이제 그곳이 백석의 자작나무 숲이었다. 요즘 그녀의 창작 노트에는 삼랑진 물결이, 강물에 반사된 햇빛이, 강둑에 두고 온 어린 시절이 자주 등장하고 있었다.

석희는 연주의 내적갈등에 연민을 느꼈다. 그것은 석희 역시 여전히 포기하지 못한 불길이었다. 석희가 자신의 꿈을 갈피에 접어 둔 채 겪어야 했던 방황과 모험의 위기의식이 연주의 몸에서는 향기처럼 풍겨 났다. 연주의 몸은 향기 그 자체였다. 저렇게 섬약한 몸체 어디에 그런 강인한 모험 의식이 숨어 있는지 석희는 의아하기만 했다. 연주의 가슴에 얼굴을 묻고 할딱이는 심장소리를 들을 때에는 얼음장 밑에 속삭이는 시냇물 소리가 났다. 석희는 시냇물을 마구 마셨다. 맑은 물로 몸과 의식을 채워 당신을 위한 현실의 벽이 되어 주리라는 결심을 하듯 석희는 연주의 몸을 탐험했다. 연민이 이끈 정신과 육체의 향연이었다. 끝닿은 곳이 없는 아득함을 탐험하는 동안 석희의 머릿속으로 새 떼가 날아올랐고 수많은 등불이 켜지고 꺼졌다. 연주는 두 팔로 석희의 머리를 안은 채 알 수 없는 작은 소리를 냈다. 바람이 세차게 불었고 나뭇잎이 마구 흔들렸다. 때로는 비가 억수같이 쏟아졌고, 때로는 촉촉한 가랑비가 내렸다. 몽환의 시간이 끝났을 때, 연주는 벗은 몸을 태아처럼 웅크리기를 좋아했다. 그때 연주의 얼굴은 무언가 상실한 또는 상실할 것을 두려워하는 표정일 거라고 석희는 짐작했다.

뜨거운 커피를 건네받는 연주의 얼굴에는 자주 눈물이 비쳤다. 서로의 몸과 마음에 갱도를 파고 무언가 열심히 건져 올리는 게 사랑이지만, 그것은 결국 각자의 결핍을 메우는 행위에 불과하다는 항변이 들리는 듯도 했다. 떠난다고 아무는 것은 아니다. 서로의 마음을 할퀸 갈퀴가 남아 새로운 상처를 내고야 마는 게 사랑이다.

석희는 호수의 왼쪽 굽이를 돌아 포인트에 도착했다. 산벚나무가 수많은 꽃을 달고 있었다. 석희의 어두운 마음은 잠시 맑아졌다. 차를 멀찌감치 세워 두고 장비를 챙긴 다음 석희는 산벚나무에 기대앉아 담배를 한 대 꺼내 물었다. 몇 시간 만에 폐부로 들어간 니코틴이 배 속을 훑고 다시 머릿속까지 촉수를 뻗자 호수의 수면이 아지랑이처럼 흐물거렸다. 평일이라서 그런지 주변에는 사람의 흔적이 없었다.

연주가 보내온 '떠나기로 해요'라는 일방적 통고에 작심할 장소로는 안성맞춤이었다. 숲 뒤쪽에서 딱따구리가 나무를 쪼는 소리가 들렸고, 휘파람새가 붕어의 산란철임을 알려 주었다. 포인트 양편에는 벌써 파릇한 수초가 올라와 있었다. 물 밑에서 회동할 붕어를 생각하자 석희의 마음은 잠시 설렜다. 석희는 마음을 다잡고 채비를 했다. 벌써 해가 산자락에 걸렸고, 호수 저편에 산자락의 그림자가 길게 드리워지기 시작했다.

아직은 바람이 앞쪽에서 불어왔다. 해가 지면 곧 산바람으로 바뀔 것이다. 물고기들이 수면 위로 몇 번 솟구쳤다가 곤두박질했다. 해가 낮아지고 있다는 증거였다. 물고기들은 햇살의 강도에 매우 민감하게 반응한다. 낮에 물가에서 놀며 몸을 뒤척이던 물고기들은 알을 깔 수 있는 적당한 곳을 발견하면 있는 힘을 다해 산란한다. 산골 마을에 연기가 퍼지듯, 물밑에 뿌연 흙탕물이 이는 것은 산란 때만 볼 수 있는 장관이다. 그곳에 향긋한 미끼만 던지면 산란을 마친 물고기들은 몇 끼를 굶은 듯이 덤벼든다. 한눈을 팔아도 대어 몇 마리는 쉽게 잡을 수 있다.

석희의 낚시 경력은 그런 내력을 알려 주었지만, 오늘만큼은 허기진 붕어를 유혹할 마음이 없었다. 그저 낚싯대만 드리우고 어딘가 틀어박혀 괴로워할 연주를 생각하거나, 서로 얽혀 생긴 상처를 견딜 마음의 준비가 필요했다. 석희는 낚싯대를 폈다. 곧 불어올 산바람을 고려해서 긴 대는 왼편에, 짧은 대는 오른편에 늘어뜨려 놓았다.

어둠이 내리자 산바람이 불었다. 석희는 산벚나무 앞에 쳐둔 일인용 텐트를 생각하고 조금 마음이 느긋해졌다. 겨울용 파카도 걸쳤으므로 하룻밤을 새우는 데 불편함은 없을 것이다. 산바람이 제법 세졌다. 봄철 날씨는 예보를 자주 빗나갔다. 산벚꽃이 텐트와 그 앞에 앉은 석희의 어깨 위로 우수수 떨어졌다. 산바람에 산벚꽃이 머리채를 흔들었다. 랜턴을 켜보니 떨어진 산벚 꽃잎이 마치 눈발처럼 하얗게 주변을 덮고 있었다. 도시 인파에 묻힌 벚꽃은 사람들의 정담을 담아 탐스러운데, 산속에 홀로 피는 산벚꽃은 쓸쓸하고 외로워 보였다. 홀로 피었다 홀로 지니 산속 외딴곳에 서 있는 까닭을 알아줄 이가 없는 탓인가. 그 외로움이 석희는 좋았다. 휘파람새가 다시 울었다. 붕어가 밤 활동을 시작했다는 신호였다.

산바람이 나무 사이를 훑으며 지나가자 나무들이 서로 몸을 부딪는 소리를 냈다. 일찍 나온 개구리들이 수초 사이에서 갑자기 언성을 높였다. 주변이 소란스러워졌다. 시가지 행인들이 밤의 네온사인에 의해 참았던 낮의 욕망을 폭발시키는 것처럼, 산과 호수 주변의 미물들이 산자락에 떠오른 눈썹 같은 달과 산바람에 한꺼번에 살아나 움직이는 것 같았다. 그 소리에 산벚 꽃잎이 다시 눈꽃처럼 날렸다. 어둠 속에서 새들이 숲속의 정령들이 노래하듯 작은 소리로 무어라고 지저귀었다.

석희는 마음이 비워지는 것을 느꼈다. 몸이 공중으로 떠오르는 듯했다. 어두운 숲속의 작은 생명체들과 밤새 주고받는 신호에서 혹시 연주의 고통을 치유할 수 있는 실마리를 얻어 낼지도 모른다는 생각이 스치자 들뜬 마음이 조금씩 가라앉았다.

'그래, 그럴지도 모르지.'

문학이 체화하는 고통은 결국 자연과의 교감으로 치유될 수도 있다. 백석처럼. 연주의 가슴 밑에서 들리는 시냇물 소리처럼. 언젠가 자연으로부터 발신되는 신호가 고통의 출구를 만들어 줄지도 모르지. 자연과의 교감? 향토성? 연주가 삼랑진 어느 산기슭에 있을지 모른다는 생각이 스쳤다. 그래, 강둑을 거닐다가, 사랑의 매혹을 떨쳐 버리다가 어느 민박집 방에 우두커니 앉아 있을지 모른다.

석희는 그런 생각을 하면서 낚싯대 끝에서 가물거리는 케미라이트 불빛의 움직임을 주시했다. 조금 전부터 약간의 움직임이 보였다. 산바람이 만들어 내는 파문과 어신魚信을 구별해 내는 것은 밤낚시의 기본이었다. 석희는 파카의 목깃을 올렸다. 바람이 등을 타고 내려와 약간의 한기가 느껴졌다. 낮에 산란한 붕어들이 미끼 냄새를 참지 못해 달려들 것이다. 아무리 조심스러운 놈이라도 미끼의 유혹을 이겨 낼 수는 없다.

수초 주변에서 작은 파문이 일었다. 붕어가 접근하고 있다는 신호였다. 석희는 긴장했다. 찌가 미동을 시작하면 낚시꾼은 호흡을 멈추고 시선을 고정한다. 이때 낚시꾼의 눈은 고양이처럼 반짝인다. 미끼에 걸려든 포획물을 일순간에 잡아챌 준비를 하는 것이다. 대상물을 포착한 낚시꾼의 머릿속 모든 회로는 순간 정지된다. 숨을 죽인다. 붕어가 미끼를 무는 순간을 정확히 포착하는 것만큼 중요한 것은 없다. 마치 연주의 몸을 탐험할 때 숨을 죽이는 것처럼, 어두운 통로를 힘겹게 빠져나온 그녀의 절정을 정확히 포착해 동시에 오르가슴에 도달해야 하는 것처럼 긴장되는 시간이다.

찌가 일 센티 정도 위로 올랐다가 멈췄다. 아직은 아니다. 지금 온 녀석은 너무 조심스러워서 미끼의 유혹을 잘도 참아 내고 있다. 그러나 결국 탐할 것이다. 다시 찌가 일 센티 가라앉았다. 아직도 아니다. 낚싯대를 잡고 있는 석희의 손에 긴장이 흘렀다. 수초 사이에서 다시 물결이 일었다. 물결에 달빛이 흩어졌다. 이때였다. 찌가 살짝 움직이는 듯하더니 위로 서서히 솟구쳤다. 석희는 낚싯대를 힘껏 당겼다. 낚싯대는 한 번 휘청하더니 끝부분이 활처럼 물속으로 휘어져 내렸다. 손에 커다란 진동이 전해졌다.

미끼를 문 놈은 물속에서 흰 몸을 번뜩거리며 요동쳤는데 좀처럼 수면 위로 모습을 보이지 않았다. 산란 후일 텐데도 녀석의 여력은 대단했다. 좌우로 흔들며 헤엄치다가 재빠르게 물속으로 곤두박질쳤다. 붕어가 다시 첨벙 소리를 내며 수면 위로 솟구쳤고, 은회색의 몸통이 달빛을 받아 번득였다. 낚싯대를 든 손이 얼얼해지면서 힘이 빠져나갔다. 이러다간 놓칠 공산이 컸다. 석희는 두 손으로 낚싯대를 높이 들었다. 녀석을 수면 위로 끌어 올릴 자세였다. 그래도 녀석은 얼굴을 보이지 않고 여전히 물속에서 요동쳤다. 그러더니 수초 사이로 낚싯줄을 몰고 가서는 몸을 재빨리 숨겼다. 줄이 수초에 엉켜 꼼짝하지 못했다. 석희는 이런 경우 붕어에게 질 수밖에 없다는 것을 알고 있었다. 잠시의 팽팽한 긴장 끝에 줄이 퉁 소리를 내며 잘려 나갔다. 녀석의 위력은 대단했다. 반항에 성공한 녀석은 수초 속에서 가쁜 숨을 내쉴 것이다. 석희도 가쁜 숨을 몰아쉬었다. 줄이 끊긴 낚싯대보다 탈출에 성공한 그 녀석을 보지 못한 것이 아쉬웠다. 유혹당했음에도 스스로 탈출할 수 있다는 생각은 석희의 마음에 묘한 파문을 일으켰다. 갑자기 나른함이 몰려 왔다. 온몸에서 힘이 모두 빠져나간 기분이었다. 산란한 그 녀석보다 더 허탈했다. 신경을 집중해서 사정한 뒤 찾아오는 허망함 같은 것에 망연해진 석희의 처진 팔 위로 달빛이 내려앉았다.

석희는 줄이 끊긴 낚싯대를 접었다. 아직 남은 한 대에 마음을 집중하기로 했다. 호흡을 가다듬자 석희의 눈에 케미 라이트의 불빛이 멀리 반짝거렸다. 탈출이라. 탈출한 녀석처럼 연주도 탈출할 수 있을까? 나는 도대체 그녀를 유혹하기는 한 건가? 유혹했다면 탈출의 가능성도 열어 두었어야 하지 않았을까? 탈출한 그 녀석은 유유히 호수 깊은 곳으로 잠적하겠지만, 내년 이맘때에 다시 찾아올 산란을 위해 일 년 동안 몸을 뒤챌 것이다. 산란이 고통이라면, 탈출한 그 녀석에게는 매년 되풀이되는 고통이 기다린다. 탈출은 고통의 사슬 속으로 들어가는 행위임을 녀석은 모를 것이다. 유혹한 나는, 또는 매혹당한 나는 탈출이 가능한가?

조금 전만 해도 쉽게 답을 얻을 것 같았던 마음이 뒤죽박죽되었다. 낚시꾼과 붕어는 유혹의 연綠으로 묶여 있다. 서로 유혹하고 탈출한다. 그것은 서로의 결핍을 증명하는 행위가 아닐까. 사랑의 연은 결핍의 사슬이다. 다시 산바람이 불었고 산벚 꽃잎이 날렸다. 새들은 숨을 죽였다. 잠을 자러 깃속으로 날아들었는지 모른다.

긴장이 풀리자 졸음이 찾아왔다. 달이 산 위쪽으로 자리를 옮겼다. 눈썹 같은 달은 찬 기운에 얹혀 쌀쌀한 빛을 발산했다. 약간의 한기가 느껴졌다. 숲속의 어둠이 어떤 형체를 만들어 내고 있었다. 수면에서 일어난 물안개가 이리저리 몰려다니면서 알 수 없는 모습을 연출했다. 변신의 틈에 달빛이 들어와 비치다가 사라지곤 했다. 그 광경이 공포심을 불러일으켰다. 멀리 산촌의 개가 컹컹 환청처럼 울었다. 석희는 약간의 두려움과 한기에 떨면서 산중에 혼자 들어온 것을 후회하기 시작했다. 그러나 어쩌랴. 석희는 호위병을 바라보듯 텐트를 한번 힐끔 쳐다봤다. 숲속에서 버석거리는 소리가 들렸다. 마음이 한껏 오그라들었다. 깃에 드는 새소리일 거라고 마음을 달랬다. 연주도 어디선가 공포로 밤을 새우고 있을지 모를 일이었다.

'삼랑진일 거야, 어디 갈 데가 없잖아.'

작년 여름, 둘이 삼랑진에 갔던 기억이 떠올랐다. 밀양 강과 낙동강이 합류하고 다시 분기하는 너른 퇴적층에 아담 하게 자리 잡은 마을이 석희도 내내 궁금했었다. 연주는 혹 시 아는 사람과 마주칠까 조바심을 내며 합류 지점의 강둑을 걸었다. 밀양강은 여인처럼 조용하게 낙동강의 넘실거리는 물결로 흘러들었다. 석희의 품을 찾아드는 연주 같았다.

"어린 시절 여기에 자주 왔어요. 삼랑三浪, 세 개의 강줄기가 모두 다른 모습으로 모이고 흩어지는 광경이 매혹적이었다 고 할까. 그 강줄기 너머로 가보고 싶다는 동경에 취해 있었 어요."

"그래, 강 마을에 사는 사람들은 물결 따라 어디론가 가 고 싶은 정서를 은연중 갖게 되는 거 아닐까. 그게 고향 기질 인가 봐."

"합류는 곧 상실로 나타나요. 흘러가 버리니까. 기존의 흐름으로 복귀하지 못하니까. 기존의 물줄기는 만남과 더불 어 새로운 물줄기로 변하죠. 소멸과 생성이 반복되는 곳이 여기예요. 그 경계선, 변방."

낙동강 서편 하늘에 붉은 노을이 지고 강바람이 시원하게 불어왔다. 연주가 쓰는 이메일 계정, '변방의 슬픔'을 이해할 것도 같았다. 그런데 강둑처럼 든든히 서 있지 못하는 것이 문제였다. 매혹 속을 유영하다가 끝내 정착하지 못하고 혐오의 손짓에 끌려 다시 도피하는 사람은 생성의 기쁨을 누릴 수 없다. 생성보다 소멸된 것에 뒤를 돌아보는 연주의 기질은 이곳 삼랑진에서 보낸 어린 시절부터 움터서 이제는 스스로가 사랑의 영역으로 이주하는 것을 방해하고 있었다.

그때 다시 케미라이트 불빛이 미동을 시작했다. 석희는 호흡을 멈추고 긴장했다. 찌가 약간 들리는 듯하더니 한동안 멈췄다. 저놈도 아까 탈출한 녀석처럼 여간 신중한 놈임에 틀림없었다. 석희는 낚싯대에 손을 얹었다. 이번에는 단단히 포박하리라는 다짐과 함께. 찌가 서서히 가라앉는 듯하더니 다시 위로 올라왔다. 하나, 둘, 셋을 셈과 동시에 석희는 낚싯대를 순간적으로 끌어당겼다. 낚싯대 앞쪽 끝이 휭 소리를 내더니 물속으로 곤두박질쳤다. 아까 그 녀석만큼 큰 놈이 분명했다. 석희는 필사적으로 낚싯대를 위로 올렸다. 잘못하다가는 수초 사이로 몸을 감을 것이다. 석희는 낚싯대를 올린 채로 몇 발짝 물러섰다. 녀석의 동작 공간을 수초로부터 떨어뜨리려는 계획이었다. 산벚나무까지 물러난 석희는 낚싯대가 나뭇가지에 걸리지 않을 만큼 몸을 낮췄다.

꽃잎이 바람결에 다시 날렸다. 녀석은 안간힘을 다해 탈출을 시도했다. 은빛 몸통이 수면 위로 솟구쳤다. 달빛이 순간적으로 몸통 위로 흘렀다. 붕어였다. 이번에는 잡으리라. 다시 물속으로 몸을 비튼 녀석을 저지하려 했지만, 힘이 실린 낚싯대는 그 녀석을 물 위에 잡아 두는 데까지만 성공했다. 석희와 서너 번을 씨름한 녀석의 힘은 서서히 약해졌다. 이번에는 성공의 예감이 석희를 들뜨게 했다. 녀석은 늠름한 자태를 그대로 드러낸 채 땅 위로 끌려 올라왔다. 뒤로 물러난 석희는 뭍으로 올리는 것 말고 다른 방법이 없었다. 녀석의 몸은 달빛을 머금고 하얗게 빛났다. 산벚 꽃잎이 날렸다.

이제는 됐다. 석희는 낚싯대를 놓고 녀석에게 다가갔다. 녀석을 잡으려고 두 손을 몸에 대는 순간, 그 녀석은 마지막 힘을 다해 솟구쳤다가 땅으로 떨어졌다. 오른손 어디엔가 예리한 통증이 느껴졌다. 석희는 그것이 무엇인지 몰랐다. 그런데 붕어가 다시 한번 솟구쳤을 때 오른쪽 손가락에 전율 같은 통증이 엄습했다. 석희는 자신도 모르게 비명을 질렀다. 석희는 왼손으로 붕어를 결박한 채 통증의 근원이 어디인지를 살폈다. 그것을 알아내는 데에는 오랜 시간이 걸리지 않았다.

뭍으로 끌려 올라오며 풀린 낚싯바늘 한쪽이, 녀석이 솟구치면서 떨어질 때 손가락을 깊숙이 찌른 것이었다. 그러다가 다시 솟구칠 때 손가락이 딸려 올라갔고, 떨어지며 바늘은 더 깊숙이 손가락에 박혔다. 두 개의 바늘은 삼줄로 연결되어 있었다. 한쪽 바늘엔 붕어가, 다른 바늘엔 석희의 손가락이 걸렸다. 붕어가 다시 솟구친다면 바늘은 더욱 깊숙이 석희의 손을 파고들 것이다. 석희는 왼쪽 무릎으로 붕어를 지그시 누른 채 왼손을 더듬거리며 낚시 가방을 찾았다.

낚시 가방은 조금 떨어진 곳에 있었다. 무릎을 풀지 않은 채 몸을 길게 늘였고, 겨우 손이 닿았다. 어느새 석희의 이마에는 땀방울이 맺혔다. 석희는 낚시 가방의 한쪽 지퍼를 내려 도구 통을 더듬었다. 가방 아래 부근에 넣어 둔 통을 찾아내 한 손으로 힘겹게 열었다. 그러고는 낚싯줄을 끊을 때 쓰는 작은 펜치를 찾아 더듬거렸다. 다행히 펜치는 그 통 속에 있었다. 그런데 일 년 동안 처박아 둔 펜치가 녹슬어 낚싯바늘을 묶은 삼줄을 끊지 못했다. 손아귀에 힘을 주어 두 번 세 번 눌렀지만 끊어지지 않았다. 석희는 호흡을 가다듬었다. 붕어는 한참 동안 뭍에 있어 힘이 빠졌을 터지만, 경계를 늦출 수는 없었다.

오른손의 통증이 점점 커졌다. 사력을 다해 몇 번 더 시도하자 삼줄이 끊어졌다. 오른손이 자유로워졌다. 석희는 다시 호흡을 가다듬고 붕어를 내려다봤다. 흰 몸의 아름다운 자태였다. 입을 벌름거렸고 무릎에서 빠져나가려고 몸부림쳤다. 다시 한번 펄쩍 뛰는 그 녀석을 단단히 움켜쥐고 어망에 집어넣었다. 입에 물린 낚싯바늘을 빼줄 경황은 없었다.

그러고는 의자에 앉아 랜턴을 켰다. 일부러 큰 바늘을 쓴 것이 문제였다. 낚싯바늘은 일 센티 정도 살을 파고들어 깊숙이 박혀 있었다. 살짝 돌려 빼려고 했지만 바늘 끝에 달린 미늘이 바늘의 후퇴를 허용하지 않았다. 피가 배어 나왔다. 다시 한번 바늘을 움직여 보았지만, 오히려 손가락에 견디기 힘든 아픔만 더해졌다. 살 깊이 박힌 바늘을 제대로 빼려면 병원 신세를 져야 한다는 사실을 깨달았다.

석희는 겁이 났다. 이 산중에, 대낮에도 두 시간 반을 운전한 거리를 지금 나갈 수 있을지도 의문이었고, 설령 나가는 데 성공했다고 해도 꼭두새벽에 문을 연 병원을 찾을 수나 있을지 몰랐다. 응급실이 있는 큰 병원에 가야 했다. 식은땀이 흘렀다. 왼손으로 이마의 땀을 훔치고, 어떻게 할지 궁리했다. 서너 시간만 있으면 동이 틀 것이다. 석희는 작은 낚시 의자에 정좌했다. 다른 도리가 없었다. 이대로 날이 새기를 기다리는 것 말고 뾰족한 방법은 없어 보였다. 피는 멈췄는데, 얼핏 보기에도 찔린 손가락의 피부색이 변하고 있었다. 손가락 마디 절반 정도에 몸통을 숨긴 바늘이 꽂혀 있었다. 큰일이 일어날 것 같지는 않았지만, 여기서 이런 상태로 몇 시간을 지새워야 한다는 게 문제였다.

개구리가 큰 소리로 울었다. 산바람이 다시 불었다. 산벚꽃잎이 휘날렸다. 수초 사이로 물고기들이 첨벙거렸다. 그들을 유혹하던 미끼도, 낚싯대도 걷힌 호수에 물고기들이 자유롭게 유영하는 듯했다. 손이 저려 왔다. 석희는 한 손으로 파카를 고쳐 입었다. 새벽의 산바람이 옷깃에 스며들어 한기를 더했다. 새벽에 가까운 달빛은 더 교교했다. 새들이 잠에서 깨어날 준비를 하는지 덤불 속이 부산해졌다.

연주가 탈출을 꿈꾼다면, 그녀는 바늘에 걸린 것인가? 바늘 끝에 달린 미늘이 그녀를 옴짝달싹 못 하게 만들 것인가? 갑자기 물고기 뛰는 소리가 첨벙 하고 울렸다. 어망에 갇힌 붕어가 탈출을 시도하는 소리였다. 탈출하진 못할 테지만, 붕어는 바늘을 문 것도 잊은 채 사력을 다해 호수로 돌아가고 싶은 충동을 발산하는 중이었다. 두어 번 풍덩거리는 소리가 들리더니 이내 잠잠해졌다. 탈출을 포기한 것도 같았다. 석희는 정신이 아득해졌다. 손의 통증이 머리 위로 올라왔다. 어망에 갇힌 붕어가 탈출하더라도 결국 바늘을 문 채일 터고, 나를 이 산중에 가둬 놓을 만큼의 깊은 상처를 나에게도 남겨 놓았다는 생각에 오한이 덮쳤다.

'떠나기로 해요'라는 말을 남기고 떠나도 상처는 남는다. '떠나기로 해요, 이제' 하고도 머뭇거린들 살을 파고든 미늘은 깊숙이 박힌 바늘이 빠져나가는 것을 허용하지 않을 것이다. 서로의 결핍을 확인하는 순간 사랑은 미늘처럼 덫이 되고 상처를 남긴다. 덫에 갇힌 채 상처를 치유하며 살아가는 것이 막다른 선택인가. 아니면 불행의 예감을 불꽃처럼 간직한 채 떠나는 사람의 뒷모습을 바라봐야 하는 것인가.

석희는 아직 답을 찾지 못했다.

　호수 주변이 조금 밝아졌다. 새벽이 오고 있는 듯했다. 날이 밝으면 천천히 차를 몰아 산을 내려갈 것이다. 그러나 산에서 내려가도 아무런 답이 없음을 어렴풋이 느꼈다. 석희는 의식이 아득해졌다. 통증과 졸음이 같이 찾아들고 있었다. 잠을 자면 안 된다고 중얼거리면서 석희는 옅은 잠 속으로 빠져들었다. 바람의 방향이 바뀌었다. 여명을 타고 골바람이 일렁였다. 작은 낚시 의자에서 몸을 웅크린 채 졸고 있는 석희의 어깨 위로 하얀 꽃잎이 흩날리고 있었다.

* 이 글에서 보들레르, 말라르메에 관한 묘사는 마르셀 레몽의 『프랑스 현대시사: 보들레르에서 초현실주의까지』(김화영 옮김, 현대문학, 2007)를 참조했다.

하얀 감자꽃

"내일 동네 사람들이 감자 캐러 온대."

준성은 아내의 눈치를 흘낏 보며 조심스레 말했다.

"꼭 그런 식으로 농사를 지어야 했나?"

아내 윤희가 혼잣말하듯 낮게 대꾸했다. 건넛방에서 두 딸이 다투는 소리가 들렸다. 딸들은 싸우기엔 터울이 좀 있으나 큰 녀석도 작은 녀석도 언제부턴가 양보란 없었다. 갓 유치원에 들어간, 작은 딸 민이의 잉잉 우는 소리가 들렸다.

"텃밭이라고 생각했지. 그런데 그게 쉽지 않네."

건넛방 아이들에게 신경이 쏠리면서 준성의 말은 변명조로 잦아들었다.

"그냥 놀릴 수도 없고. 풀이 장대처럼 자라면 옆집 할아버지가 호통을 칠 텐데 농사짓는 시늉이라도 해야지."

둘째의 울음소리 뒤로 큰딸 연이가 무어라 나무라는 소

리가 이어졌다. 윤희는 딸들의 다툼에도 아랑곳하지 않았다.

"당신이 언제 내 허락 맡고 했나."

윤희가 소파에서 일어나 부엌으로 걸어가며 말했다. 아내의 손길을 기다리는 일감이 딱히 없을 시간에 부엌으로 돌아서는 아내의 뒷모습이 내내 저렸다. 점점 익숙해진 장면이었지만, 그 익숙함이 거부할 수 없는 예리한 통증을 몰고 왔다.

아무튼 감자를 캐야 했다. 마을 토박이인 명수와 단단히 약속했다. 그는 마치 제 밭일인 듯 준성에게 몇 번이나 다짐을 한 터였다.

오월 하순에 접어들면서 감자밭은 온통 흰 꽃 무리로 치장을 했다. 준성은 감자 덩굴 사이 피어나는 그 은색의 꽃송이에 감탄했다. 전에는 감자 덩굴에서 꽃이 핀다는 생각조차 하지 못했다. 준성은 나무로 틀을 짠 천막 창문에 비치는 달빛이 너무 고와서 밖으로 나갔다가 깜짝 놀랐다. 산비탈의 감자밭이 온통 은색의 물결로 덮였다. 진한 초록 잎들 사이 솟아오른 꽃대의 무수한 하얀 꽃들이 흐뭇하게 달빛 잔치를 펼치고 있었다. 농번기에 겨우 모내기를 끝내고 한숨 돌리는 농심農心을 어루만지기라도 하듯, 감자밭이 달빛 아래서 이리 아름다운 꽃 잔치를 벌일 것이라곤 상상조차 하지 못했다. 명수는 감자꽃을 떼어 내야 감자 씨알이 굵어진다고 했다. 그러나 준성은 그 은색의 꽃 잔치를 오래 즐길 생각이었다. 산촌에 피어나는 봄꽃은 유난히 흰색이 많다. 산수유의 노란 꽃조차 이 산촌에서 피면 추위에 떨어 흰색에 가까웠다. 산수유가 한창 꽃물결을 자랑할 때면 목련이 피어나고, 목련이 지고 나면 산 중턱 곳곳에 산벚꽃이 버짐처럼 핀다. 울타리 삼아 심은 조팝나무가 꽃망울을 틔우는 것도 바로 그 때다. 마치 팝콘을 뿌려 놓은 것처럼 흰 꽃 무리가 집을 에워싼다. 물가의 귀룽나무가 흰색 망울을 터뜨리면, 산촌은 온통 흰 꽃대궐이다.

감자꽃이 꽃대를 밀어 내며 하얗게 피어나면 여름에 들어서고 있다는 신호다. 산비탈 감자밭은 은빛 축제다. 대낮엔 햇빛에 가려져 그 존재감을 드러내지 못한 흰 꽃이 달빛 아래에선 은어 새끼 떼처럼 빛을 발한다. 수만 마리의 은어가 산비탈을 향해 헤엄치는 것도 같고, 때로는 개울로 몰려가는 것도 같다. 준성은 달빛에 얼비치는 하얀 감자꽃의 향연에 깊이 빠져들었다. 그 꽃의 향연이 생애 첫 농사를 지은 준성을 은근히 자부심에 들뜨게 했다. 꼬박 밤을 새워 완성했던 논문도 감자꽃이 흐드러진 꽃 잔치만큼 위로가 되지는 않았다. 뜻밖이었다.

준성은 모든 일에 조금씩 지쳤다. 누가 알아주기를 바란 것은 아니나 세상 현실을 관찰하고, 처방을 내리고 싶은 대학 시절의 욕망이 준성을 여기까지 몰고 왔다. 대학은 세상의 온갖 얼룩을 빼는 빨래터라 생각했다. 사익에 눈이 멀어 드잡이를 마다하지 않는 모리배들과 권력과 부를 움켜쥔 자들의 뻔뻔한 세태를 바로잡는 지성적 명약名藥을 생산하는 곳. 그런데 명약에 대한 대중의 수요가 급격히 줄어들었음을 실감했다. 교수들이 내놓는 처방전은 명약이 아니라 오히려 단순한 진통제나 환각제 같은 것, 심지어는 병세를 악화시키는 치명적 오진이었다. 대학은 얼룩진 사회를 빨아 말리는 세탁소가 아니라, 그 자체가 얼룩인 문제 집단으로 변해 가고 있음에 부쩍 위기감이 늘어난 요즘이었다. 그래도 준성은 서울의 번듯한 대학에 자리를 잡았으니 불만은 없었으나, 밤새운 항해 끝에 도달한 항구에서 환영 인파가 맞아 주었으면 하는 사치스러운 기대를 버리지는 못했다.

세상 현실을 논리의 바다에 헹구고 양념을 치듯 온갖 개념을 동원해 번듯한 논문을 내놔도 세상 사람들은 물론 교수들조차 눈여겨보지 않았다. 어쩌다 동료와 후배 교수들의 논문 한 귀퉁이에 인용되는 것으로 만족해야 했다. 몇 년 전만 해도 그럴듯한 논문이 기자들의 눈에 띄면 기사화되는 일이 있었지만, 컴퓨터가 보급되고 정보 자원이 늘어나면서 교수들의 연구는 대중적 관심을 끌지 못하고 변두리로 밀려나기 시작했다.

준성은 지성의 시대가 막을 내리고 있음을 예감했다. 지성은 정보가 없어 판단할 근거가 빈약할 때 빛을 발하는 법이다. 지성인이란 더 많이 알고 더 많이 사색하고 더 많이 판단하는 사람이다. 대학이 정보와 지식을 독점하던 시대가 저무는 시점에서 이제 그런 존재는 박물관에나 가야 찾을 수 있을 것이다.

"다 자기를 위한 일인데 위로를 구한다는 게 말이 돼? 회사원이라면 몰라도."

아내의 말은 냉정했다. 은근히 동의를 구한 준성은 그런 투로 응대하는 아내에게 내내 서운했지만 따지고 보면 맞는 말이니 대꾸할 수도 없었다.

늦은 밤 윤희는 책상 앞에 앉아 있는 준성에게 다가가 느닷없이 말했다.

"나도 오피스텔 하나 구할까 봐."

사르트르와 보부아르의 계약 결혼을 본보기로 들었다. 보부아르처럼 자기만의 공간에서 연인과 사랑하고, 연인과 논쟁하고, 때로는 친구들과 커피를 마시며 세상사를 논하는 삶!

이런 얘기도 했다.

"여자에게도 열쇠로 문을 열고 들어가는 자신만의 공간이 필요하거든."

윤희의 시선이 먼 곳을 향했다. 연애 시절의 소망으로 돌아가려는 듯했다. 윤희의 책상에는 보부아르, 버지니아 울프, 레이먼드 카버의 책들과 국내 여류 작가들의 작품집이 두서없이 널려 있었다. 울프 부부가 공동 집필했다는『Two Stories두 가지 이야기』는 막 도착했는지 영문 주소가 적힌 포장지가 뜯겨 있었다. 그 옛 언약을 다 지켜 줄 수 없으니……. 흐뭇한 달빛에 작은 망울을 흔들어 대는 감자꽃의 열병식 앞에서 술잔을 기울일 수밖에 없는 이유였다.

윤희는 준성의 응답을 기다리다 지친 기색이 역력했다. 삶을 같이 가꿔 가야 한다는 그녀의 기대, 현실의 난제를 같이 풀어내야 한다는 그녀의 동행 의식에 준성의 답은 미적지근했다. 학교 업무가 쌓였고, 논문을 써야 했고, 여기저기 들어오는 원고 청탁에 응하느라 가족들의 삶 속으로 제대로 진입하지 못했다.

십여 년 전 유학 시절, 윤희가 큰딸 연이를 재우고 책을 펼치며 한 말이 떠올랐다. 영문학을 공부한 윤희는 준성이 유학하던 대학에서 야간 강의를 들었다. 일종의 평생학습 코스였는데 여교수의 강의가 마음에 든다고 했다.

"가끔 술 마시고 책을 읽을 수 있는 생활이면 흡족해."

윤희의 말에 충만해진 준성은 마침 작은 술독처럼 생긴 싸구려 와인이 생각나 일어서며 말했다.

"그래, 맞아. 술 마시고 책 보고 글 쓰고!"

"여기 미국 생활이 단조롭기는 하지만 조용해서 좋네."

윤희는 자못 만족스러운 표정을 지었다. 기혼 학생들을 위한 숙소는 원룸만 했지만 거실과 방, 작은 베란다가 딸려 있었다. 젊은 유학생 가족에게 그리 궁핍한 공간은 아니었다.

준성이 의기양양하게 맞장구쳤다.

"서울에서처럼 생활비나 부모님 걱정은 안 해도 되잖아."

양가 부모를 뒤치다꺼리하기가 너무 벅차 도망치듯 나온 유학이었다. 준성에겐 홀로 남은 아버지가, 윤희에겐 이혼과 사별을 모두 겪은 어머니가 있었다. 그들은 거리낌 없이 준성의 전셋집을 번갈아 가며 들락거렸고, 일이 생길 때마다 도움을 청했다. 준성이 석사학위를 받고 장교로 복무하던 시절이었다. 경제적으로 그리 쪼들리는 편은 아니었으나 두 집안일을 도맡아 해결해야 했기에 신혼 생활은 늘 여유가 없었다. 그때 셋방에서 준성은 좌식 책상을 놓고 논문을 썼다. '가끔 술 마시고 책 읽을 수 있는 생활'은 결혼 전 윤희의 소박한 꿈이었다. 유학을 마치고 귀국해 대학에서 자리를 잡았을 때는 그 정도야 못 할까 싶었지만 생각보다 그런 생활이 쉽지만은 않았다. 유학에서 돌아온 후에도 윤희는 여전히 가사家事에 갇혀 있었다. 준성은 그걸 합리적 분업이라 치부했다. 결혼 후 시아버지와 친정 엄마의 일까지 뒤치다꺼리해 온 윤희가 제 존재를 가족의 울타리에서 조금씩 밀어내고 있다는 것을 알아차렸지만, 준성은 시시각각 밀려오는 현실의 파고를 감당하느라 새로운 출구를 찾지 못했다. 가정의 울타리를 굳건히 지키리라는 준성의 보호본능이 윤희를 그 속에 가둬 놓고 있음을 알아차리기엔 너무 어린 나이였다. 조연助演은 그만두겠다는 윤희의 항변과 그 표정에서 어떤 변화가 일어났음을 읽어 내긴 했지만 그 실체가 무엇인지 알아차리지는 못했다.

준성은 한기를 느꼈다. 유월 하순이라도 찬 이슬이 내리는 밤, 산속 천막은 냉기로 가득했다. 곧 새벽이 밝고 햇살이 비치면 명수가 동네 사람들을 몰고 올 것이다. 감자꽃이 피고 한 달이 지나면 잎과 꽃은 시든다. 먼 남쪽 지방에서 장마 소식이 들려오기 전까지는 감자를 캐야 한다. 장마가 시작되고 빗물에 젖으면 땅속 감자들은 부패하기 시작한다. 썩는 감자에 대한 미안함보다 마을 사람들의 눈총을 견디는 게 더 어려울 것이다.

　'다 해줘도 캐지를 못하고 저리 내팽개쳐 두니 쯧쯧…….'

　촌민들의 꾸지람도 그렇지만 한번 그렇게 눈 밖에 나면 내년 농사는 엄두도 못 낸다는 것을 명수를 통해 알았다.

　명수는 준성을 만날 때마다 마을 사정을 전해 주었다. 동네 모든 일을 진두지휘하는 이장댁, 해방 직후 화전민으로 들어와 비탈밭 주인이 된 박 씨 아저씨, 명문고 학력을 자랑하는 마을 훈장 진영네 할아버지, 옛 주막집 아들 장 씨 이야기 등등. 길게 늘어진 산골짜기 구석구석에서 아침저녁으로 연기를 피워 내는 소담한 집들과 산촌 사람들이 겪은 체험담은 여름 채마밭에 쑥쑥 올라오는 푸성귀처럼 다채로웠다.

언젠가 명수가 밭둑에 걸터앉아 농담처럼 말했다.

"군대에 말뚝 박을 걸 그랬시유. 우리 중대장이 내 등치를 보고 몇 번 말했는디 그걸 박차고 나왔으니 이 고생이지."

말끝에 터진 명수의 투박한 웃음에서 농담인가 아닌가 하는 의구심이 들었다. 준성이 맞받았다.

"말뚝 박지 그랬어. 내가 이래 봬도 예비역 중위거든. 육군 중위 강준성!"

"형님이야 공부를 잘하니 말뚝 박을 필요는 읎은께요. 내가 이 고생이지."

명수는 다섯 살 많은 준성을 형님이라 불렀다.

"내가 장남이걸랑요. 동생들 돌보라고 영감이 성화를 해대니 어쩔 수 없이 나왔시유."

"그래서 후회하나?"

준성은 궁금해서 물었다.

"후회라기보다는 고생이지유, 뭐."

명수의 답은 알쏭달쏭했다.

"그런디 형님은 뭐 한디 여길 왔대유?"

대학의 교수라는 사람이 산촌 구석에 들어와 살겠다는 말을 듣고 명수는 신기한 듯 준성의 얼굴을 쳐다보며 물었다.

"대학 교수라믄요? 감자 농사는 지어 뭐에 쓰건디요? 돈 몇 푼이나 된다고유?"

명수의 질문은 끝이 없었다. 준성은 사실 농사 수입이 몇 푼이나 될지 셈해 보지도 않았다.

"가끔 머리도 식힐 겸해서 텃밭을 샀는데 그냥 두고 보기엔 좀 뭣해서 그랬지."

사실 텃밭이라고 하기엔 감당하기 힘든 큰 밭이었다. 삼백 평은 족히 넘었으니까. 그것도 지적도에 택지로 명시되어 있기에 구태여 농사를 짓지 않아도 되는 땅이었다. 첫해엔 땅을 놀렸다. 어찌할 바를 몰랐다. 육이오전쟁 이전에 화전민이 살던 땅이라 했다.

"육이오 때 인민군이 내려오면서 여기 산골짜기에서 전투가 벌어졌대유. 병사들 시체며 화전민들 인골이 여기저기 나뒹굴었대나?"

명수는 해병대 시절을 상기하듯 말했다.

"그럼 죽은 자들의 혼백이 여기저기 떠돌겠구먼."

"말해 뭐해유. 밤에 소쩍새가 유난스러운 기 다 그거지유. 형님 땅은 그 인골이 썩어 농사가 잘될 거예유."

명수가 놀리듯 웃었다. 사실이었다. 인근 밭과는 달리 유난스럽게도 잡초가 자라났다.

"잘 샀구먼."

준성은 짧게 대꾸했다.

사실 밭의 실질적인 소유주는 윤희였다. 준성이 가족을 태우고 우연히 들렀던 이 골짜기에서 점심을 먹었을 뿐, 이곳 땅의 주인이 되리라곤 상상도 하지 못했다. 매입자는 장모였다. 옆에는 개울물이 흐르고 귀룽나무가 멋지게 가지를 뻗고 이른 봄이면 여기저기 야생화가 고개를 내미는 땅을 본 장모는 윤희를 소유주로 내세워 땅을 사는 데 흔쾌히 동의했다. 시인인 장모는 귀룽나무 아래 당신의 시비詩碑를 세워 달라며 농담하듯 일렀다.

삼백 평의 땅을 소유했다는 뿌듯함은 지불한 돈의 액수보다 더 실감 나게 다가왔다. 땅을 소유했다는 충만감이 책 한 권을 펴낸 것보다 몇 배는 더 크다는 사실을 준성은 인정해야 했다. 준성은 책을 내기까지 꼬박 새웠던 지난 밤을 기억해 냈다. 그 밤의 고통들이 쌓은 공적보다 생면부지의 주인을 만난 이 땅에서 가족과 보낸 시간이 훨씬 감미롭게 느껴졌다.

지난해 가을이었다. 묵혔던 밭도 둘러볼 겸 오랜만에 가족 나들이를 떠났다. 돌아오는 길에 차가 출발하자마자 연이와 민이는 뒷좌석에서 잠이 들었다. 산길을 뛰어다니고 개울에서 물장구를 치며 놀았으니 나른했을 것이다. 옆자리의 윤희도 눈을 감고 있었다. 운전대를 잡은 준성은 무료함을 달래려 라디오를 틀었다. 미국의 보컬 그룹 '시카고'의 「If You

Leave Me Now「당신이 지금 떠난다면」가 흘러나왔다. 이 노래가 대학 시절, 준성의 첫사랑을 떠올리게 했다. 첫사랑은 시카고의 노래처럼 떠나갔다. 차는 산촌을 벗어나 강변 절개지로 접어 들었다. 그때 윤희가 느닷없이 물었다.

"당신은 동행이 있어?"

동행? 준성은 무언가를 들킨 듯 움찔 당황하면서 노래 가 불러온 옛 장면을 얼른 지웠다. 윤희의 질문에서 겨냥하 는 목표가 얼핏 보였다. 그 말의 논리는 비수처럼 준성의 가 슴을 파고들 것이었다. 그즈음 윤희와의 대화에서 준성은 마 음을 놓을 수 없었다. 어조語調가 아무리 부드러워도 닿는 지 점은 하나였다. 준성은 윤희가 밟을 논리의 계단을 속으로 짚어 봤다. 동행이 있는 사람은 행복할 것이다. 잘 살아가는 사람이다. 그런데 당신은 동행이 없을 것이다. 제 일에만 몰 두하기에, 제 성공에만 모든 시간을 쏟기에 타인은 물론 심 지어 가족까지도 안중에 없다. 그러니 동행은 없다! 거기까 지 생각이 미치자 준성은 미리 방어벽을 쳐야 했다.

"동행? 그럼…… 나는 있지."

조수석에 앉은 윤희의 얼굴에 의외라는 표정이 스쳤다. 호기심이 발동한 듯했다.

"정말 있어? 내가 모르는 사람?"

차는 도시 외곽으로 막 진입하고 있었다. 주말 나들이를 갔다 돌아오는 차들로 도로가 붐볐다. 준성은 앞차 후미등의 빨간 불빛을 보면서 말을 얼버무렸다.

"아니, 그런 뜻이 아니고……."

"그럼 뭐지?"

"당신이 질문한 의도를 아니까. 나는 동행이 없는 사람이다. 그걸 말하고 싶던 거 아닌가?"

그러자 윤희는 약간 화가 난 말투로 말했다.

"당신은 그게 문제야. 나는 그냥 호기심 삼아 말했을 뿐인데 왜 내가 당신을 비난한다고 생각하지?"

아내 말이 맞을 것이다. 아니, 틀릴지도 모른다. 그즈음 윤희의 논법은 준성의 마음 밭에 꽂히는 화살이었으니까. 준성에게 자신의 아지트를 벗어나라는 외침이었으니까. 거리에 어둠이 내렸다. 잠시 불편한 침묵이 흘렀다. 연이와 민이가 단잠에서 깨어났다. 그때 윤희가 선언하듯 말했다.

"나는 당신의 소울메이트soulmate라고 생각했는데, 지금 보니까 아니야. 당신의 소울을 위한, 당신의 아틀리에를 가꿔 주는 사람. 소울메이드soul-maid야!"

차는 아파트 주차장으로 진입했다. 준성이 말없이 짐을 부리는 사이 윤희는 두 딸을 데리고 총총히 집으로 올라갔다. 준성은 우울한 기분을 떨치지 못한 채 현관에 들어섰다. 욕실에선 아이들이 샤워하는 소리가 들렸다.

잠시 후 네 식구는 식탁 앞에 앉았다. 소울메이드. 준성은 마치 덫에 걸린 사슴처럼 그 말에 걸려 허우적대고 있었다. 사춘기에 갓 접어든 연이도 무엇에 정신이 팔렸는지 말이 없었다. 민이가 얼른 거실로 달려가 텔레비전을 켰다.

윤희가 이윽고 입을 열었다.

"저녁 식탁에 웬 침묵?"

정신을 퍼뜩 차린 준성은 허우적거림을 멈추고 밥상을 바라봤다. 사실 준성은 평소에도 저녁 식탁에서 별로 말이 없었다. 밥을 먹으면서도 논문을 생각하는 버릇 때문이다. 논리의 비약을 어떻게 해결해야 할지 생각했고, 그 사유의 바탕을 무엇으로 메울지 골몰했다. 준성은 반성하듯 연이에게 말을 걸었다.

"그런데 연이야, 공부는 잘되니?"

"……."

가을의 산 공기도 오랜만의 나들이도 연이의 기분을 바꿔 놓지는 못했다. 참다못한 민이가 응석을 부렸다. "언니가 자꾸 꼬집어. 조용히 하라고."

'방을 따로 써야 할 때가 온 모양이군' 하고 준성은 생각했다. 거실에서 텔레비전 방송이 나지막이 흘러나왔다. 일요일 저녁 연예 프로그램이 시작된 듯했다. 공허한 웃음소리가 들렸다. 준성은 빈 그릇을 개수대에 갖다 놓으며 쓰다 만 논문을 습관처럼 떠올렸다.

"아빠는 정신이 딴 데 가 있어."

윤희의 일침에 준성은 얼른 표정을 바꿔 말했다.

"아니, 요 옆에 다 지은 아파트 있잖아. 몇 채 남은 거 분양한대요. 거기 삼십일 평이 그런대로 살 만한 것 같아."

"또 이사 가려고?"

윤희가 질린 듯 말했다. 지금 집으로 이사 온 지 일 년이 채 안 된 것도 사실이었다. 이십육 평 신축 아파트는 준성의 생애에 처음 가져 본 자가自家였다. 이사한 첫날의 감격을 잊지 못한다. 윤희도 밤늦도록 축하주를 마시며 옛 전세방 시절을 얘기했다. 오랜만에 맛보는 행복이었다. 그걸 벌써 잊었냐는 듯한 윤희의 반응이 이해가 갔다. 하지만 말을 돌릴 수 없었다. 더는 미루지 말고 털어놓아야 했다.

준성은 며칠 전, 학교 연구실에서 평소보다 일찍 나와 아파트 분양 사무실에 들렀다. 안내 직원의 설명을 찬찬히 들으면서 준성은 셈을 하고 있었다. 감당할 만하다는 생각에 미치자 준성은 직원에게 계약하겠다고 했다. 전국 지방 도시에 물결처럼 퍼져 나가는 아파트 건축 붐 속 너도나도 편승하는 대열에 준성도 끼어든 것이다. 계약금을 치렀다. 준성은 이 말을 언제 해야 할지 눈치를 살피던 중이었다.

"계약금을 치렀는데……."

잠시 어색한 침묵이 흘렀다. 윤희는 수저를 내려놓고 멍한 표정으로 준성을 바라봤다. 준성은 위태로운 침묵을 깨듯 선언했다.

"얘들아, 더 넓은 곳으로 이사 가자. 각자 방을 줄게!"

작은 아이는 말만으로도 신이 나는지 탄성을 질렀다. 큰 딸은 여전히 말이 없었다.

"맘대로 해. 언제는 당신이 내 허락받고 했나."

윤희의 목소리엔 체념이 섞여 있었다.

준성은 귀국 후 정착한 이 지방 도시의 사립대학에서 몇 년을 지냈다. 그러다가 서울에 있는 K 대학으로 자리를 옮겼다. 하지만 서울로 이사하는 것은 포기했다. 돈도 모자랐지만 갈 곳도 마땅치 않았다. 이미 몇 년을 살아 정이 든 데다 딸들이 성장하기 좋은 이곳에서 몇 년간은 더 버틸 작정이었다. 연구실에서 늦게까지 글을 쓰다가 한밤중 어둠을 뚫고 두어 시간 차를 몰고 달려야 했지만 나름 괜찮았다.

새로 이사한 다섯 평 넓은 아파트가 주는 만족감은 그리 오래가지 못했다. 딸아이들이 각방에서 제 정원을 꾸미는 것은 달성되었지만, 불어난 대출금과 이자의 무게가 준성을 짓눌렀다. 감당할 수 있으리란 애초의 생각은 멀리 달아났고 대신 가외 수입을 올릴 기회를 엿봐야 했다. 논문에 매달리는 시간은 더 길어졌다. 책 한 권쯤 되는 분량을 채울 수도 있을 듯했다. 귀가 시간은 점차 늦어졌고, 아예 서울의 교수 숙소에서 며칠을 지내고 오는 경우도 잦아졌다.

밤의 국도는 한적했다. 터널을 지나고 고개를 넘었다. 준성은 차창으로 들어오는 봄의 밤공기와 여름의 풋풋한 냄새를 좋아했다. 바람에 실린 냄새는 계절마다 달랐다. 버드나무에 매달린 연두색 싹이 얼마를 지나야 녹색 잎으로 무성해지는지 가늠할 수 있었다. 국도 연변에 늘어선 개나리는 언제 만발하는지, 산록을 붉게 물들이는 진달래는 언제 꽃잎을 떨구는지도 알게 되었다.

봄밤의 귀로는 개나리의 도열 같았다. 늦은 봄비를 맞은 개나리가 꽃잎을 떨구는 올림픽대로를 지나 북쪽으로 달리면 갓 피어난 개나리의 향연을 다시 맞는다. 몇 개의 산 고개를 넘고 인적이 끊어진 작은 마을들을 스쳐 지나면 강변에 도달한다. 밤의 강은 논리를 엮으느라 복잡해진 준성의 머리를 식혀 주었다. 강물은 가로등 빛을 받아 반짝였다. 물결의 속살까지 보이는 낮의 강물도 좋지만, 비밀을 숨기듯 숨죽인 밤의 강물은 더 마음을 끌었다. 산마을과 강 마을의 이야기를 모두 담아 재우느라 물소리조차 내지 않는 밤의 강변에서 준성은 차를 세우고 담배를 피웠다.

소울메이트……. 윤희에게 그 말은 동행을 의미했다. 경제적 여유보다 마음의 여유를, 마음의 여유를 넘어 시간의 공유를 뜻한다. 시간의 공유는 동행이다. 동행은 사랑이라는 긴 여정을 완성하는 아름다운 비행이다. 결혼은 사랑의 약속이지만 결혼의 문에 들어서면 생소한 긴 여정이 두 사람을 기다리고 있다. 표정만으로도 마음의 상태를, 마음의 무늬를 눈치챌 만큼 교감하는 것이 여로旅路의 조건이다. 그게 윤희가 말한 소울메이트다. 그런 무언의 언약을 묵살한 준성에게 윤희는 자신을 소울메이드, 아틀리에에 널브러진 잡동사니를 치우는 하녀라고 선언한 것이다.

그런데 어쩌랴. 현실이 허용하지 않는데. 아파트 다섯 평의 넓이는 준성에게서 오히려 삶의 여유를 앗아 갔다. 무엇보다 글이 점차 매문賣文의 영역을 넘나들고 있다는 사실에 준성은 섬뜩함을 느꼈다. 지식을 판다? 글쎄, 못 팔 것도 없겠으나 오랜 시간 가슴에 지녀 온 믿음에 얼룩이 지고 있다는 생각이 스쳤다. 돈으로 살 수 없는 것─ 지성과 윤리는 돈으로 살 수 없다고 학생들에게 가르치지 않았던가. 자본주의는 눈에 보이지 않는 것, 비가시적인 것의 가치를 측정하지 못한다. 시민성 같은 것, 또는 애정이나 사랑, 동정과 공감, 공동체적 질서 같은 것. 사회를 구성하는 가장 중요한 가치는 눈에 보이지 않고 돈으로 셀 수 없다고 강의실에서 힘주어 강조하던 사람이 준성이었다. 그런데 가족애는? 윤희와의 동행은? 동감은?

준성은 가족에게서 점점 멀어진다는 위태로움을 느꼈다. 싸늘해진 강바람에 한기가 스며들었다. 유학을 마치고 귀국한 후 처음으로 절박하게 몰려온 소외감이 낯설었다. 준성은 윤희에게, 연이와 민이에게 손님이었다. 이슥한 밤에 왔다가 아침에 나가는 손님. 침식寢食을 돌봐 주는 대가로 월급을 가져다주는 길손. 가끔 윤희와 두 딸에게 근황을 묻고

간단한 조언을 하는 상담사였다. 준성은 정신이 번쩍 들었다. '확장된 다섯 평의 공간. 그 가시적인 것의 압박으로 동행의 시간이 뭉텅뭉텅 잘려 나가고 있다면, 너는 어떻게 할 것인가?' 준성은 담뱃불을 강물에 던졌다. 반딧불이 날아가듯 담뱃불이 포물선을 그리며 캄캄한 어둠 속으로 사라졌다.

차에 타 시동을 걸었다. 검문소를 지나면 공중전화가 있다. 그곳에서 준성은 윤희에게 전화를 걸었다. 자정에 가까운 시각이었다.

"나 검문소 지났는데 곧 도착해. 포장마차에서 한잔 할까?"

"응……. 알았어. 일어나 볼게."

잠이 든 모양이었다. 곤한 잠을 괜히 깨웠나, 하는 후회가 들었지만 이미 늦었다. 준성은 속도를 높였다.

준성은 차를 세우고 아파트 옆 공터 포장마차로 향했다. 노부부가 심심풀이 삼아 여는 심야 포장마차엔 준성의 노곤함을 달래 줄 술과 안주가 있었다. 그날따라 손님도 없었다. 우선 어묵으로 출출한 배를 채웠다.

"오늘도 밤이 늦었시요."

주름살 깊은 남자가 친근하게 말을 걸었다.

"예, 영감님. 그냥 강줄기를 따라 달려왔지요. 서울을 빠져나오면 마음이 시원해져요."

"그란데 피곤하지도 않은가 벼요. 젊음이 좋기는 좋네

그려."

준성은 마른 속을 적시듯 맥주를 벌컥벌컥 들이켰다. 여주인이 한밤의 단골손님을 환대한다는 듯 인사를 건넸다.

"오늘 색시는 안 나오는가 보오?"

그때 윤희가 눈을 반쯤 뜬 채 들어섰다. 윤희는 노부부와 인사를 나눈 뒤 준성 옆에 앉았다. 준성이 미안하다는 듯 물었다.

"자고 있었나 봐?"

"응. 오늘 연이 학교에 갔었거든. 학부모 회의라나, 반장 선거가 있다고."

"나를 닮았으면 반장 자리에 관심 있을 텐데."

준성은 술을 따르며 혼잣말하듯 중얼거렸다.

"아니야, 걔는 당신하고 달라. 남의 일에 관심이 없어."

윤희가 잘라 말했다. 준성은 그 말 속에 어떤 비수가 날을 세우고 있음을 직감했다. 잠을 괜히 깨웠나. 그렇지만 후회하기엔 이미 늦었다.

"남의 일에 관심을 가지면 사춘기를 잘 넘길 텐데. 관찰하면서 자신을 돌아보게 되잖아."

윤희는 맥주 한 모금을 마시더니 잠시 뜸을 들인 후 말했다.

"그럼 당신은 남의 일에, 사회에 관심을 쏟으면서 자신을 돌아봐?"

윤희의 말에 분명히 무언가 들어 있었다. 준성은 또 술을 한 잔 들이켰다. 사실 약간 혼란스러웠다. 자신을 돌아보나? 아까 강변에서 느낀 현기증이 살짝 스쳤다.

"돌아보려고 애는 쓰는데 시간이 허락을 않네."

준성의 말은 밤안개 속으로 흩어졌다. 윤희는 준성을 바라보지 않았다. 준성은 얼른 화제를 바꿨다.

"오늘 염 교수가 연구실로 찾아왔어. 염 교수가 글쎄, 자기를 지지해 달라고 그러는 거야. 언제는 오만하게 굴더니만."

염 교수는 같은 학과 선배였다. 교수직 공채에서 염 교수와 후배 김 교수가 최종 후보에 올랐는데 양쪽 세가 비슷했다. 원로 교수 쪽은 염 교수를, 젊은 측은 김 교수를 지지하는 분위기였다. 젊은 교수들의 중심에 있는 준성이 캐스팅보트를 쥔 형국이었다. 한밤에 준성을 찾아온 이유는 분명했다. '그간의 오해를 풀어 달라. 선배로서 남은 생애를 학과에 바치겠다'라는 사뭇 비장한 각오를 쏟아 났다. 술 한잔하자는 염 교수의 권유를 뿌리치고 오는 길이었다. 그럴 기분도 아니었으나 그 광경을 학생들에게 들켰다가 어떤 봉변을 당할지 모른다는 우려도 앞섰다.

"그래서 어떻게 됐는데?"

윤희의 응대에 준성은 약간 힘이 생겼다.

"아무래도 염 교수가 그런 말로 안심시키려 했지만 자기

밖에 모르는 것 같고. 김 교수가 나이는 어려도 학생에 대한 배려심이 돋보여 그리 기우는 중이지."

"그게 보여?"

윤희의 질문은 뜻밖이었다.

"아니, 그동안 행동이나 학회 평판을 보면 그렇다는 얘기지."

준성의 답이 조심스러워졌다.

"되고 나면 사람이 뒤바뀔지 모르지. 당신처럼."

윤희는 다시 그 얘기로 돌아갔다. 가끔 술 마시고 책을 읽는 삶. 공유의 시간을 말하고 싶은 것이었다. 결혼이라는 출발점에서 한참 이탈한 궤도를, 너무 멀리 왔음을 확인시키고 싶은 터였다. 조연을 청산하고 주연으로 전환한다는 선언을 새삼 각인하고 싶은 것이었다. '귀국하면 힘든 생활도 막을 내릴 거야.' 수없이 못 박았던 그 언약을, 준성은 귀국과 동시에 잊어버렸다. 연구실에서 밤늦게 귀가하는 일도 여전히 연장되고 있었다.

"그럼 어떡해? 밤에라도 글을 써야 살아남지."

준성의 변명도 새롭지 않았다.

"글 쓰는 걸 누가 뭐래? 낯설지는 않아야지."

윤희는 잠시 뜸을 들이더니 단정하듯 말했다.

"그렇게 살았지. 지난 십오 년을."

그 말이었다. 사십 대 초입에서 젊음의 설렘을 꾹꾹 눌러 온 지난 생활 패턴을 청산한다는 공개 선언이 나올 게 틀림없었다.

'그건 나도 그랬는데…….'

준성도 그렇게 말할 뻔했다. 지난 십오 년의 청춘이 어떻게 지나갔는지 모를 정도였다. 유학 시절 바쁜 나날들의 기억이 떠올랐다. 못하는 영어로 더듬거리던 발표와 몰려든 수치심, 수업 준비를 다 하지 못해 버둥거리던 시간, 자신감에 차 있던 외국인 동급생들, 단단히 준비해 간 질문조차 끝내 하지 못하고 강의실을 나올 때의 낭패감, 생활비 조달차 나섰던 아르바이트. 가끔 가까운 해변에 나가 바다로 뻗은 공항 활주로에서 뜨고 내리는 비행기를 보며 서러움을 달랬다. 육중한 비행기가 허공으로 가뿐히 뜨고 내리는 광경은 경이를 넘어 신비 그 자체였다. 저렇게 뜨고 내릴 수만 있다면…….

윤희도 유학 시절을 떠올렸는지 침묵을 깨고 말했다.

"연이가 오죽했으면 당신 얼굴이 낯설어 울음을 터뜨렸을까."

나지막한 윤희의 말에 힘이 들어가 있었다. 그 말이라면 몇 번 들었던 터였다. 유학 시절 연구실에서 밤을 새우고 들어온 새벽에 잠에서 깬 연이가 준성을 보고 울음을 터뜨렸었다. 반가워서 그러지 않았을까, 하는 준성의 해석을 윤희는 단번에 바꿔 놓았다. '낯설어서.'

"이젠 민이가 그럴지 몰라."

작은 아이도 그런다? 말이 와닿기도 전에 윤희가 다시 입을 열었다.

"나도 그래. 당신은 없어, 우리 자리에."

윤희는 결국 하고 싶은 말을 뱉어 냈다. 참아 온 말일 것이다. 언젠가는 준성이 들어야 할 말이었다. 이 말을 들으려 전화했던가……. 준성은 늦은 후회를 했다.

"그럼 어떡해? 환경이 그런데……. 게다가 서울로 갈 수도 없잖아. 이자도 늘어났고."

준성의 말엔 힘이 없었다. 노부부가 걱정스러운 듯 바라봤다.

"누가 그러라고 했어? 당신이 좋아서 한 일이지. 십오 년 동안 당신은 없었고 앞으로도 그렇겠지."

윤희는 술을 한 모금 마셨다. 비장한 기운이 감돌았다.

"그래도 명문대 교수가 됐잖아."

준성은 변명하듯 말했다.

"그건 당신 일이지 내 일이 아니잖아."

윤희는 냉정했다.

"지난 십오 년 동안 나는 조연이었지. 내 인생을 유보해 뒀어. 뒤치다꺼리하느라고……. 게다가 연이 천식이 심해졌어."

윤희의 말은 비수가 되어 준성을 찔렀다. 천식. 연이는 어릴 적에 선천성 천식을 심하게 앓았다. 태열이겠거니 했지만 아니었다. 연이가 갓난아이일 때 좌식 책상에서 논문을 쓴다고 피워 댔던 담배 연기를 주범으로 간주하는 윤희의 판결을 준성은 애써 부정했다.

"아마 장모님 유산일걸?"

윤희의 어머니는 가끔 호흡이 가빠 자리에 주저앉고는 했다.

"연이가 크면 나아질 거야."

준성의 말은 아무 소용이 없었다. 사실 연이의 증세가 심해질 때는 모두 밤잠을 설쳤다. 윤희가 옆에서 간호해도 소용없었다. 연이가 호흡이 가빠 울며 지샌 밤을 헤아릴 수 없었다. 연이의 가슴이 죄이면 같이 숨을 몰아쉬었다. 창문을 열어도 소용없었다.

지방 도시에 그대로 눌러앉기로 마음먹은 것에는 맑은 공기를 쐴 수 있다는 작은 희망도 작용했다. 천식에 일광욕이 좋다고 해서 설악산을 넘어 자주 바다로 갔다. 며칠을 바닷물과 해변 모래톱에서 뛰어놀던 연이는 돌아오는 차 안에선 맑게 웃었지만 집에 도착할 즈음이면 다시 표정이 어두워졌다. 계절마다 바뀌는 증세를 가늠하기가 어려웠다.

준성은 술을 들이켰다. 울타리조차 되어 주질 못했구나, 하는 자괴감이 밀려왔다. 아니, 어쩌면 준성이 자처한 그런 울타리 노릇은 아무도 원치 않았을지도 모르겠다. '뒤치다꺼리……'가 뒤통수를 쳤다. 연이가 그래서 요즘 말이 없었구

나. 뒤치다꺼리, 천식, 울타리, 논문…….

준성은 다시 술을 한 잔 들이켰다. 공유의 시간을 기다리다 지친 사람의 토로에 술기운을 빌려 이렇게 쏘아붙이고 싶었다. '가끔 술 마시고 책 읽는 삶을 유지하기가 얼마나 힘든지 알고는 있니?'

"나 먼저 들어간다."

윤희가 일어서며 말했다. 비닐로 감싼 포장마차의 문이 열리자 찬 공기가 밀려 들어왔다. 혼자 남아 술잔을 드는 준성을 바라보는 노부부의 표정에 근심이 서렸다.

준성은 새벽 한기를 느끼며 눈을 떴다. 밭 귀퉁이에 세운 천막에 산등성을 타고 내려오는 햇살이 조금씩 스며들었다. 가늘게 지저귀는 새소리와 개울물 소리가 섞여 들려왔다. 준성은 천막 밖으로 나왔다. 감자밭이 펼쳐지고 그 위쪽으로 이어진 산등성이가 조금씩 기지개를 켜고 있었다. 개울 건너편 농가의 굴뚝에서 연기가 피어올랐다. 아침밥을 준비하는 모양이었다. 이른 봄 연기는 청회색인데 여름 연기는 이슬의 습기를 머금어 짙은 회색이었다. 지난봄, 재석의 모습이 얼핏 떠올랐다. 감자밭을 갈았던 게 불과 석 달 전인데 벌써 감자를 캘 절기가 다가온 것이다.

지난 삼월의 일이었다. 재석은 감자를 심으려면 밭을 미리 갈아야 한다며 얼마 전 구입한 작은 밭갈이 기계를 가져온다고 했다. 제 일처럼 나서 주는 것이 고마웠지만 준성은 아무것도 모르니 시키는 대로 할 수밖에 없었다.

준성에게 재석을 소개한 사람은 윤희였다. 한살림협동조합의 총무인 재석은 마을의 집들에 신선한 농산물을 공급했다. 생산자와 소비자를 직접 연결해 주는 농촌 운동의 일환이었다. 농민과 농업을 살리자는 취지가 공감을 얻자 조합 회원이 급속도로 늘어났는데, 윤희도 그 대열에 동참했다. 동참을 넘어 우리가 사는 아파트 구역의 담당자를 자임했다. 재석은 당시 운동 기반을 확대하던 전국농민회총연맹 소속이었다.

재석이 밭갈이를 약속한 날, 준성은 산골 마을 입구에 차를 세워 두고 골짜기까지 구불구불 이어진 작은 길을 천천히 올라갔다. 이른 봄의 여린 풀 냄새가 두통을 씻어 주었다. 나무들은 제각각 작은 망울을 달고 있었다. 산촌은 겨울 한기에서 벗어나 기지개를 켜는 중이었다. 준성이 밭에 도착했을 때 재석은 밭둑에 앉아 담배를 피우고 있었다.

"일찍이도 오셨네."

재석이 핀잔을 줬다.

"지난밤 술독에 빠졌거든. 겨우 일어났네."

준성이 변명하듯 말했다.

개울가의 버들가지가 하얀 솜털을 내밀고 있었다. 재석은 서둘렀다. 이 작은 기계로 삼백 평의 밭을 갈려면 품이 좀

들 거라 말했다. 경운기의 반쯤 돼 보이는 작은 밭갈이 기계였는데 흡사 장난감 같았다. 재석이 기계를 작동시켰다.

"자, 시작합니다."

재석이 대차게 기계를 전진시켰다. 준성은 그 장면을 물끄러미 바라봤다. 한참을 갈았는데도 밭이랑 한 개 정도를 끝냈다. 저걸 어찌 다 가누, 하고 있는데 언제 왔는지 명수가 밭둑에 걸터앉아 혀를 끌끌 차고 있었다.

"에고, 어느 세월에."

명수는 곧장 돌아서 어디론가 향했다. 재석과 잠시 쉬고 있는 참에 으르렁거리는 엔진 소리가 들렸다. 트럭만 한 로터리 기계가 밭둑에 멈춰 섰다.

"저리 비켜요. 이 몸이 들어갈 테니."

순식간이었다. 커피 한 잔을 끓여 마실 시간은 되었을까. 삼백 평의 밭은 명수의 로터리 기계로 깨끗이 갈렸고, 곧이어 단단한 갈퀴를 따라 밭이랑이 만들어졌다. 마치 운동장에 나란히 선 초등학생들 같았다. 삼백 평 밭이 프로 농부의 농장으로 변하는 데엔 한 시간도 걸리지 않았다. 감자 씨만 뿌리면 올 농사는 수확만 남기고 종결을 선언해도 될 만했다. 명수는 로터리 기계를 세운 뒤 보란 듯이 두 사람 앞으로 다가왔다.

"형님, 술이나 한잔 주슈."

프로 운동권 재석에게 프로 농사꾼의 진면목을 과시한

명수의 자못 으쓱해진 말투였다. 명수의 능숙한 솜씨에 준성과 재석은 감탄을 금치 못하며 약간 주눅이 들었다. 준성은 아파트 입구 마트에서 사온 막걸리와 마른 안주거리를 내놓았다. 오후 한나절을 벌게 해준 명수가 존경스러웠다. 술이 두어 순배 오고 갔다. 재석은 오후에 일이 있다며 굳이 사양하더니 분위기에 밀려 한두 잔 마실 수밖에 없었다. 휘파람새가 울었다. 이른 봄 골짜기에서 내려오는 찬 공기가 폐부에 밀려들자 낮술이 반가웠다. 분위기는 한층 고조됐다.

"현이 아빠, 그 전농이라는 게 뭐하는 단체유?"

재석의 아들이 현이라 명수는 그렇게 불렀다. '농사도 모르면서 농촌 운동은 무슨?'이라는 듯한 냉소가 담긴 기습 질문에 재석은 조금 당황하는 기색을 지었다.

"그게…… 농민들이 다 같이 잘 살자고 하는 단체지."

재석은 약간 주춤거리며 보통명사를 풀이하듯 대답했다.

"아니, 농민들한테 지원금 주는 건 좋은데 기업농을 장려한다고? 그게 이치에 맞는 야근가?"

명수는 요점으로 직행해 재석을 몰아붙였다. 이태 전 노동자 연대를 다진다며 민주노동조합총연맹이 출범했고, 그 취지에 맞춰 농촌 운동의 총본부 격인 전국농민회총연맹이 농촌을 조직하기 시작했다. 운동권 활동가들이 농촌으로 하방했다. 재석이 지방 도시로 내려온 것도 전국 운동의 설계에 따른 것이었다. 한살림조합은 도시 소비자들과 농민을 직접 연결해 유통업자의 농간을 해소한다는 취지로 발족했으나, 전농은 그것을 농업생산의 안정과 농촌 소득 향상의 최우선 전략으로 수용했다. 위계 조직은 아니지만 전략적 협력 관계를 맺은 듯했다. 농촌인구의 감소와 고령화 문제를 해소하려는 장기 전력이기도 했다. 다소 여유를 찾은 재석이 늘 하던 말을 늘어놨다.

"경이 아빠. 경이 아빠처럼 젊은 사람이 농촌에 넘치면 왜 문제가 있것소. 늙어 가니 문제지. 거기에 날로 인구가 빠져나가면 누가 농사를 지어요? 기업농은 그래서 생각해 낸 거지. 휴경지가 날로 늘어나면 미국과 중국에서 농산물을 사다 먹어야 하고, 값싼 농산물이 침투하면 결국 농민은 도시 빈민으로 변해요. 그걸 막자고 하는 일이지. 이 정부에서 농산물 수입 반대 투쟁을 하는 것도 다 따지고 보면 경이 아빠 같은 사람들을 위한 일이지."

"어휴, 됐다 그러슈."

명수는 웃긴다는 표정으로 되받았다.

"우리 동네는 다 부지런해서 한 이십 년은 끄떡 없슈. 게다가 빚도 없는 자작농이거든. 현이 아빠 같은 운동권이 발을 못 붙이는 이유도 그거유. 빚? 그건 게으른 농부들이나 하는 일이쥬. 아니, 기업농 한답시고 비닐하우스 짓고 농협 대출금 지원받아 한밤에 튀는 놈들 천진데. 비닐하우스 가보면 농사는 무슨 농사. 풀만 자라고 있슈. 외지인들이 땅 사서 그 짓하고 지원금 타 먹고 있으니 농업을 망치는 투기꾼인 거쥬."

거기까지 신나게 말하더니 명수는 막걸리를 벌컥벌컥 들이켰다.

"우리 동네는 군납하니까 착실히 농사만 지으면 그만이 지유. 요즘 얘기하는 직불금? 웃기지도 않아유. 도시인들이 모조리 타 먹겠지. 땅 사서 소작 주고 석유가나 내려 달라 하지. 현이 아빠, 그러니 우리 동네에는 아예 발붙일 생각 마슈."

명수의 일장 연설에 재석은 궁색한 표정을 지었다. 하기야 이 동네에서 운동권은 외부에서 온 선동자로 낙인찍혔다. 재석의 동료들이 더러 하방해 정착하기도 했는데, 결국 모두 옆 동네로 이사 가거나 산골 지역으로 뿔뿔이 흩어졌음을 재석에게 들은 바 있었다. 명수는 우물쭈물하는 재석의 표정을 보며 흡족한 듯 물었다.

"형님은 어찌 생각하슈?"

이제 막 농촌 현실을 목격한 준성에게 안목이 생겼을 리 없었지만 식자인 만큼 그럴듯한 판결을 내려 달라는 눈치였다. 프로 농부도, 프로 운동권도 아닌 그저 작은 땅뙈기 하나 사서 농사 연습을 막 시작한 외지인이자 변방인에 불과한 준성은 흔히 식자에게 거는 이들의 기대를 저버릴 수 없었다. 이때는 양비론이나 양시론이 가장 안전하다는 것을 준성은 익히 알고 있었다.

"글쎄…… 노동자, 농민이 잘살아야 하는 것에 누가 반대할 수 있을까만, 각 지역 농촌 사정에 따라 다른 방법을 적용하는 게 현명하지 않을까?"

하나 마나 한 얘기였다. 분위기가 시큰둥해졌다. 휘파람새가 다시 휘휘 울었다. 겨울을 난 참새 떼가 덤불에서 날아올랐다.

"에고, 갑시다. 이러다 진짜 취하것다."

재석과 명수가 동시에 일어섰다.

"감자 씨나 준비해 두슈, 형님."

프로 농부 명수의 지시였다. 그들이 훌쩍 떠나자 준성은 술기운이 돌아 평상 위에 누웠다. 봄볕을 받으니 선잠이 왔다. 뒤치다꺼리. 천식. 울타리…… 정리되지 못한 어제의 사념이 다시 떠올라 심사가 조금 복잡해졌다.

준성은 석 달 전 기억에서 벗어나 개울로 내려갔다. 여름인데도 개울물의 찬 기운이 얼굴에 닿자 잠이 완전히 달아났다. 명수가 미리 날짜를 정해 놓고 여러 번 다짐했는데도 준성에게는 감자 캐는 날이 실감 나지 않았다. 불과 석 달 만에 벌써 수확이라니. 누가 농사지으라고 했냐며 부엌으로 들어가던 아내의 뒷모습이 생생히 재현되었다. 윤회 말대로 그냥 놀고 즐길 걸 꼭 농사를 지어야 했나, 하고 후회한 적도 있었다. 지난날에 대한 허망함에 신경이 날카로워진 윤희와 보내야 할 시간을 준성은 감자밭에 투입했다. 어떡하누, 옆집 농부가 풀씨 뿌리지 말라고 일렀는데.

천막으로 돌아온 준성은 보온병의 커피를 따르면서 심호흡을 했다. 은은한 커피 향과 싱그러운 풀내가 섞였다. 커피 잔을 막 드는데 명수가 우람한 로타리 기계를 끌고 올라왔다. 뒤로 마을 사람들이 여럿 따랐다. 그들끼리 무어라 시끄럽게 떠드는 소리가 들렸다. 이 마을에서는 밭을 갈고 씨를 뿌릴 때, 그리고 수확할 때 마을 사람들이 너나 할 것 없이 모여 힘을 합쳤다. 마을 전체가 열 집 정도 되니 족히 이십여 명은 됐다. 평소 오가며 인사를 나눈 촌민들의 등장에, 준성은 냉큼 커피 잔을 내려놓고는 천막에서 나와 그들을 맞았다.

"뭐 큰 농사라고 다 올라오세요."

준성이 인사했다.

"그래도 농사는 농산디 한번 훑고 지나가야지."

마을 사람 중 맨 앞장을 서서 올라오던 노인이 말했다.

"이 동네 인심이 그런 기여."

옆집 아주머니가 맞장구쳤다. 그때 명수가 로타리 기계 운전대를 잡고 소리쳤다.

"일찍 일어나셨구먼요. 우리도 할 일이 많은께 얼릉 해치웁시다요."

그야말로 능숙한 일솜씨였다. 마을 사람들은 서로 말하

지 않고도 분업과 협업이 척척 이뤄졌다. 여자들이 우선 나서서 비닐을 걷는 동안 남자들은 밭둑에 앉아 농담을 나눴다. 로타리 기계가 밭이랑을 깊이 파서 뒤집자 굵직한 감자 알이 땅 위로 모습을 드러냈다. 신기했다. 겨우 석 달 만에 저렇게 많고 튼실한 열매를 맺다니. 주먹만 한 감자가 자태를 드러내며 밭이랑 위로 나란히 드러누웠다.

"강 교수님 땅이 비옥하긴 한가 벼. 저 알갱이 봐라."

밭둑에 앉아 담배를 피우던 중년의 남자가 괜스레 소리쳤다. 얼마 전 집을 개축해 마을 잔치를 벌인 주인공이었다. 그 집도 마을 사람들이 서로 도와 버젓한 모습을 갖췄다.

"자, 이자 시작합시다요."

그 남자가 궁둥이를 털며 일어서더니 밭이랑마다 감자 박스를 두어 개씩 갈라놨다. 감자 박스까지 준비해 오다니. 준성은 감탄하지 않을 수 없었다. 준성도 감자를 담는 대열에 끼었다. 구경만 하고 있을 순 없었다.

"교수님, 이거 팔 거예요?"

막 사십 줄에 들어선 이장댁이 준성에게 물었다.

"글쎄요. 생각 안 해봤는데, 팔아 주실래요?"

"팔긴 뭘 팔아유. 나눠 먹고 말지, 뭐 돈이 아숩나?"

젊은 아낙이 대신 답했다.

"그래도 기왕 농사지은 거, 팔면 되지 안 될 거 뭐 있어?"

이장댁이 짐짓 우겼다.

"다 노나 줘유. 교수 감자라고 써 붙이고. 인기 짱일 튼디."

이장이 연신 감자를 주워 담으면서 말했다.

"왜, 아예 유기농까지 붙여서 유기농 교수 감자 어뗘?"

아까 밭둑에서 담배를 피우던 중년 남자가 히히 웃으며 덧붙였다.

"왜 요새 유기농이 대세 아녀, 대세. 까짓 여긴 농약도 안 쳤으니 무농약에, 잡풀로 컸으니 유기농이지. 가끔 교수님이 오줌발로 자연 퇴비 주는 것도 봤는디."

모두 박장대소했다. 술 마시고 밭에 소변 본 모습을 들켰던 모양이다. 준성은 살짝 부끄러워졌다.

"언제 그런 걸 다 봤대요? 남사스럽게."

준성이 의뭉스럽다는 듯 말했다.

"아, 나도 눴는디, 오다가다."

중년 남자의 대꾸에 또 한바탕 웃음이 터졌다.

수확은 순식간에 끝났다. 감자를 담은 박스들이 천막 입구 쪽에 쌓였다. 줄잡아 마흔 박스쯤 돼 보였다. 마을 사람들은 이제 본격적으로 작업을 하러 내려간다고 명수가 말했다. 감자 수확이 끝나면 돼지를 잡아 준다는 약속을 뒤로하고 마을 사람들은 와자지껄 떠들며 줄지어 내려갔다. 아직 해는 아침 햇살을 뿜고 있었다.

책을 낸 것보다 더 뿌듯했다. 일이 년 정도 밤을 새워야 겨우 책 한 권을 낸다. 책을 냈다는 보람과 기쁨은 한 달 정도 지나면 곧 사그라진다. 책은 책방 진열대에 놓여 있다가 대중의 관심이 떠나면 즉시 도서관행이다. 학자가 대중의 관심에 연연할 필요는 없지만, 도서관행이란 훗날 어느 예비 학자가 찾아 주기를 한없이 기다리는 무관심의 적막 속에 던져짐을 뜻한다.

그에 비하면 삼백 평의 땅은 손에 잡히는 탐스러운 소출을 내놓는다. 감자꽃이 그렇고 그 아래 땅속에 튼실하게 살찐 감자가 그렇다. 책에 담긴 지식은 잡히지 않는다. 보이지도 않는다. 돈 주고 살 수 없는 양식糧食, 비가시적인 양식이 책 속에 있다. 그런데 어째서 석 달 만에 삼백 평의 땅이 피워낸 감자꽃과 푸짐한 수확이 더 뿌듯하게 느껴지는 것일까. 생전 처음 해본 일이라서 그럴지도 모른다. 눈에 보여서 그럴지도 모른다.

그래도 양식이라는 점에서는 같지 않을까, 하고 준성은 애써 합리화의 실마리를 찾았다. 책은 정신적 양식을, 땅은 육체적 양식을 생산한다고. 땅은 내년에도 은빛 축제와 살찐 감자를 선사할 것이듯 책 속의 지식도 의식 깊이 퇴적해 또 다른 멋진 지식을 생산하지 않을까. 그러나 준성은 확신이 서지 않았다. 가족은? 동행의 시간을 빼앗긴 가족들은 이미 준성을 낯설어 한다고 윤희가 공언하지 않았던가. 자신은 동행이 없다고 잘라 말한 윤희의 선언은 준성을 가족과 아내로부터 멀리 떠나보내는 비장한 통보였다. 그 위급한 통보를 흘려들었구나 싶어 준성은 고개를 흔들었다.

준성은 쌓아 놓은 감자 박스로 눈길을 돌렸다. 감자를 처리할 일이 걱정이었다. 준성은 잠시 궁리에 들어갔다. 계산이 섰다. 친척들에게 나눠 주고 학교 교수들에게 부치고, 나머지는 아파트로 가져가 일단 팔아 볼까 싶었다. 슬며시 웃음이 났다. 아무튼 감자를 판다는 생각이 흥미를 돋웠다. 마을회관에 택배 부치는 곳이 있었다. 준성은 친척들의 주소와 이름을 박스마다 일일이 쓰고, 열다섯 박스를 묶어 학과 행정실 주소를 적었다. 원하는 교수들이 알아서 가져가라는 심산이었다. 교수들과 회식할 때 준성은 자신의 감자 농사에 대해 가끔 열변을 토했었다. 프로 농부가 따로 없었다. 그 열변의 대가를 치러야 했다. 감자 박스를 마을회관으로 나르는 일을 명수에게 부탁했고, 열댓 박스는 차에 꽉 차게 실어 늦은 오후 아파트로 돌아왔다.

평소 안면을 터놓고 지내는 경비 아저씨에게 말했다.

"이거 팔아 주실래요? 한 박스에 만 원, 유기농 교수 감자."

그가 웃었다.

감자 한 박스를 들고 현관으로 들어서는 준성을 윤희가 책을 든 채 맞았다. 민이가 달려 나와 준성의 품에 안겼다. 낯설지는 않았다.

"감자 농사가 멋지게 됐네. 이 감자를 다 어떡하누."

윤희는 걱정이 앞서는 모양이었다. 어제의 싸늘함은 자

취를 감췄다. 당분간 잠복하다가 다시 재현될 것이다. 그날 저녁상은 감자로 뒤덮였다. 민이는 조잘댔고 연이도 웃음을 지었다. 오랜만에 맛보는 정겨운 저녁이었다. 다음 날 정오 무렵 초인종이 울렸다. 경비 아저씨였다.

"금시 팔렸는디요."

그가 웃으며 돈 봉투를 건넸다.

"아, 유기농 교수 감자라 허니 너도나도 사가데요."

준성은 믿을 수 없었다. 다 팔렸다니. 그것도 하루 만에. 봉투엔 정확히 만 원짜리 지폐 열다섯 장이 들어 있었다. 오만 원을 꺼내 경비 아저씨에게 건넸다.

"사례비예요."

그는 겸연쩍다는 듯 인사하고 문을 닫았다. 십만 원. 준성과 윤희는 생애 최초의 농사 수입을 식탁 위에 올려놓고 어찌할 바를 몰랐다. 땅은 우리 것이지만 외지인 식자, 진짜 농사꾼, 프로 운동권, 그리고 마을 사람들이 공동 경작한 수확물이었다. 게다가 윤희와 나눠야 할 동행의 시간이 투입된 그 감자 소득의 용처가 아리송했다. 결국 한살림조합에 기부하는 것으로 둘은 합의했다.

한여름 날씨를 예고하듯 햇볕이 따가웠다. 준성은 북한강 줄기를 따라 차를 몰았다. 학기를 마감해야 할 일들이 학교에서 준성을 기다리고 있었다. 강물은 여름 햇빛을 받으며 넘실거렸다. 곧 장마가 시작될 것이다. "얼갈이배추든 김장 배추든 심으려면 밭을 다시 갈아야 해유." 준성은 명수의 조언을 떠올리며, 그가 자신을 농부로 포섭하려 작정했을까 하는 생각에 웃음이 나왔다. 농사 기구도 변변찮은데 진짜 농부가 될 수 있으려나…… 준성은 차창을 조금 열었다. '갈지 뭐, 그냥 두면 풀씨만 날릴 텐데.'

윤희의 얼굴과 함께 '뒤치다꺼리'라는 말이 떠올랐다. 작은 칼날이 준성의 가슴을 스쳤다. 정신이 번쩍 들었다. 사십 줄에 들어선 준성. 청춘의 골짜기에 가득 핀 꽃들을 가꾸느라 정신없이 달려온 지난 시간, 그리고 그렇게 달려갈 것임이 분명한 예감과 윤희의 우울한 항변이 부딪혔다. 집안일에 묻힌 그녀의 푸른 시간과 청춘의 설렘을 구제할 길은 무엇일까. 윤희는 홀로서기를 결의하고 있음이 분명했다.

차가 도심으로 진입했다. 준성은 생각했다. 명수가 아무리 포섭해도 자신은 프로 농민이 될 수 없으리란 것을. 재석은 프로 농군은 아니어도 프로 운동권임에는 틀림없다. 평생 밭을 갈아 온 동네 농민들도 누가 뭐래도 프로 농군이다. 윤희에게 주연主演의 길이 트여도 윤희는 연이와 민이를 삶의 동반자로 키워 낼 것이다. 모두 제자리가 있다. 그렇다면 준성 자신은, 준성의 자리는 어디인가? 준성은 이들 모두로부터 동떨어져 있다는 낯섦이 몰려 왔다. 지식인? 글쎄…… 얼굴도 모르는 대중과의 관계는 연기처럼 모호한데 지식인의 자리가 있기는 한가? 준성은 여러 겹의 낯섦에 부대끼며 대학 정문으로 진입했다. 마음에 소속감이 돌아왔다. 대학은, 적어도 준성이 속한 직장은 낯섦으로 어정대는 준성의 마음을 달래 주는 안식처였다. 청춘들이 여기저기 모여 깔깔대거나 제 갈 길로 바쁜 걸음을 옮기는 광경이 느긋함을 불러왔다. 그들의 모습은 준성이 언제든지 예전 학생 시절로 돌아가게 만드는 신선한 촉매였다. 가슴이 뛰었다.

준성은 차를 세우고 가방을 들고 나섰다. 건물 현관 쪽으로 걸어가는데 평소 잘 아는 학과 학생과 마주쳤다. 그는 그냥 형식적인 목례만 건네고 무덤덤하게 가버렸다. 준성은 다소 무례한 학생의 모습에 당혹해하며 속으로 중얼거렸다. '예의가 없군.' 하기야 얼마 전에도 그런 일이 있었다. 복도에서 스케이트보드를 타던 학생이었다. 머리칼을 붉게 물들인 학생이 별로 미안한 기색도 없이 말했다. "제가 좋아서 그러는데, 왜요?" 그게 다였다. 학생은 다시 스케이트보드를 타고 날렵하게 사라졌다. 요즘 학생들이 그렇지 뭐……, 하며 현관 로비에 들어서는 순간 벽에 붙은 큼직한 대자보가 보였다. 제목이 눈에 확 띄었다.

"교수 공채 감자 로비 강준성 교수는 사과하라!"

준성은 발을 헛디딜 뻔했다. 정신이 아득해졌다. 휘청거리는 몸을 추슬러 대자보를 읽으려 했지만 글씨가 제대로 눈에 들어오지 않았다. 소속감의 마지막 보루가 파열된 듯한 당혹감에 눈앞이 캄캄해졌다. 달빛 아래 은빛 물결로 일렁이던 감자꽃마저 한순간 모두 검게 변해 떨어졌다.

동자꽃 붉은 꽃잎

잡지 마감 원고에 매달려 있는데 휴대폰 벨소리가 울렸다.

아내였다.

"오늘 맞지? 내가 세 시쯤 갈 테니까 냉동고에 고기 있으면 좀 꺼내 놔요."

알았다고 대답하기도 전에 전화는 찰깍 끊겼다. 아내는 늘 그렇게 전화를 끊었다. 냉동고에 고기가 있던가, 그런 생각을 하면서 정훈은 다시 글 쓰는 데 집중했다. 편집장 내외가 오기 전에 원고를 끝낼 요량이었다. 오늘은 평소 시골집 생활을 부러워하던 편집장이 기어이 방문을 예고한 날이었다. 정훈이 몇 번을 미루다가 편집장의 성화를 이기지 못했다. 그간 오고 갔던 대화로 편집장은 오랜 친구처럼 느껴졌다.

"김 작가님 글이 좋아요. 잡지 카페에 가입한 팬들이 벌써 백 명이 넘었어요. 작가님을 만나고 싶다고 성화예요."

정훈은 '전원과 사색'이라는 제목의 글을 잡지에 연재하는 중이었다. 한 달에 한 번 쓰는 글인데도 요즘 부쩍 힘에 부쳤다. 매번 무얼 써야 할까 고민하는 시간이 길어졌다. 본격적인 전원생활도 아닌 터에 도시를 등진 사색가이자 은둔자임을 자처하는 일이 그리 오래가지 않을지도 모른다는 불안감이 생겨나기 시작했다.

시골집에서 겪는 자잘한 신변잡기가 도시인들에겐 모험담처럼 들릴지도 모르지만, 정훈은 되도록 관찰자의 감각을 유지하려 애썼다. 봄에 피어나는 연두색 잎새에 젊은 시절의 욕망을 투사해 보기도 하고, 느닷없이 발치에 출현한 뱀과 눈싸움을 해보기도 했다. 알록달록한 뱀은 정훈을 물끄러미 바라보다가 흥미 없다는 듯 느릿느릿 풀숲으로 사라졌다. 독이 없는 뱀이라고 이웃이 알려 줬다.

"우리 집에도 자주 출몰혀."

옆집 노인이 아무렇지 않다는 듯 정훈에게 말했다.

말벌이야말로 더 위협적이었다. 정훈이 서울 일에 바빠 달포 가량 집을 비웠다가 돌아오는 날이면 어김없이 처마 끝에서 말벌 집이 발견되곤 했다.

"그놈들은 조심해야 혀."

노인의 단호한 말투는 정훈을 긴장시키기에 충분했다. 정훈도 말벌에게 머리를 쏘인 적이 있었다. 작은 말벌 집을 제거하는데 벽에 붙은 경비병을 발견하지 못한 탓이었다. 허락도 없이 자기 집을 부수는 침략자를 징벌하러 달려든 말벌은 사생결단 정훈의 머리 쪽을 겨냥했다. 벌집 제거를 처음 해보는 정훈은 모자조차 쓰고 있지 않았다. 다행히 옆집 노인이 달려와 119에 신고했다. 눈알이 빠질 것 같은 통증은 처음이었다. 응급실에서 간호사가 정훈에게 링거를 주사하며 말했다.

"뉴스 보니까 말벌에 쏘인 노인이 쇼크로 사망했다고 하더라고요."

다행히 통증은 두어 시간 만에 사그라졌다. 이 말벌 이야기를 「전원과 사색」에도 썼다.

지붕 아래 그물을 둘러친 거미를 관찰한 것도 글의 소재가 됐다. 거미는 어떻게 공중에 근사한 집을 짓는지, 또 어떻게 먹잇감을 잡아들이는지에 관한 이야기였다. 나방, 나비, 작은 벌, 날벌레가 걸린 공중의 그물 집은 거미의 생존 터전이자 사냥터였다. 눈에 보이지 않을 만큼 하늘거리는 그물에 걸려든 날것에게, 그것은 곧 죽음이었다.

하루는 소파에 앉아 책장을 넘기는데 탁! 소리가 났다. 작은 새 한 마리가 떨어진 것이었다. 거실이 궁금해 날아들었다가 유리창에 부딪혀 죽은 듯했다. 정훈은 매가 그려진 스티커 하나를 유리창에 붙였다. 이후 느닷없는 죽음을 맞는 새는 드물었다.

한밤중 정말 소름 돋는 울음소리가 밖에서 들려왔다. 조심스레 일어나 커튼 사이로 창밖을 내다봤다. 마당 한가운데 고라니 한 마리가 있었다. 먹이를 찾는 것처럼 보였다. 고라니의 청순한 자태와 을씨년스러운 울음은 정말 어울리지 않았다. 이런 소소한 체험에 약간의 상념을 투사해 쓴 가벼운 글들이 「전원과 사색」이었다.

소재가 떨어져 가고 있었다. 왠지 오늘은 글발도 잘 서지 않았다. 오랜만에 오는 아내와 편집장 내외의 방문을 앞두고 신경을 한곳에 모으기란 쉽지 않았다.

이번 글은 꽃 이야기다. 동자꽃. 넓적한 부챗살 모양의 녹색 잎 사이로 주황색 꽃대를 길게 뽑아 올린 그놈은 여름 꽃밭 가운데서 단연 으뜸이다. 초여름 햇살에 부지런히 피어난 여름 꽃들이 잠시 시들해진 틈을 타, 칠월 땡볕 아래 보란 듯 길쭉하게 존재를 과시하는 동자꽃의 기품을 따라올 꽃은 없다. 칸나와 달리아 같은 서양종을 제외하면 키가 크고 우아한 자태를 뽐내는 토종 꽃은 드물다. 토종들은 대개 키가 작고 앙증맞아서 화단 바닥에서 겨우 오십 센티미터를 넘지 못한다. 늦봄에 작은 촛불처럼 피는 금낭화가 그렇다. 아기 눈망울만한 작은 꽃들이 줄기 아래 조롱조롱 달려 피는 그 꽃을 아내 연희는 은근히 좋아한다. 결코 뽐내려 들지 않지만 자태가 화려하다. 드러내려 하지 않는데도 바람이 불면 기어이 발각

되고야 마는 흰색 꽃잎을 누가 사랑스러워 하지 않으랴.

정훈은 난蘭처럼 잎이 길게 뻗은 꽃을 좋아한다. 그렇다고 처음부터 귀한 존재로 태어난 난을 좋아하는 것은 아니다. 태생이 귀한 것엔 왠지 정이 가지 않는 반골 기질 때문이리라. 대신 야산에 아무렇게나 피어나는 붓꽃이나 습지 주변에 소담하게 늘어선 창포 종류에 끌린다. 땅속에서부터 분수처럼 뿜어 오르는 그 생명력의 표현 양식도 그렇거니와 잎사귀와는 상관없이 별개의 꽃대를 내밀어 꽃을 피워 내는 독립심이라고 할까, 아니면 외로운 존재감 같은 것에 괜히 끌렸다.

'나는 너희의 힘으로 피우는 것이 아니다!'

호위병처럼 주변을 감싼 잎사귀들에게 그렇게 말하는 듯했다.

연희는 시골집 마당에 두 평 남짓한 꽃밭을 만들었다. 그러곤 주로 무채색 꽃, 말하자면 흰색 꽃이 피는 것들만 골라 심었다. 서양 꽃은 물론 토종이라도 알록달록한 꽃은 처음부터 대상이 아니었다. 그 작은 꽃밭에 들어설 자격은 아내의 기호만큼 까다로웠다. 정훈이 이른 봄에 무작정 사다심은 패랭이꽃, 튤립, 금잔화 같은 꽃들은 사정없이 뽑혔다. 아니, 뽑혔다기보다는 화단 주인의 기질에 못 이겨 스스로 주저앉았다. 별다른 취향 없는 정훈이 주인 허락 없이 심은 꽃들이 속절없이 시들어 버린 그 자리에, 둥글레, 매발톱꽃,

은대난초, 자라풀, 노루오줌 같은 야생초가 드문드문 입주했다. 벌개미취는 연한 보랏빛이지만 꽃대가 길고 흰색과 어울린다며 입주 심사에 통과되었다.

연희의 감시는 작은 꽃밭을 벗어나 마당 전체로 넓어졌다. 기분 내키는 대로 나무와 꽃을 무작정 사다 심는 정훈의 계획 없는 행동에 제동이 걸렸다. 정훈의 야심작들이 겨울 추위를 이기지 못하고 삭정이가 되는 것을 몇 년간 바라본 뒤였다. 오 년만 기다리면 마당에서 과일을 따 먹을 수 있다는 이웃집 노인의 유혹에 못 이겨 야심 차게 심은 복숭아나무와 사과나무는 산골 겨울바람에 모두 얼어 죽었다. 그 자리에 심은 대추나무는 겨우 한 그루 살아남아 힘겹게 버티고 있고, 토종인 산벚꽃은 울타리 구석에서 몇 년째 몸살을 앓다가 이제야 겨우 몸을 추스를 정도가 됐다.

서울의 멋진 카페 내부를 장식하는 자작나무가 탐난 정훈이 몇 년 전 무작정 몇 그루를 사왔다. 물론 사전 협의를 거치지 않은 무모한 판단이었지만 웬일인지 자작나무만은 입주가 허용됐다. 젊은 시절 열광했던 영화 「닥터 지바고」의 한 장면을 옮겨다 놓는다는 데 연희가 반대할 리 없다는 계산이 맞아 떨어졌다. 그런데 그 녀석도 몇 년을 넘기지 못했다. 늦은 봄에 피워 낸 잎사귀들이 곧 시들해지더니 땅으로 뚝뚝 떨어지는 모양이 심상치 않았다. 영문도 모른 채 죽어 간 그 나무들이 겨울 난로 속에서 타닥타닥 소리를 내며 타들어 가는 것을 바라봐야 할 땐 죄책감과 허망함이 교차했다. 아무튼 연희의 자격 요건 심사가 강화된 뜰에는 노각나무, 함박꽃, 산벚꽃, 목련, 산수국, 보리수나무, 쪽동백이 입주 허가증을 받고 서 있었다. 모두 흰 꽃을 피워 내는 나무들이다.

연희의 화단에 동자꽃이 피었다. 칠월의 따가운 햇볕을 한껏 머금고 드디어 우아한 자태를 뽐내며 자란 꽃대 위로 피어난 꽃은 앙증맞았다. 옅은 주황색이 초록 속에서 빛났다. 작은 나리꽃같이 갈라진 꽃잎은 매혹적이기도 했다. 하지만 '아내의 화단에 동자꽃이 피었다'로 시작된 글은 쉽게 이어지지 않았다. 안 그래도 몇 가지 상념이 정훈의 머릿속을 어지럽히던 중이었다. 정훈은 계속 붓방아를 찧다가 의자 목 받침대에 기댔다. 살며시 잠이 왔다. 정훈이 선생으로 있던 고등학교 화단에 핀 동자꽃이 옅은 잠결을 따라 슬며시 떠올랐다. 주황색 꽃이 기다란 꽃대에 매달려 활짝 만개해 있었다. 그 주변으로 녹색 잎줄기들이 꽃잎을 호위하듯 둘러선 그 모양이 인상적이었다. 꽃을 가만히 들여다보던 정훈에게 지나가던 체육 선생이 한마디 던졌다.

"아이고, 시인 선생님이 시상詩想을 잡으시려나?"

정훈은 아무 대꾸도 하지 않았다.

글 나부랭이를 쓰는 사람을 정말 이해하지 못하겠다며 회식 자리에서 크게 떠들던 그를 국어 교사인 정훈은 정말

이해할 수 없었다.

　'그만두길 잘했지.'

　하나의 주제를 교실마다 돌아가며 세 번씩이나 수업해야 하는 국어 선생의 반복된 일과에 염증을 느낄 때였다. 문학은, 적어도 문학 수업은 격정激情이 있어야 한다는 정훈의 오랜 지론을 생업 의무감으로 눌러놓는 것에도 한계가 있었다.

　'오래 참았지.'

　인터넷에 빠진 학생들에게 시를 가르치는 것도, 밑줄 그은 수필과 시구절에 숨은 뜻을 해독하라는 시험문제를 내는 것에도 이골이 난 터였다. 청소년기에 문장의 묘미를 감지하게 하는 것은 사실 연애편지다. 밤새 쓰다 지우고 다시 쓴 연애편지는 마음의 무늬를 문장에 담아내는 그릇이다. 하지만 요즘 학생들은 연애편지를 쓰지 않는다. 몇 줄짜리 문자에 익숙한 요즘 학생들이 어찌 그런 고심苦心을 경험할 수 있을까.

　정훈은 외동딸 민서가 결혼식을 올리던 삼 년 전에 사표를 냈다. 오십 대 중반의 나이, 근무연한은 이미 연금 자격을 충족하고도 남았다. 체육 선생이 참 포시라운 사람이라는 표정으로 정훈을 쳐다봤다. 시를 쓰더니만 구름 위에 사네, 그런 표정이었다. 교단을 떠나고 정훈은 책상 앞에 눌러앉았다. 연희의 불만스러운 눈길에도 아랑곳하지 않았다. 그런데로 살 만한 아파트를 마련했고 딸까지 시집보냈으니 정훈의 할 일은 다 했다는 심산이었다. 참았던 감성이 스멀스멀 살아나 원고지를 꽉 채울 때면 정훈은 쾌재를 불렀다. 원고를 보낸 잡지사들은 깜깜무소식이었지만 그런 와중에도 정훈은 정말 구름 위를 산책하는 기분이었다.

그러던 어느 날 잡지사 한 곳에서 거짓말처럼 연락이 왔다.

"김정훈 작가님이세요?"

작가라는 말을 처음 들었을 때의 묘한 감격을 어떻게 잊을 수 있으랴.

"……예."

"작품이 좋네요. 이번 호에 실어 보고 독자 반응이 좋으면 계속 청탁 드릴게요."

『행복한 가정』이라는 여성지였다. 정훈은 그렇게 프리랜서 작가가 됐다. 처음에는 『행복한 가정』에만 열중했는데, 필력이 조금 알려지자 청탁해 오는 곳이 두어 군데 더 늘었다. 행복한 시간이었다. 연희는 조금은 안심한 표정으로 책상에 눌러앉은 정훈을 쳐다봤다. 밥 먹는 시간도 잊으며 지내던 어느 날, 점심을 차려 놓고 정훈이 방에서 나오기를 기다리던 연희가 눈을 흘겼다.

"나는 파출부가 아닌데……."

정신을 퍼뜩 차린 정훈이 수저를 들며 변명조로 말했다.

"막 떠올랐거든, 첫 문장이."

연희가 충고하듯 말했다.

"당신의 첫 문장과 내 부엌일이 무슨 상관? 밥상 차리는 일도 타이밍이 있거든."

이십 년 넘게 직장 생활을 해온 연희는 십 년 전 퇴직했다. 정훈이 출근하며 생업에 바쁠 동안, 연희는 자유로운 시간과 느긋한 생활공간을 즐겼다. 그러나 정훈마저 퇴직하자 환경이 완전히 달라졌다. 사표를 낸 후 육 개월 정도는 그럭저럭 지냈다. 연희는 생업의 고달픔을 알았기에 정훈의 퇴직에 대한 선택을 존중했지만, 이전에는 아무렇지 않게 스치던 일상적인 행동과 언사가 마음에 턱턱 걸리기 시작했다. 삼시 세끼 식사 시간을 맞춰 주는 게 피곤해졌을 뿐만 아니라 빨래, 이부자리, 분리수거에도 신경이 곤두섰다. 연희가 즐기던 자유로운 화원에 정훈이 들어와 점령해 버린 듯한 갑갑함이 몰려온 것이다.

정훈은 몸을 뒤척이다 눈을 떴다. 깜빡 졸은 듯싶은데 한 시간이 넘게 지나 있었다. 그때 딩동딩동 벨소리가 들렸다. 정훈은 몸을 곧추세워 창밖을 내다봤다. 대문 밖 주차된 아내의 차가 보였다.

"오랜만이네. 반가워."

정훈은 현관문을 열면서 인사했다. 지난봄 민서가 아이

를 낳은 병원에서 만난 뒤로 넉 달 만의 상봉이었다. 엷은 보라색 블라우스에 하얀 린넨 치마를 입은 연희는 처녀 시절로 돌아간 듯 화사했다. 반갑다는 말이 좀 어색하지는 않았는지 금세 후회가 들었다.

"애 보느라 정신없어. 어떻게 지냈어, 당신은?"

연희는 식탁 위에 장바구니를 내려놓으며 의례적으로 물었다.

"뭐 보다시피⋯⋯. 이렇게라도 보니 반갑구먼."

얼떨결에 튀어나온 반갑다는 말이 홀아비의 구차한 생활에 동정을 구하는 뜻으로 전해진 것은 아닐까 하는 우려가 살짝 스쳤다. 연희는 대꾸가 없었다. 대신 냉장고 문을 열어 위아래로 살폈다. 그러곤 냉동고를 열어 같은 동작을 반복했다. 정훈은 그때 아차, 하며 무언가가 떠올랐지만 때는 이미 늦었다.

"또 이러네!"

자주 듣던 아내의 판결이었다. 변함없다는 체념, 자기 말을 흘려들었다는 핀잔이었다. 정훈의 가슴이 쿵 하고 내려앉았다. 냉동고라고 했던가, 아님 냉장고라고 했던가. 정훈은 잠시 헷갈렸다. 냉동고에 고기가 있으면 꺼내 놓으라고 했던가, 정훈은 기억을 더듬었다. 연희는 냉동고 문을 쾅 닫고 실내를 둘러보기 시작했다.

신병훈련소에 들이닥친 하사관의 내무사열 같은 긴장

이 감돌았다. 연희는 거실 한구석에 초라하게 놓인 화분 앞에서 발길을 멈췄다. 난초가 말라비틀어지기 직전이었다.

"또 이러네!"

내무사열관이 준엄하게 말했다. 화초가 말라 죽어 화단에 버려진 게 몇 번째던가.

이 집은 십여 년 전 다 쓰러져 가던 흙집을 개축해서 지은 주택이다. 바람도 쐴 겸 시골로 드라이브를 왔다가 우연히 발견한 백여 평의 땅을, 연희는 거금을 대출해 구입했다. 간호사로 일하며 신명을 바쳤던 병원을 그만둔 기념이라고 했다. 앞에는 개울이 흐르고 버드나무가 가지를 제법 늘어뜨린 이 땅을 연희는 노후 준비와 맞바꿨다. 손주들이 뛰어놀 잔디밭과 개울가를 함께 상상하던 차에 연희가 말했다.

"당신이 잘 가꾸면 되겠네."

정훈은 그렇게 시골집 집사로 임명됐다. 그동안의 바쁜 교사 생활로 신경 쓸 새 없이 대충 관리하던 집이었는데, 이게 이렇게 요긴하게 쓰일 줄은 예상하지 못했다. 명퇴하고 이 년 동안은 결혼 후 세 번째로 이사한 서울 변두리 아파트에서 글을 썼다. 민서도 결혼을 한 터라 정훈 내외가 지내기엔 공간이 넉넉한 편이었다. 그 공간에 연희의 감시 눈초리와 핀잔이 들어차지 않았다면 마냥 좋은 집필실이었을 것이다. 연희 역시 정훈이 눌러앉은 자리로 인해 공간이 비좁게 느껴지기 시작했다. 그 무렵 정훈은 시골집의 유용성을 떠올렸다. 정훈은 대학 시절부터 모은 책들을 시골집으로 옮겼다. 작은 도서관이었다. 그곳에서 글을 쓰면 막혔던 감성이 일사천리로 터져 나올 것만 같았다. 서서히 오가는 횟수가 늘어 가다 아예 일 년 전부터는 정훈의 아지트로 삼기에 이르렀다. 아니, 유일한 아지트가 되었다. 서울 아파트에는 금족령이 내려졌으니 말이다.

졸혼卒婚 연습! 연희가 심사숙고 끝에 내린 결단이었다. 작년 겨울 초입이었으니 이제 팔 개월이 지났다. 아지트는 자유 그 자체였다. 생활은 불편했지만 마음은 편했다. 가끔 외로웠지만 아내와 부딪는 파열음보다는 견딜 만했다. 시골집 주인은 연희, 집사는 정훈. 그러니 '화분을 말려 죽이는 사람은 여기에 살 자격이 없어!'라는 판결은 정당하다고, 정훈은 인정했다.

'또 이러네!'로 내려진 두 번째 판결과 동시에 정훈은 화단과 뒤뜰의 쓰레기장이 불현듯 생각났다. 사열관의 눈길이 거기로 뻗친다면 사태가 심각해지리란 예감이 들었다. 정훈은 냉큼 현관문을 열고 밖으로 나갔다. 동자꽃이 눈에 들어왔다. 저놈은 일단 안심이다. 아내가 좋아하니까. 뒤뜰로 갔다. 쌀자루 포대 안에는 플라스틱과 소주병이 혼란스럽게 섞여 있었다. 정훈은 일단 포대를 뒤집어 내용물을 마당에 쏟은 후 분리해 담기 시작했다.

"플라스틱과 금박지는 따로 떼어 내야 해."

연희는 철저한 환경론자는 아니었지만 분리수거의 원칙을 지켜야 한다는 공동체적 윤리에 충실한 사람이었다. 가끔 빈 병에서 발견되는 담배꽁초는 정훈의 무지함을 입증하는 명백한 물증이었다.

"글만 잘 쓰면 뭐해, 배려를 모르는데."

핀잔 이상의 말이었다. 글 쓰는 사람의 윤리 의식을 통째로 부정한 자격 미달 판정이었다. 골판지를 가지런히 묶어 아파트 분리수거장으로 향하는 정훈을 붙들고 연희가 자주 일렀던 말에도 그런 비난이 들어 있었다.

"거기 테이프를 떼어 내야 해. 하치장 아줌마들이 손으로 일일이 뗀다니까."

연희는 정훈보다 하치장 아줌마들을 더 배려하는 눈치였다. '그게 남편에 대한 배려라면 얼마나 좋을까.' 논리적으로도 윤리적으로도 성립되지 않는 불평이란 것을 알면서도 가끔은 속으로 그런 반박을 중얼거렸던 기억이 났다. 포대 세 자루에 분리수거를 마친 정훈이 느긋하게 담배를 꺼내 물었다. 초여름의 해가 뒷산 중턱에 걸린 시각이었다.

정훈과 연희는 대학 캠퍼스에서 만났다. 정훈이 다닌 대학은 사범대 건물과 간호대 건물이 나란히 붙어 있었고, 두 건물 사이의 식당과 휴게실을 겸한 작은 카페 앞엔 아담한 정원이

꾸며져 있었다. 거기엔 철마다 다른 꽃들이 피었지만, 화단을 유심히 관찰하는 학생은 드물었다.

"뭘 그렇게 자주 보세요? 꽃을 좋아하나 보죠?"

화단을 들여다볼 때 가끔 마주치던 여학생이었다. 카페 한구석에서 뭔가를 읽고 있는 모습을 창문 밖에서 본 적도 있었다. 그녀가 먼저 말을 걸어 올 줄은 몰랐다.

"아, 예……. 그런데 손에 든 책은 뭐예요?"

여학생은 대답 대신 다른 질문을 하는 정훈에 조금 계면쩍다는 듯 웃었다. 둘은 카페에서 커피를 앞에 놓고 마주 앉았다. 여학생의 이름은 장연희였다.

"토마스 만의 『마의 산』을 읽고 있어요. 산정 요양원 간호사들을 어떻게 묘사했는지 궁금해서요."

의외였다. 1900년대 초 유럽, 그것도 산정 요양원에서 간호사의 역할이라.

"그거 졸업논문감인데요. 저는 요즘 꽃들을 관찰하고 있어요. 식민 시대 문학에서 작가들이 어떤 꽃나무에 관심을 뒀는지, 그 꽃들에 어떤 소망을 걸었는지 궁금하거든요. 예를 들면 김유정이 쓴 「동백꽃」엔 노란 가루를 뿌리는 동백이 나오는데 그게 남쪽 지방의 빨간 동백이 아니라 노란색 생강나무 꽃이죠. 이태준의 작품엔 철쭉이 많이 등장하고, 진달래는 아시다시피 김소월의 꽃이죠. 백석은 유독 자작을 좋아해서 도처에 자작나무가 있어요. 왜 취향이 달랐을까, 그게 작품 속에서 어떤 의미와 상징을 갖는지 관심이 가요."

홍미롭다는 표정으로 연희가 말했다.

"전공은 다르지만 문학은 공통이네요."

군인 시절 휴가 나온 정훈이 연희를 만났을 때, 그녀의 하얀 간호복이 그렇게 예쁠 수가 없었다. 연희가 일하던 대학병원의 화단 벤치에 앉아 정훈을 기다리던 모습은 정훈의 삶에 영원히 각인된 사진이었다. 흰색 간호복과 카키색 군복은 병원의 정원과 잘 어울렸다. 연희도 화천 부근의 부대에 면회 온 적이 있었다. 정문을 지키던 초병의 얼굴에 갑자기 생기가 돌았고, 정훈을 찾는 전화에서 호들갑스러운 목소리가 들렸다. 연희가 돌아간 후 부대엔 정훈의 애인이 절세미인이란 소문이 돌았다. 둘은 조촐하게 결혼식을 올렸다. 정훈이 서울 근교 고등학교 국어 교사로 발령받은 직후였다.

연희는 대학병원 간호사가 된 후 처음 몇 년 동안은 직무에 만족했다. '타인에 대한 배려'는 연희의 좌우명이었고, 삶의 욕망을 분출해 주는 샘터였다. 그러나 연희의 열정에 상처를 입힌 사건이 발생했다. 그것은 일종의 트라우마로 진화해 계속 연희를 괴롭혔다.

젊은 시절 야간 근무를 마치고 돌아온 연희는 이불을 뒤집어쓴 채 펑펑 울었다. 출근 준비를 하던 정훈이 이유를 캐물었지만 연희는 입을 열지 않았다. 며칠 후 연희가 속내를 털어놨다. 어떤 노환자가 병실을 엉망으로 뒤집어 놓곤 연희에게 치워 달라고 했단다. 환자복도 벗어 던진 상태였고, 침상에선 악취가 진동했다고. 간병인이 자리를 비운 사이에 일어난 일이었다. 연희는 어쩔 수 없이 환자를 욕실로 데려가 씻기고 있는데, 갑자기 환자가 자신의 성기를 문질러 달라고 은밀히 말했다고 한다. 연희는 그 자리에서 도망치듯 나와 수간호사에게 담당 병실을 바꿔 달라고 요청했다. 그 일이 있은 후 연희의 열정은 급격히 식어 갔다. 타인에 대한 배려를 악용하는 사람을 겪은 후유증은 꽤 컸다.

결정적인 사태는 연희가 사십 대 중반, 간호실 차장일 때 발생했다. 간호사들의 직무 점검차 들른 어느 병실에서 한 환자가 연희의 손목을 낚아채 강제로 침상에 앉혔다고 했다.

"장 차장, 내가 돈이 많은데…… 이제 쓸 수가 없어. 아직 수명은 많이 남아 있거든, 나랑 살면 안 될까."

연희는 환자의 손을 뿌리치고 그 길로 집으로 돌아와 버렸다. 단단히 갈무리해 뒀던 젊은 시절의 상처가 그 사건으로 인해 덧나고 말았다. 직업에 대한 회의가 눈덩이처럼 불어났고, 남성들의 무례에 치밀어 오르는 분노를 다스리기 어려워졌다. 정훈을 바라보는 시선에도 남성성에 대한 본질적 비난이 어른거렸다. 연희는 근무연한이 연금 요건을 충족했다는 사실을 확인한 직후 대학병원을 떠났다. 이후 '간호사 권익 찾기' 시민운동에 뛰어들었다.

연희의 '타인에 대한 배려'는 환자에게서 집 안으로 집중됐다. 직장에서 깨진 평생의 신조를 집 안에서 완성하려는 눈치였다. 보상 심리는 당연히 정훈에게 쏟아졌다. 아침 식탁은 연희와 마주하는 짧은 시간이었지만, 정훈은 식사 시간에 신문 읽는 오랜 습관을 버리지 못했다. 출근해서는 신문 볼 시간이 없다는 게 이유였다.

"밥상에서는 대화가 중요해요."

정신이 퍼뜩 든 정훈이 신문을 내려놓고 젓가락을 놀렸다.

"그렇게 휘저으면 다른 사람이 어떻게 먹어."

정훈은 반찬을 휘저었는지 의식하지 못한 터라 어안이 벙벙했지만, 그동안 연희에게 같은 말을 여러 번 들어왔다. 연희는 남의 말을 귀담아 듣지 않아 생긴 나쁜 습관이라고 단정했다.

"또 이러네!"

연희가 집으로 들어앉은 뒤 정훈에게 수없이 한 지청구였다. 연희는 자신의 마음을 긁는 정훈의 행동들을 소통 불가와 배려심 결핍증의 증후로 진단했다.

어느 날 밤늦게 귀가한 연희에게 정훈은 텔레비전을 보다가 의례적으로 그러나 다정하게 물었다.

"어디 갔었어?"

그랬더니 연희의 불만이 폭발했다.

"금요일 저녁, 간권모 세미나! 몇 번을 말해야 하누!"

연희의 목청이 그렇게 큰 줄 처음 알았다. 정훈은 아차 싶었다. 금요일 저녁엔 '간호사 권익 찾기 모임' 세미나가 있지. 세미나가 어땠냐고 물어야 할 것……. 머릿속에 입력이 잘 안 되는 걸 어떡하나. 하기야 일러 줘도 몇 번이고 되묻는 남편과 중년 인생의 고민을 나눌 수 없겠지.

둘 사이 말수는 점점 적어졌다. 정훈은 화제를 꺼냈다가 또 핀잔을 들을지 모른다는 두려움이 앞섰고, 연희는 정훈이 또 말을 흘려들을까 봐 지레 걱정부터 들었다.

연희는 그간 병원 일이 바빠 묻어 뒀던 결혼 생활의 사소한 사건들에 대해 찬찬히 되새김질했고, 그 검열 속에서 뭔가가 툭툭 걸려 나왔다. 거기엔 자신에 대한 반성도 한몫했다. 민서가 갓난아기일 때 정훈은 아이가 밤새 울면 베개를 들고 옆방으로 가버렸다. 새벽에 출근해야 한다면서. 그게 왜 퇴직한 지금에야 떠올랐을까. 민서가 유치원과 초등학교에 다닐 때 아이를 데리러 연희가 종종걸음을 친 적도 한두 번이 아니었다. 왜 나만 그랬을까. 첫 차를 살 때도 정훈은 어떤 색이 좋은지 연희에게 물어보지 않았다. 두어 번 옮긴 아파트는 어떻고. 모두 정훈 혼자 생각했고 단행했다. 연희는 그냥 따라다녔다. 왜 간섭하지 않았을까, 왜 자신의 취향을 주장하지 않았을까. 처음엔 서운함과 분노가 치밀었지만, 연희의 마음은 점점 달라졌다. 자신의 대범한 성격이 정훈의 무관심과 배려 없는 태도를 부추겼다는 사실을 뒤늦게 깨달은 것이다. 마음에 걸리는 지난 일들이 자꾸 떠올랐다. 정훈은 연희의 마음에서 일어나는 변화의 기미를 눈치채지 못했다.

정훈의 무관심은 타고난 기질이었다. 하지만 중학생 때부터 서울에 올라와 홀로 지내야 했던 적막한 생활에 오래 길들여진 영향이 더 컸다. 어린 시절부터 홀로 결정하고 홀로 실행하는 시간 동안 타인과의 교류를 막는 단단한 방어막이 생겼을 터였다. 그렇게 자신만의 방에 갇혀 길러진 습관들을, 정훈은 연희가 조건 없이 수용해 줄 거라고 믿었다. 하지만 연희에겐 그런 정훈이 낯선 이방인과 다름없었다. 정훈의 몰입증과 연희의 회한이 자주 부딪혔다. 각방살이를 시작한 작년 이맘때 연희가 자못 심각한 표정을 지으며 말했다.

"왜 그 졸혼이란 거 있잖아. 남의 얘기가 아닌 것 같아. 졸혼하면 다 외롭잖아. 고독사할 것 같고. 그러니 당분간 떨어져 살면서 지난 세월을 새겨보면 어떨까. 졸혼 방지 예행 연습이랄까."

정훈은 두말없이 시골집으로 거처를 옮겼다. 특별한 경우를 제외하고 일 년의 금족령이 내려졌다. 졸혼 연습이었다. 정훈은 그녀의 시골집에, 연희는 정훈 명의의 아파트에 각각 거처한다는 자진 별거령에 동의한 날, 정훈은 밤새 혼자 술을 마셨다.

거실로 돌아오니 연희가 아무 일 없다는 듯 요리에 열을 올리고 있었다. 냉동고에서 꺼낸 고기가 하얗게 언 채로 보조 요리대 위에 놓여 있었다. 전자레인지가 없으니 두어 시간 기다려야 겨우 칼이 들 것이다. 정훈은 식탁 의자에 엉거주춤 걸터앉았다. 좁은 부엌에서 연희가 음식 준비에 필요한 식기나 양념을 찾을 때 지체 없이 알려 주려는 자세였다.

"그동안 뭘 해 먹었어?"

연희의 목소리는 평상적이었다. 냉랭하기는커녕 정겨움마저 느껴졌다. 끓는 냄비에서 솟는 김과 프라이팬에서 나는 냄새가 허기를 돋웠다.

"오늘은 스파게티와 연어샐러드를 할까 해. 내가 가져온 와인 좀 마실래?"

연희에게서 어떤 각오가 느껴졌다. 아마도 편집장 내외에게 별거의 징후를 결코 들키지 않을 거라는 의지인 듯했다. 정훈은 조심스럽게 와인 잔을 기울였다. 졸혼 예행연습에서 평상시로 돌아오기는 아주 쉽다고 느껴졌다.

그때 밖에서 차가 진입하는 소리가 들렸다. 창문으로 내다보니 편집장 내외가 주차를 마치고 사립문으로 들어서는 중이었다. 얼핏 봐도 중년 초입에 들어선 여전히 젊은 부부였다. 정훈은 얼른 현관문을 열었다. 편집장이 목소리 톤을 높여 반갑게 외쳤다.

"김 작가님, 처음 뵙습니다. 정말 좋은 데 사시네요. 여기는 우리 집사람."

편집장의 아내는 어깨선을 드러낸 연두색 옷을 입고 있
었다. 사십 대 후반이라 들었는데, 나이보다 젊어 보였다. 정
훈은 자신의 뒤에 서 있던 연희를 소개했다. 편집장은 목소
리를 한 톤 더 높여 칭찬의 말을 했다.

"와, 이 산골에 웬 숙녀신가요? 이러니 좋은 글이 나오
지. 김 작가님 부럽네요."

집은 둘러볼 만한 규모가 아니었기에 정훈은 대충 집의
내력과 개축 과정을 설명한 뒤 거실 소파로 편집장 내외를
안내했다. 마침 흙냄새를 풍기는 바람이 불어와 그런대로 시
골집 분위기가 났다. 연희는 스파게티와 잡채, 급히 장 봐 온
반찬 등을 식탁에 차렸다. 얼마 후 모두 둘러앉아 편집장이
사온 와인을 땄다.

연희의 얼굴엔 흡족한 표정이 선명했다. 오랜만에 요리
실력을 제대로 발휘해서인지 아니면 정훈이 자신의 수고를
알아준 듯해서 그런지 알 수는 없었다.

편집장이 흥분한 투로 말했다.

"김 작가님 글이 아주 인기예요. 전원생활을 부러워하
는 독자가 눈에 띄게 늘었고요. 작가님 거처가 어디냐고 묻
는 전화가 자주 걸려 와요. 물론 비밀로 해뒀죠."

정훈은 짐짓 겸손하게 대답했다.

"별말씀을요. 편집장님이 잘 봐줘서 그렇지요. 요즘은

소재가 떨어져서 아주 죽을 맛이에요. 여름이 빨리 가고 가을이 오면 좀 달라질 것도 같은데. 왜, 여성들은 낙엽이 질 때 고독을 맛보고 싶잖아요. 벚나무 낙엽은 알록달록해서 정겹고요. 낙엽송은 무심히 헐벗어 허무하죠. 허무와 고독……. 여성 독자들이 늘었으면 좋겠네요."

편집장이 너스레를 떨었다.

"아, 그거 좋지요. 왜 「낙엽 따라 가버린 사랑」 그런 노래도 있잖아요."

편집장이 노래를 부를 태세로 "찬바람이 싸늘하게"라며 읊조렸다. 편집장은 시원시원한 성격의 소유자였다. 정훈에 대한 남편의 과찬에 다소 싫증이 났는지 그의 아내가 화제를 돌렸다.

"사모님은 오래전에 퇴직하셨다면서요? 저도 퇴직하고 싶어 죽겠는데 이 철학도가 변변치 않아 여태 이러고 있어요."

편집장은 철학도였다. 학창 시절 인간과 삶에 대한 철학적 논리를 늘어놓는 편집장에게 매료되어 다른 전공자들을 우습게 안 게 그녀의 인생 최대 실수라고 했다.

"이이가 소곤소곤 얘기하던 철학의 세계가 그렇게 황홀했는데 지금 생각해 보니 어디 하나 쓸데가 없어요, 글쎄. 영어도 마찬가지예요."

편집장 아내의 농담은 점점 진담으로 변해 가고 있었다.

영문학도인 자신의 처지를 비관하기까지 했다.

"영어 교사? 겉으론 근사해 보이지만 아휴, 지루해 죽겠어요. 선생보다 영어 잘하는 애들이 수두룩하고, 모르는 단어는 휴대폰에 다 나오고, 구글이 다 번역해 주니 우리 같은 영어 교사는 다 무용지물이에요. 대학생 딸하고 고 삼 아들 때문에 사표를 못 던져요, 제가."

연희가 위로의 말을 건넸다.

"그래도 지금까지 잘 버텨 왔잖아요? 조금만 더 견디면 모든 게 잘될 거예요. 저도 연금 탈 때까지 버텼거든요. 그건 그렇고, 사모님은 매력이 넘쳐서 인기가 많았을 텐데?"

편집장 아내가 연희의 말에 힘을 얻었다.

"호호, 사실 그랬어요. 법학도가 저를 졸졸 따라다녔는데, 글쎄 그 남자가 유명한 변호사가 됐잖아요. 저 한국법무법인 있잖아요? 이름도 한국이래, 대표 선수라는 뜻이죠."

편집장은 입을 다물었다. 와인만 홀짝거리고 있었다. 인생은 모두 실수인 것을 몰랐단 말인가 하는 냉소가 입가에 번졌다. 해가 기울고 있었다. 새 우는 소리가 들려왔다. 물까치 떼가 몰려 왔는지 마당이 부산해졌다. 까마귀와 물까치가 음식물 쓰레기를 좋아한다는 것을 정훈은 알고 있었다. 음식물 찌꺼기를 버려두면 남김없이 먹어 치웠다. 고양이들도 한몫했다.

연희가 분위기를 돌으려 했는지 맞장구를 쳤다.

"어쩜 저하고 그리 생각이 같으실까. 저도 국문학도 안 만났으면 의사한테 시집갔을 거예요. 저를 훔쳐보던 의사들이 한둘이 아니었거든요. 러브레터도 받아 봤다니까요. 그런데 국문학도의 문학 강의에 홀딱 속아서 그만 인생 오십을 훌쩍 넘겼네요."

약간 풀어진 시골집 분위기 때문인지 마음 속 얘기들이 두서없이 나왔다. 남자들은 그저 와인만 마시고 있었다. 두 병째였다. 그때 뻐꾸기 울음소리가 들렸다.

"어머, 여기 뻐꾸기가 있나 봐, 세상에. 이러니 글을 쓰지, 당신도 원래는 글쟁이 아니었나?"

편집장의 아내가 남편의 팔을 살짝 꼬집으며 말했다. 와인에 조금 취한 편집장은 히죽히죽 웃을 뿐 말이 없었다. 정훈은 아내를 상대하는 그의 능숙한 태도에 감동했다. 그래 맞아, 저래야 하는데. 그때 또 연희가 맞장구쳤다.

"글이요? 이이는 결혼 전에 꽃의 속삭임을 언어로 들려준다고 약속했어요. 그 말에 홀딱 속아 넘어간 거죠. 꽃의 언어? 꽃에 무슨 언어가 있어요. 그건 청춘의 덫이었을 뿐, 꽃의 이미지를 동원해 자기의 성을 쌓는 이기적 발상이죠. 글은 그런 거예요, 결국. 세상사가 침범하지 못하게 단단히 자기를 방어하는 장벽, 그 속에 눌러앉아 자신을 옹호하는 변명의 성곽. 안 그래요? 그러니 글쟁이를 뭐에 써요, 다 무용지물이에요."

연희가 글에 대한 자신의 철학을 거침없이 늘어놨다. 정훈에 대한 핀잔을 달리 표현한 것이었다. 분위기가 갑자기 싸늘해졌다. 편집장 아내마저도 입을 잠시 다물었다. 연희는 안주를 가져온다며 자리를 떴다가 연어샐러드를 들고 돌아왔다. 그때 침묵을 지키던 편집장이 입을 열었다.

"글보다…… 여성들의 마음속을 들여다보는 게 더 중요해요, 우리 잡지는……."

그러면서 빈 잔에 와인을 따라 들이켰다. 뻐꾸기가 또 울었다. 편집장 아내가 약간 취한 어조로 말했다.

"철학이 인생의 내면을 유영하는 건 맞는데, 남편은 자신이 만든 논리의 문에 들어앉아 남을 듣지도 보지도 않는단 말이에요. 귀머거리에 철벽이에요. 내가 그렇게 살아왔거든요. 사르트르라면 몰라, 아니 거기까지 안 가도 신철학자 앙리 레비라면 또 좀 봐줄까."

그녀는 와인 한 잔을 들이켜더니 목소리를 한 톤 높여 말을 이었다.

"여성 심리라고? 그걸 알아야 더 팔린다고? 아이고 심리학자 나셨네요. 옆에 있는 여인의 고독도 모르면서 어찌 뭇 여성들의 심리를 파헤치나요? 봐요, 우리 김 작가님은 가을에 여성의 고독을 생각한다잖아요. 당신은, 당신은 말이야. 이 영어 교사가 말하는데, 『행복한 가정』 편집인 자격이 없어. 『행복한 남자』라면 몰라도."

편집장이 약간 꼬부라진 어투로 말을 받았다.

"나는, 나는 말이야, 남자는 잘 몰라. 나쁜 놈들이 많거든. 마음을 감춘 놈들. 김 작가님은 예외지. 마음이 투명하잖아. 여자는 달라. 마음을 여는 사람에 끌리거든. 자신의 존재이유를 알아주는 사람. 그것도 조심해야 해. 사기 치는 놈들이 부지기수야. 독자들도 마찬가지야. 진정성을 보여 주는 것. 글의 묘미보다 글의 고뇌를 전해 주는 것. 그게 생명이지."

얌전히 듣던 연희가 와인 잔을 비우고 말했다.

"전원과 사색이라 했나요, 이이가 쓰는 글 제목이? 사색은 무슨 사색. 자신의 장원에 들어앉아 밖을 내다보는 한가한 소리죠. 뻐꾸기하곤 대화가 될진 몰라도 옆에 있는 여인하고는 대화가 안 되거든요. 그건 우리 사모님 말씀이 백번 맞아요. 몇 번 얘길 해도 각인이 안 되는 게 남자죠. 뭐에 정신이 팔렸는지 자기밖에 몰라. 그렇다고 세상이 알아주지도 않아요. 안 그래요?"

연희는 약간 상기된 채 편집장 아내를 바라봤다.

정훈은 어지간히 취했다. 반박할 수도 없고 끼어들 수도 없었다. 편집장은 아내의 공격이 익숙한지 그저 와인만 마시며 별말이 없었다. 취기가 오른 듯한 편집장의 아내가 갑자기 과격한 제안을 했다.

"그래서 졸혼이 좋은 거예요. 따로 살아 보는 것. 그래야 서로 귀한 줄 알죠. 졸혼 어때요? 아, 이 집은 졸혼으로 딱이네."

편집장은 그거 좋지, 하며 히죽히죽 웃었다.

정훈은 그 웃음에서 어떤 혐의를 읽었다. 나는 살고 싶은 여자가 따로 있거든, 같은. 취기 속에서 그것은 혐의가 아니라 부러움으로 변하고 있었다. 뻐꾸기가 또 울었다. 오늘 뻐꾸기 둥지에 무슨 일이 생겼나, 잠시 생각했다. 편집장 아내가 중얼거렸다.

"졸혼, 졸혼…… 그거 좋은데……."

정훈은 그저 마셨다. 편집장도 그저 마셨다. 뻐꾸기는 계속 울어 댔다. 그때 연희가 작심한 듯 말했다.

"사실, 사실은요……. 우리는 졸혼 중이에요."

분위기가 다시 싸늘해졌다. 편집장 아내가 침묵을 깼다.

"어쩐지 그런 거 같더라. 김 작가님이 말이 없잖아요? 두 분 사이에 감도는 약간의 긴장을 아까부터 간파했죠. 그런데…… 그런데…… 부러워요!"

와인에 취기가 도는지 편집장이 혀 꼬부라진 소리로 크게 말했다.

"뭐가 부러워? 우리 나이에 홀로 사는 거? 그냥 떨어져 각자 인생 즐기는 거? 그게 왜 부러워?"

그러자 그의 아내가 눈을 흘겼다.

"내가 진짜 말해 봐? 당신, 당신 있잖아……. 그 '장미부대'에 출근하는 그 여자. 예전에 이미 알아봤다고. 일단 졸혼하고 그리로 가봐, 그러면 이혼이지!"

편집장이 또 혀 꼬부라진 어투로 받아쳤다.

"또 그 얘기! 그건 이미 끝난 일이야. 여자들은 아무것도 아닌 거 가지고 물고 늘어지더라. 안 그래요, 사모님?"

갑자기 돌아온 화살에 연희는 할 말을 찾지 못했다. 오히려 그게 화근이 됐다. 연희의 트라우마가 도졌다.

"아니에요. 사모님이 저러는 거에는 분명 이유가 있거든요. 그걸 남자들이 모른 척하고 탓을 돌리는 게 더 문제죠."

그 말에 힘을 얻은 편집장 아내가 목소리를 높였다.

"맞아요, 이이가 밤에 작문 교실을 열거든요. 한 달에 두 번, 작가 지망생 여성들을 대상으로. 거기에 대학 시절 이이가 좋아했던 여자가 나타났어요. 이 년 전이죠. 그때부터 이이 마음은 어디론가 허공에 떠돌아다녀요. 지금도 그래요. 여성 심리를 알아야 한다고? 그건 좋은 핑곗거리에 불과해요."

어둠이 내렸다. 사방이 일시에 고요해졌다. 편집장이 거의 악을 쓰듯 외쳤다.

"그건 다 끝난 얘기라고! 여자들은 왜 이러지?"

엎질러진 물이라는 듯 고개를 젓던 그의 아내는 저간의 사정을 얘기하기 시작했다.

"글쎄, 내 말 좀 들어보세요. 시아버지도 아니고, 시할아버지 제삿날, 나더러 제사상을 차리라고 시아버지가 하도 성화를 부려서 다 했죠. 학교 수업 끝내고 종종걸음을 쳐서요.

그날 이이는 나타나지도 않았어요. 작문 교실 강의하는 날이라면서요. 내가 무슨 죄를 지었길래 시할아버지 제사상을 차려야 하나요?"

거의 울상이 된 그녀는 와인 한 잔을 꿀꺽 마시더니 하소연을 이었다.

"다 했어요. 시아버지가 그걸 원했으니. 뒤치다꺼리를 다 하고 집에 왔어요. 얼굴도 모르는 시할아버지 영정 앞에 두 번 절하고…… 설거지도 하고. 그런데 글쎄 이이가 오지 않는 거예요. 자정 즈음 고주망태가 돼 왔는데, 글쎄 옷에서 향수 냄새가 진동을 하더군요. 샤넬 넘버 파이브!"

그때 혀가 완전히 꼬부라진 편집장이 외쳤다.

"샤네루 남바 파이브? 그런 게 있나? 이브 셍 노랑이라면 몰라도. 크, 취한다!"

그녀의 목청이 높아졌다.

"그래도 내가 그냥 넘어갔어요. 샤넬 넘버 파이브, 셔츠에 밴 그 향수. 작문 교실 그 여인의 냄새를 갖고 집에 온 거죠. 셔츠를 세탁기에 처넣었어요."

어지간히 취한 편집장이 연이어 반박했다.

"그래서, 그래서 그게 어쨌다는 건데? 몇 번 만난 것뿐인데…… 작문 지도차. 그런데 그걸 여태 물고 늘어지는 건 좀 아니잖아, 여자들은 다 이런가?"

편집장 아내가 악을 쓰듯 외쳤다. "그 후에 반성하고 돌아왔으면 내가 이런 말을 구차스럽게 안 하지. 야밤에 문자가 와요. 딩동! 그 소리에 살짝 깨는데 자는 척하는 사이, 이이가 살며시 휴대폰을 보곤 해요, 샤넬 넘버 파이브는 지금도 이이를 들뜨게 하는 환각제인 거죠. 여성 심리? 그걸 보고 있는 내 심리를 알고는 있나, 철학도님? 말씀 좀 해보세요!"

편집장은 그 대목에서 입을 닫았다. 얘기해 봐야 소용없다는 듯이 손을 휘저었다. 와인 네 병이 비었다. 소쩍새가 쑥쑥쑥 울었다. 옆집 개가 컹컹컹 짖었다. 침묵을 깨려는 듯 정훈은 눈을 거의 감은 채 두 팔로 얼굴을 괴고 있는 편집장에게 중얼거렸다.

"졸혼, 졸혼…… 그거 너무 좋아."

다음 날 일어나자마자 두통이 느껴졌다. 이른 아침부터 연희가 설거지를 하고 있었다. 어젯밤에 서울로 귀가하지 않은 게 고마웠다. 어디서 대화를 끝냈는지, 편집장 내외가 어떻게 갔는지 도무지 기억이 없었다. 정훈은 식탁 의자에 걸터앉았다. 거실 창밖에 핀 꽃이 눈에 들어왔다. 순간 새로 시작할 수 있다는 기분이 들었다.

"동자꽃이 피었어!"

아무 계획도 없이 불쑥 내뱉은 말이었지만, 연희가 좋아하리란 확신이 섰다. 그런데 그 순간 연희가 눈을 흘기며 말했다.

"또 이러네!"

정훈은 정신을 퍼뜩 차렸다. 아닌가? 취기가 가시지 않은 머릿속이었지만 동자꽃이 확연히 이름을 말하고 있었다.

"동자꽃 맞아!"

정훈은 선언하듯 말했다. 자신의 기억력이 연희보다 낫다는 사실을 확신시키려는 듯 힘이 들어간 말투였다. 연희가 혀를 차면서 말했다.

"동자꽃이 아니고……. 왜 그거 있잖아?"

연희의 반박에도 힘이 실렸다. 정훈의 무모한 집착과 고집에 얼마나 마음고생이 심했는지를 상기시키고 싶은 말투였다. 그 말투에는 '내 상처를 건드리지 말라!'는 경고 같은 것이 묻어 있었다. 연희의 경고는 확신에 차서 말하는 정훈에게 전략상 후퇴를 암시했다. 하지만 꽃 이름을 금세 못 대는 연희의 퇴화한 기억력을 보니 벌써부터 퇴로를 만들 필요는 없었다. 정훈은 약간 위축된 채로 되물었다.

"그럼 뭔데?"

"왜, 그…… 부채…… 부채……."

하기야 저 꽃이 부챗살처럼 생겼으므로 부채…… 어쩌고 하는 이름이 동자꽃보다는 어울릴 것도 같았다.

연희는 급기야 방으로 들어가 휴대폰을 열고 한참을 뒤적였다. 저 무모한 고집을 반드시 퇴각시켜야 한다는 비장한 명령을 하달받은 적장敵將 같았다. 휴대폰 속에 들어 있는 수

천만 개 지식 속에서 드디어 그 실체를 찾았는지 연희가 환호하듯 말했다.

"범부채꽃!"

아, 그게 범부채꽃인 것 같기도 했다. 생김새도 부챗살 같거니와 언젠가 한번 헷갈렸다가 연희의 정정을 받았던 기억이 떠올랐다.

자학적 긍정이 필요한 시점임을 터득하고도 남을 만큼 연희와 보낸 세월은 아득했다. 그 아득한 거리만큼 정훈도 자립 영역을 조금씩 키워야 한다고 생각했다. 연희는 벌써 독립 정부를 선언하지 않았는가, 그러니 임시정부라도 세워야 하지 않을까, 그런 생각이 스쳤다. 대범해지는 것은 그런 탓인가? 그것을 오만이라고 하는지 알 수 없지만 '승복'은 정훈의 기질이 아님을 이제 안다. 그걸 알고도 승복해야 하는 것이 곧 삶의 지혜임도 깨달았다. 그러니 어쩌란 말이냐.

연희와의 오랜 공동생활 끝에 터득한 지혜와 정훈의 기질이 순간 자웅을 겨뤘다. 승복은 '내 상처를 건드리지 마라'는 아내의 경고를 인정하는 셈인데, 그것은 삼십 년 결혼 생활 동안 정훈이 결코 '의도하지 않은 가해'를 '의도한 것'으로 공식화한 연희의 확신에 결재 도장을 찍는 것과 같았다.

정훈은 내심 변명의 막을 둘러쳤다. 삼십 년 부부 생활은 양육, 친인척 관계, 살림살이, 세속적 성취로 뒤범벅된 복합 방정식이다. 이건 아무도 쉽게 풀지 못한다. 그럼에도 이를 가해자의 변명쯤으로 여기며 자신을 피해자라 확신하는 연희의 정서적 상처를 치유하는 데 결코 도움이 되지 않는다는 것도 이제는 안다. '여자가 수시로 받는 상처의 본질을 충분히 이해할 수 있는 남자는 없다.' 이 편리한 명제에 안주한다 해도 남자는 여자의 상처를 보듬고 치유해 주기는커녕 이해할 수도 없다. 그러니 어쩌란 말인가.

"당신 기억력이 형편없어졌구먼……. 꼭 휴대폰을 봐야 하나?"

승복과 지혜가 서로 다투다가 겨우 타협해 낸 말이 이것이었다. 연희는 한마디 말을 남기고 서울로 떠났다.

"또 이러네!"

범부채꽃이 피었다. 홀로 시골집에 남은 정훈은 '또 이러네!'라는 연희의 힐난을 떠올리며 휴대폰을 뚫어지게 본다. 휴대폰 화면에는 범부채꽃 설명이 써 있다. 산지는 아시아, 꽃말은 '정성스러운 사랑'이란다. 정성스러운 사랑이라. 그래서 자기 화단에 입주시켰나 보다. 정훈은 화면에 뜬 앙증맞은 꽃잎이 화단에 핀 그 꽃과 동일한 것임을 거듭 확인하면서 설명을 읽어 나갔다.

"붓꽃과에 속하는 다년생초. 뿌리줄기는 짧게 옆으로 뻗으며, 줄기는 위로 곧추서서 키가 일 미터까지 자란다. 잎은 피침형披針形으로 어긋나고, 줄기 양쪽으로 평평하게 두 줄로 달린다. 칠팔월에 황적색의 꽃이 줄기 끝에 몇 송이씩 모여 피고, 여섯 장의 꽃잎이 조각花被片으로 되어 있으며, 열매는 삭과蒴果로 익는다…….”

그래 바로 저 꽃이다. 정훈은 화면과 화단을 번갈아 본다. 그리고 붉은 꽃잎의 모양과 그 설명을 기억의 창고 속에 꾹꾹 집어넣는다. 정훈의 집착력이 내년에도 스멀스멀 기어나와 이런 탄성을 내지르지 않게 하기 위해서 말이다.

“동자꽃이 피었어!”

정훈의 「전원과 사색」 원고는 결국 완성되지 않았다. 편집장에게선 아무런 연락이 없었다.

＊ 이 소설은 본인의 글 「어, 동자꽃이 피었네!」(『나는 시민인가』, 문학동네, 2015)를 다른 스토리로 재구성한 것인데 도입부와 결론 일부를 발췌했다.

능소화 넝쿨

저녁 해가 뒷산에 걸렸다. 저 멀리서 시내 네온사인이 하나둘씩 켜지기 시작했다. 명준이 얇은 점퍼 차림에 운동모자를 쓰면서 말했다.

"여보, 나 '24시'에 갔다 올게."

책 속에 파묻혀 농원을 설계 중이던 희진이 고개를 들고 웃었다.

"윤 마담이 그립구나?"

"아니, 꼭 그런 건 아니고. 태풍이 온다잖아. 한잔하려고."

"알았어. 일찍 돌아와요. 초강력 태풍이라니까."

희진은 어제 민정이 보낸 문자의 충격을 애써 누르는 기색이 역력했다. 어제오늘 말이 없었다. 서울에서 이곳으로 내려온 후 희진은 훨씬 너그러워졌다. 미뤄 뒀던 젊은 시절의 꿈을 막 시작하는 초입에서 뭐든 수용할 수 있다는 여유가 보였다. 그럼 명준도 곧 여유를 얻을 수 있을까. 선뜻 답이 나오지 않았다. 명준은 새로운 시간을 어떻게 관리해야 할지 엄두가 나지 않았다. 전혀 생각해 보지 않았던 낯선 현실에 막막하기도 했다. 현관을 나서려는 명준에게 희진이 큰 소리로 물었다.

"아참, 내일 농원 주인 만나기로 한 거 잊지 않았지?"

명준은 답 대신 손을 흔들어 보였다. 거의 계약 단계에 이른 농원이었다. 희진은 이미 구두로 약속한 그 농원의 주인이 되어 있었다. 명준이 집에 돌아오면 희진은 이미 소파에서 자고 있을 것이다. 한 살 차이인 희진도 어느덧 노년에 접어들고 있었다. 텔레비전을 보다가 거실 소파에서 잠이 들거나 일찍 든 침대에서 코를 골았다. 명준은 선잠에 취한 희진을 깨우기가 뭣해서 이불을 덮어 주곤 했다. 그러는 날이면 희진은 어김없이 이른 새벽에 일어나 거실을 배회했다. 잠이 안 온다는 이유였다. 그러다가 새벽 여명이 밝아 올 즈음에 다시 잠에 곯아떨어졌다. 오늘 새벽에도 그랬다. 침대에서 살짝 몸을 일으키는 희진의 움직임이 잠결에 느껴졌다.

명준은 어둠이 내리는 골목을 천천히 걸어 내려갔다. 저녁 산바람이 얼굴을 훅 치고 지나갔다. 멀리서 네온사인이 반짝였다.

카페 '24시'가 생각난 건 어제 받은 외동딸 민정의 문자 때문이었다. 오후 내내 호퍼의 그림을 들여다본 것도 그 때문일 거라고 명준은 생각했다. 희진은 입을 닫았다. 민정에게 유학을 권유할 때 국제결혼은 상상도 하지 않았었다. 이역만리 떨어져도 돌아올 기약이 있으니 참을 만했는데 국제결혼이라니. 희진은 자신을 책망하는 듯했다.

'아빠, 저 결혼하면 안 돼요? 아무래도 지금 동거 중인 프릭과 인생을 같이해야 할 것 같아요. 프릭도 그러자고 해요……ㅠㅠ'

명준은 인생의 중대사를 얘기하는 민정이 말미에 붙인 'ㅠㅠ'가 'ㅋㅋ'이 아닌 것을 다행이라 생각했다. 자신의 결정이 젊은 날의 치기가 아님을 드러낸 것이고, 명준과 희진의 허락을 못 얻으면 낭패라는 걱정을 동시에 함축한 표현이었다.

너무 일찍 유학을 보냈는지 모른다며 탓하기엔 너무 늦었다. 민정이 대학 진학을 두 번 실패하자 희진이 내린 결정이었다. 미국 서부 시애틀대학교로부터 입학허가서를 받은 민정이 떠나는 날, 희진은 눈물을 펑펑 흘렸다.

"그럴 걸 왜 보내누?"

명준이 희진을 다독였다. 마음 한구석에 낯선 허전함이 움트고 있음을 명준 자신도 눈치채지 못하고 있었다. 먹구름이 북쪽으로 몰려가는 모습이 창문에 비쳤다.

명준이 새로 둥지를 튼 한옥 집은 산동네 중간쯤에 위치해서 산 아래 시가지 풍경이 한눈에 들어왔다. 건너편 산등성이를 넘어오는 구름도 훤히 보였다. 태풍이 예고되었다. 제주 남쪽 삼백 킬로미터 지점에 초강력 태풍이 시간당 삼십 킬로미터 속도로 접근하고 있다는 예보가 있었다. 비바람 피해가 없도록 주의해 달라는 기상청의 메시지가 휴대폰에 떴다. 날씨는 후덥지근했다.

늦은 점심을 먹고 나서 희진은 원예 도감과 화초 재배 전문서를 쌓아 놓고 열독 중이었다. 민정의 문자를 잊어버리려고 화초 농원과 꽃 가게를 운영하는 꿈으로 피신한 듯했다. 희진의 꿈은 점차 보폭을 넓혀 갔는데, 최근에는 꽃 가게에 카페를 곁들인 현대식 아틀리에를 차리겠다는 야심 찬 계획을 세우고 있었다.

식곤증이 몰려와 거실 소파에서 단잠을 자고 일어난 명준은 탁자 위에 놓인 호퍼 화집을 다시 집어 들었다. 에드워드 호퍼가 팔십오 세를 살았다면 장수한 거겠지. 쓸쓸한 그림만 그려서 그랬나? 하기야 음악가보다는 미술가, 미술가보다는 농부가 더 오래 살지 않을까. 그럼 원예가는? 회사원은? 그런 근거 없는 생각들을 떠올리면서 명준은 화집을 천천히 살폈다.

명준은 왠지 호퍼의 그림에 끌렸다. 쓸쓸함이 묻어나도 쓸쓸하다고 구태여 말하지 않는 그림 속 인물이 미더웠고, 모텔, 술집, 뒷마당, 공원 벤치, 해변, 모래언덕 등 일상 속 친숙한 배경을 재현하고 있다는 점이 끌렸다. 모든 곳, 모든 인물, 모든 순간이 예술적 테마를 숨기고 있다는 뜻으로 보였다. 「가스」(1940)로 명명된 그림은 미국 중서부 지역 어딘가 흔히 볼 수 있는 주유소 풍경이다. 밤이 이슥한 시각, 손님은 오지 않고 주유소를 지키는 중년 남성이 주유기를 점검하는 단순한 모티브다. 까마귀가 날아오를 것 같은 배경 숲에서는 아무 일도 일어나지 않고, 길게 뻗은 도로에도 자동차 기척이 없는데 중년 남자는 주유기를 매만진다. 내일을 위한 기약일 수도, 예고 없이 들이닥칠 손님을 맞이하려는 정성일 수도 있겠다. 명준은 그 쓸쓸한 준비에 마음이 끌렸다. 「호텔방」(1931)은 더욱 쓸쓸하다. 나무 침대를 비롯한 기본적인 가구만 있고, 창문엔 리넨 커튼이 쳐져 있는 프로테스탄트풍 호텔 방에 슈미즈만 걸친 여성이 종이쪽지를 보고 있다. 침대 옆에 여행 가방이 놓여 있는 것으로 미뤄 아마 여행 일정표리라. 여인의 표정은 그림자가 드리워 볼 수 없는데 만날 사람도, 목적지도 없이 막연히 떠난 여행임을 짐작하게 한다. 동반자가 없기에 그 방에 하루 더 묵을 수도 있다. 그러나 여성은 고독을 말하지 않는다. 보는 사람이 고독과 마주하도록 채색한 인물에게 작가인 호퍼도 말을 걸지 않는다. 그저 한순간을 포착한 장면일 뿐이다.

명준은 「밤을 지새우는 사람들」(1942)을 한 시간째 보고 있다. 원제 'Nighthawks'는 '밤늦게 어슬렁거리는 사람들' 또는 '밤거리를 배회하는 사람들'이란 뜻이겠는데, 그냥 '올빼

미들'이어도 좋겠다는 생각이 들었다. 미국의 스탠드바, 우리 풍속으론 선술집쯤 되는 곳에 밤늦도록 앉아 있는 중년 남성이 모티브다. 파할 때가 다 된 바에서 바텐더는 내일을 위해 빈 잔과 도구들을 정리하는 중인데 건너편에 앉은 남녀는 일어설 줄 모른다. 그들의 표정으로 미뤄 인생의 중대사를 논하는 것도 아니다. 그저 밤잠을 잊은 채 그간 겪은 인생사를 안주 삼아 두런두런 얘기를 나누는 중이다. 바텐더가 슬며시 영업 종료를 선언하면 쉽게 일어설 것도 같다. 그러나 이 그림의 주인공, 중절모를 쓰고 등을 보인 채 술잔을 기울이고 있는 중년 남성은 좀처럼 일어설 기미가 없다. 등 뒤에 드리운 그림자를 보니, 그의 가슴에 고인 상념의 무게를 측정하기 어렵다. 바텐더는 오늘 쉽게 귀가하지 못하리란 예감이 든다. 그 상념의 무게는 어느 정도일까, 생각하며 명준은 자신의 것을 가늠하듯 손으로 가슴을 쓰다듬었다.

산동네를 내려가서 시내 쪽으로 조금 가다 보면 골목 어귀에 '24시'라고 쓰인 아담한 네온사인 간판이 나온다. L 제과 신입 사원일 때 이 지방 도시의 지부에 근무한 적이 있었다. 저녁 회식에서 거나하게 취해 명준의 소매를 틀어쥔 지부장에게 이끌려 한잔 더 하던 단란 주점이었다. 그때 당시 간판이 무엇이었는지는 기억나지 않는다. 지부장은 매번 이층으로 오르는 계단 층계참에 두어 번 걸터앉았는데, 명준과 몇 잔을 더 마시고 내려오다 굴러떨어지기도 했었다.

그로부터 삼십 년이 훌쩍 지나 명준은 최초 부임지였던 이곳으로 내려와 퇴직 생활을 시작했다. 아내의 야심 찬 농원 계획 때문이었다. 근무 당시 지부장네 집이 있던 아담한 동네가 마음에 들어서 무작정 집을 알아보았는데, 마침 적당한 한옥이 매물로 나와 있었다. 이사를 마친 뒤 지부장을 수소문했으나 몇 년 전 세상을 떴다고 했다.

　　삼십 년 세월은 길다면 길고 짧다면 짧았다. 그때의 지부장은 저세상 사람이 됐고, 신입 사원 명준은 은퇴를 했다. 그사이 L 제과는 사업이 날로 번창해 한국 유수의 기업으로 성장했다. 매출액 일조 원, 영업이익 천억 원에 달하는 L 제과 '글로벌 전략기획실장'. 요직 중의 요직인 명준의 직함을 누구나 부러워했다. 명준은 L 제과의 파워맨으로 통했다. 회장이 가장 아끼는 인물이자 장남에게 소유권을 상속한 이후에도 대표 자리를 예약한 인물로 통했다. 그런데 작년 초에 상황이 뒤바뀌었다. 회장은 명준에게 전후 맥락 없이 말했다.

　　"자네가 물러나 줘야겠네."

　　명준은 두말없이 사직서를 냈다.

　　어느 날, 명준은 시내를 가로지르는 천변을 산책하고 돌아오다가 불이 켜진 건물을 보고 무작정 계단을 올랐다. '24시'라는 간판은 낯설었지만, 공간이 주는 느낌은 여전했다. 옛 주인이 있을지 모른다는 생각으로 이 층 출입문을 연

명준을 젊은 여인이 맞아 주었다. 카페의 새 주인 윤 마담이었다. 예전 주인보다 교양이 넘치고 정겨운 인상이었다. 그리 넓지 않은 홀 중앙에 아담한 무대가 있었다. 무대 위에 설치된 피아노도 보였다.

"제가 피아노를 좀 치거든요. 밤에 심심하면 놀러 오세요. 반주해 드릴게요."

윤 마담은 붙임성이 있는 성격이었다. 그녀가 천진하게 웃으면 홀이 밝아지는 것 같았다.

밤거리에 부는 바람에 명준의 머리카락이 흩날렸다. '24시'로 향하기엔 조금 이른 시간이었다. 퇴근길에 나선 사람들이 조금씩 늘어나고 있었다. 명준은 천변 쪽으로 천천히 발길을 옮겼다. 이 도시의 한복판을 가르는 하천은 그리 넓지는 않았지만 하류에 이어진 강에서 거슬러 올라오는 물고기가 늘 가득했다. 긴 부리를 처박고 물고기 사냥을 하거나 작은 바위에 모여 주변을 살피는 백로 무리가 그대로였다. 강까지 이어진 천변 산책로를 걷는 주민들의 모습이 한가로워 보였다. 오늘은 바람이 불어서 그런지 인적이 드물었다. 명준은 산책로 대신 천변 도보를 따라 걸었다. 낮부터 마음을 점령한 허무감은 여전히 명준을 허수아비 인형처럼 허허롭게 만들고 있었다. 그때 길 건너편 아담한 울타리를 온통 뒤덮은 화려한 꽃 무리가 눈에 들어왔다. 수백 개의 주황색 꽃들이 바람에 머리채를 흔들어 댔다. 능소화였다. 명준은 휘장처럼 펼쳐진 능소화 무리 쪽으로 자신도 모르게 끌려 갔다. 최근 문을 연 편의점의 울타리였다. 명준은 맥주 한 캔을 사서, 능소화가 코앞에 보이는 야외 테이블에 앉았다.

명준은 오래전부터 능소화를 좋아했다. 붉은 입김을 뿜어내는 그 열정에 왠지 끌렸다. 명준이 졸업한 K 대학의 후원에도 능소화가 뒤덮인 담장이 있었다. 인생의 출발점인 그곳에서 희진과 바라보던 능소화가 불현듯 떠올랐다. 삼십여 년 전, 꽃을 보던 청년의 가슴은 감당하기 힘들 만큼 벅찬 설렘으로 가득 찼었다. 능소화가 촉발한 열정과 집념의 불꽃이었다.

아내 희진을 만난 건 K 대학 농생대 캠퍼스에서였다. 전두환 정권 퇴진 시위로 최루탄 연기가 자욱이 덮인 농생대 건물 안 카페에서 명준은 냅킨으로 눈을 닦던 희진을 목격했다. 갸름한 얼굴의 흰 피부는 최루탄과 어울리지 않았다. 명준은 손수건에 물을 묻혀 희진에게 건넸다. 냅킨보다 훨씬 효과가 있었는지, 희진은 웃음을 보이며 커피로 고마움을 표시했다. 희진은 농생물학과에 다닌다고 했다. 명준은 농경제학과 학생이었다. 희진이 말했다.

"저는 농생물학과 과목이 마음에 들지 않아요. 유전공학과 세포학이 주류인데, 저는 원예에 취미가 있거든요. 종자 개량까진 좋은데 실은 화초 농원을 운영하고 싶어요."

"그럼 학과를 잘못 선택하셨네. 원예학과로 갔어야죠. 그건 이미 늦었고, 사실 나도 농경제학이긴 하지만 농민들의 애환과 농촌의 역사에 더 관심이 많아요. 일제가 농촌을 어떻게 착취했는지, 농민이 어떻게 소작인으로 전락했는지…… 뭐 그런 거요."

"그럼 국사학과로 가지 왜 여기서 투쟁하고 있어요?"

둘은 웃었다. 전공 선택에서 오류를 범한 공모자끼리 합의한 웃음이었다. 농활을 갔다 온 늦은 여름, 둘은 농생대 뒤뜰에서 만났다. 해가 산등성이를 넘어가는 시간이었다. 희진은 농민들과 보낸 시간이 즐거웠다고 말했다. 그러면서도 농가마다 뒤뜰에 화단을 가꾸고 있는 게 애잔하다고 덧붙였다.

"가난한 형편인데도 다 뜰이 있었어요. 그걸 벗처럼 자식처럼 생각하며 가꾸던걸요. 눈여겨봤죠. 뭐가 심겨 있는지."

"어떤 꽃들이었어요?"

"수국, 달리아, 백일홍, 금잔화, 난쟁이 코스모스, 벌개미취, 작약…… 뭐 셀 수 없이 다양했어요."

"흐뭇했겠어요. 원예학도의 본능에 그걸 두고 오기 어려웠을 텐데."

"그 동네는 무엇보다 백일홍이 많았어요. 이상하게도."

"백일홍이 어떻게 생긴 꽃이에요?"

"키는 약 칠팔십 센티미터에다 작은 잎사귀가 돌아가며 펴요. 꽃은 색종이를 오려 붙인 것처럼 빨강색, 노란색, 분홍

색인데 작은 팔랑개비처럼 생겼죠. 홀로 피는 법이 없고 무더기로 피어요."

희진이 전문가다운 어조로 말했다.

"저녁 먹고 나서 동네 아낙들과 나눈 얘기도 재미있었어요. 가난하지만 티를 내지 않는 모습들이 애잔했고요……. 그 작은 땅뙈기를 일궈서 애들 키우고 시집 장가보내는 걸보니 존경스럽기도 했고요. 평생 땡볕을 받아 그런지 오십 대만 돼도 얼굴에 주름이랑 주근깨가 한가득이더군요."

한참을 열중해 듣던 명준은 농민 교육에 나섰다가 봉변을 당한 얘기를 꺼냈다. 농촌 중심의 국가 건설 과제에 대해 열변하는 명준을 나이 많은 농부들이 의심스럽게 쳐다봤다고 했다. 빨갱이 소리를 들을 뻔했다고 하니, 희진이 농담하듯 물었다.

"진짜 빨갱이에요, 명준 씨가?"

"아뇨, 민중이 잘 살아야 한다는 뜻을 너무 강조했다가 그만 선을 살짝 넘은 것뿐인데. 순전히 저 꽃 때문이었어요. 새마을 회관 담장 위로 핀 능소화에 매료됐거든요. 열정이 피어올랐던 거죠."

벤치 건너편 담장을 타고 넘어간 능소화였다. 능소화의 주황색 꽃잎은 저녁노을을 받아 짙은 주홍색이 되어 있었다. 능소화가 점령한 담장은 주홍 물감을 뿌린 하나의 화폭처럼 보였다. 명준은 담장을 온통 점령하고야 마는 능소화의 근성과 타고난 집착력에, 붉은 꽃잎을 수없이 토해 내는 능소화의 격정에 매혹된 터였다. 어느 여름꽃보다 능소화에 끌렸다. 식물도감에 적힌 꽃말은 '영예', '영광'이었는데, 그것보단 '매혹', '유혹'이란 단어가 어울린다고 생각했다. 다른 꽃말로 '여인'이란 말도 있었다. 그렇다면 '매혹적인 여인의 유혹', 그게 명준이 내린 능소화의 이미지였다. 붉은 순정을 미련 없이 토해 내는 꽃, 어찌 보면 관능적이기도 했다. 명준이 말했다.

"영화 「서편제」에서 송화의 눈을 멀게 한 약이 저 꽃이라던데, 무섭기도 해요. 격정은 흔히 몰락을 부르니까."

"설마 그러려고요. 독을 품는 꽃은 따로 있어요. 저 꽃은 아마 그렇지 않을걸요."

희진이 전문가처럼 명준의 말을 수정했다. 아마 희진의 말이 맞을 것이다. 독이 있었다면 이렇게 가정집 대문에, 화단에, 울타리에 능소화가 지천으로 피지 못했으리라. 하지만 독이 든 꽃이라는 오랜 고정관념은 지워지지 않았다.

"저는 능소화가 싫어요. 담장을 점령하는 욕심도 그렇고 붉은 꽃잎에 왠지 거부감이 느껴져요. 홀로 조용히 피는 꽃, 이웃을 방해하지 않고 정겹게 피는 꽃들이 좋아요."

명준은 희진의 그런 소담한 성격에 마음이 끌렸다. 졸업 후 희진은 제약 회사에, 명준은 L 제과에 합격했다. 원료를 수입해야 하는 제과 기업은 해외 곡물 시장의 동향에 민감했고 상품시장을 잘 관리해야 했다. 농경제학과는 그런 기업 요구에 딱 맞았다. 대기업이 아니라는 게 명준의 자존심에 걸렸지만, 대기업으로의 성장 가능성이 컸다. 명준은 자신의 판단을 믿었다.

명준과 희진은 취직을 자축하는 둘만의 저녁 자리에서 결혼을 약속했다. 처음 가본 근사한 레스토랑, 우리의 또 서로의 새로운 출발, 마주 잡은 손……. 흐뭇한 밤이었다. 바깥은 온통 데모하는 학생들로 들끓는데, 이렇게 둘만의 행복을 나눠도 되는지 겸연쩍기도 했다. 명준과 희진은 행복한 출발을 기념하며 마음의 촛불을 켰다. 삼대독자 명준은 군면제를 받았다. 명준의 근무지가 지방 도시인 점은 걸렸지만, 명준은 당분간 희진과 떨어져 있을 각오가 이미 되어 있었다.

명준이 근무하는 지방 도시의 사람들은 서울의 일을 아랑곳하지 않았다. 서울과는 달리 정치적인 사건과 사회적 돌발 사태에 초연했다. 산에 둘러싸인 채 살면서 그들끼리 쌓은 퇴적물과 정겹게 지내고 있는 듯했다. 신문도 잘 보지 않았다. 어쩌다 뉴스에 나온 사건이 화제가 되기도 했지만, 곧 지역 일로 관심이 돌아갔다. 택시 기사가 한 말이 인상적이었다.

"아이고, 외지 사람들이 오지 않으면 좋겠는디."

자신을 두고 한 말은 아니었지만, 명준은 괜스레 미안한 마음이 들었다. 산에 둘러싸인 그 지방 도시는 산마루에 올라서면 사십만 주민의 삶이 한눈에 보일 정도로 아담했다. 주민들은 사오 층짜리 낮은 빌라와 낡은 기와집에 거주했는데, 드문드문 고층 아파트가 세워지고 있었다. 시내 중심가에는 젊은이들이 왁자지껄 모였다가 밤이 이슥해지면 모두 집으로 돌아갔다. 명준은 청년들이 사라진 이슥한 밤거리를 돌아다니는 걸 좋아했다. 한적하고 쓸쓸하기까지 한 밤이 무척이나 평화로웠다. 서울에서는 매일 데모 뉴스가 터져 나왔지만, 명준은 지방의 더딘 시간에 묻혀 지냈다.

삼 년 만에 서울 본사 기획전략실로 발령받은 명준은 희진과 결혼식을 올렸다. 그리고 둘 사이에 곧바로 민정이 태어났다. 병원 회복실에서 희진이 민정을 안은 채 말했다.

"회사는 이제 관두어야 할까 봐. 민정이 키워야 하니까."

명준은 두 팔로 희진과 갓난아기를 끌어안았다.

명준은 다시 이 작은 지방 도시로 돌아왔다. 갓난아기였던 민정은 이국에서 짝을 찾아 인생을 설계하는 중이고, 희진은 묻어 뒀던 농원의 꿈을 실현하기 직전이다. 지난 세월이 아득했다. 명준은 남은 맥주를 들이켰다. 날이 어두워지고 있었다. 멀리 산등성이를 타고 넘어오는 검은 비구름이 어스름과 섞여 건물 지붕에 내려앉았다.

퇴직 후 찾아온 허무감은, 사실 몇 년 전부터 마음에 자리를 잡았을 거라고 명준은 생각했다. 하기야 김영춘 사장도 가끔 그런 말을 하기는 했다. "퇴직 후에 마음을 단단히 머그야 혀." 업무에 묻혀 그냥 흘려들었던 그 말이 새삼스레 떠오르는 요즘이었다. 날이 제법 어두워졌다. 이젠 '24시'를 찾아가도 그리 눈총 받진 않을 거라 생각하며 명준은 천천히 자리에서 일어났다.

카페 '24시'에 들어서자 피아노 소리가 들렸다. 텅 빈 홀에서 윤 마담이 쇼팽의 「녹턴」을 연주하는 중이었다. 멀리서 올라오는 태풍을 맞는 환영곡으로 제격이란 생각이 들었다. 명준은 창가 테이블에 앉아 윤 마담의 연주를 감상했다. 훤히 드러난 윤 마담의 어깨선이 선율을 따라 좌우로 일렁였다. 연두색 민소매 블라우스는 태풍을 맞는 예복처럼 느껴졌다. 하얀색 스커트에서 곱게 뻗은 다리가 피아노 페달을 밟느라 아래위로 율동을 시작했다. 자신이 입고 있는 점퍼가 예의에 어긋난다는 생각이 얼핏 스쳤다. 윤 마담이 미소를 머금고 명준의 테이블로 왔다.

"누가 먼저 올까 생각했는데, 기대하지 않은 손님이네요."

환한 미소가 쇼팽의 「녹턴」과 어울려 명준의 가슴에 잔잔한 물결이 일었다.

"그러게, 젊고 낭만적인 멋쟁이를 기대했겠지. 미안한데."

"아니요, 오늘 저녁은 정 선생님 같은 분이 더 그리워요."

그립다는 말이 윤 마담의 미소와 섞여 애잔함을 자아냈

다. 미소로 화답한 명준에게 윤 마담은 럼주를 가져왔다. 명준이 좋아하는 럼주를 다행히 이 카페에서 마실 수 있었다. 헤밍웨이가 즐기던 술, 쿠바의 연두색 해변이나 스페인의 열정적인 거리 풍경과 잘 어울리는 술을 명준은 대학 시절부터 기억에 갈무리해 뒀는데, 미국 출장길에 들른 어느 바에서 처음 마주치곤 얼마나 환호했는지 모른다.

럼주는 독한 술이었다. 입 안을 휘젓고 내려가는 그 흑갈색 술이 위장과 맞닿을 때 촉발하는 찌릿함은 일상의 잡념을 말끔히 해소해 주었다. 코냑이나 위스키와는 달리 서민들이 빚어 마시는 일종의 막술이라는 점도 럼주를 좋아하는 이유였다. 그러나 가능한 한 천천히 마셔야 한다. 이놈이 서민의 애환과 섞여 몸속에서 춤을 추기 시작하면 애주가의 그윽한 시간은 엉망진창이 되고 만다는 사실을, 명준은 몇 번의 과음 끝에 터득했다.

럼주에 취기가 오른 헤밍웨이는 해안을 휩쓰는 허리케인을 어떻게 맞이했을까. 집과 초원, 도시와 빌딩, 술집과 카페에 몰아치는 허리케인의 격정에 내면의 허무가 쓸려 나가는 통쾌함을 느꼈을지 모른다. 신이 주는 뜻밖의 선물을 그는 감사해했을 것이다. 헤밍웨이가 만년에 정착한 미국 아이다호주에는 허리케인이 닿지 않는다. 글 쓰는 고통과 쓰지 못하는 고통이 겹쳐 럼주로 망명하는 그를 위로해 주는 허리케인이나 토네이도는 없었던 거다. 그래서 자살했을까?

명준은 헤밍웨이가 느꼈을 허무감을 헤아리면서 럼주를 한 잔 따라 마셨다. 요즘 부쩍 커진 명준의 허무는 어쩌면 민정이 떠난 날부터 시작됐을지도 모른다. 희진이 망연자실한 채 몇 달을 앓았던 것처럼. 마음속 허허로움에 럼주가 닿자 찌릿한 촉각이 전해졌다. 옆에 조용히 앉아 있던 윤 마담이 입을 뗐다.

　　"무슨 생각을 그리 하세요?"

　　"음…… 말년 초입의 감상? 내려오고 난 뒤 찾아드는 공허함을 예상하지 못했던 나를 탓하고 있지. 게다가……."

　　"게다가?"

　　"미국에 있는 딸애가 결혼한다고 선언했거든. 독일계 미국인이랑. 그게 꼭 멀리 떠난다는 얘기로 들려서……."

　　명준은 다시 한 잔을 들이켰다. 오늘따라 럼주가 이상 반란을 일으킬지도 모른다는 예감이 불쑥 찾아왔다가 사라졌다. 윤 마담이 묘한 표정을 지었다.

　　"결국 다 떠나요. 저도 부모님을 떠난 지 꽤 됐어요. 게다가…… 난 이혼을 했거든요. 부모님 마음에 불을 지르고 아무도 모르는 곳으로 내려왔죠. 새로 시작한다는 마음으로. 여긴 나를 아는 사람이 없어서 속이 편해요."

　　새로 시작한다는 말이 명준의 마음 밭에 내리는 허무감에 부딪혀 바람 소리를 냈다. 약간 거세진 바람이 창문 틈으로 들어오고 있었다.

"새로 시작한다? 그거 좋은 말이네. 윤 마담의 새 출발에 한 잔!"

윤 마담도 독한 럼주를 입에 갖다 댔다. 명준은 벌써 석 잔째였다. 윤 마담이 상기시킨 '새 출발'이란 단어를 발음했지만 왠지 어색했다. 새 출발이라……

궁금증이 풀렸다는 듯 윤 마담이 잔잔한 미소를 지었다. 바로 그때 한 무리의 손님이 홀에 들어섰다. 사십 대 초중반쯤으로 보이는 회사원들이었다. 계약이 성사됐는지, 아니면 누가 좋은 일이 있는 건지, 서로 어깨를 두드리며 시끌벅적했다. 윤 마담은 얼른 자리에서 일어섰다.

"아쉽지만, 홀로 허무를 즐기고 계세요. 다시 올게요."

윤 마담은 손님을 응대하고는 무대로 올라가 오디오를 틀었다. 최백호의 「낭만에 대하여」가 흘러나왔다. 오늘 분위기에 딱 맞는 노래였다. 윤 마담이 일부러 그 노래를 틀었다고 생각했다. "도라지 위스키 한 잔에다 짙은 색소폰 소리 들어 보렴……. 이제와 새삼 이 나이에……." 바람이 창문을 두드렸다. 최백호의 허스키한 목소리가 "왠지 한 곳이 비어 있는 내 가슴"에 몰래 묻어 둔 기억을 불러 왔다. 명준은 럼주를 잔에 따랐다.

잃어버린 것도 아니고, 잃어버려야 할 것은 더욱 아닌데 그 순간에 J의 얼굴이 떠올랐다. 아마도 민정의 문자에 첨부된 두 사람 사진 때문이었던 듯하다. 민정과 프릭이 서로 안

고 찍은 사진. 너무나 행복해 보이는 이 사진을, 혹시 몇 년
후 민정이 눈물을 흘리며 보게 되는 건 아닐까. 윤 마담의 여
정처럼 생판 모르는 도시로 이주해 새 출발을 다짐하게 되는
건 아닐까. 낯선 이국에서 낯선 도시라⋯⋯. 명준은 불안해
졌다. 이국땅에서 홀로 헤매는 외동딸을 상상하기도 싫었다.
그런데 J는 잘 있을까⋯⋯. J는⋯⋯ 잘 살고 있을까. 명준은
다시 잔을 비웠다.

J를 처음 만난 건 십여 년 전이었다. L 제과가 느닷없이 부도
덕 기업으로 낙인찍힐 사태가 발생한 때였다. 전략기획실 전
무로 승진한 명준에게 C 회장이 사태를 수습할 것을 지시했
다. 명준은 급히 TF팀을 꾸리기 시작했다. 하루빨리 대응책
을 내놓아야 했다. L 제과가 십 년 전에 시작한 제과점 체인
점은 우후죽순 들어선 유명 브랜드 체인점에 밀려 퇴출 위기
에 직면해 있었다. L 제과의 전국 체인점은 이백여 개. C 회장
은 일찍이 그걸 정리하기로 단안을 내렸다. 문제는 보상금이
었다. 땅값과 매출액 규모에 따라 보상금을 책정한다는 원칙
에 지방 소재 십여 개의 점포 주인이 반발하고 나선 것이다.
그들은 무조건 최고액을 요구했다. 전국철거민협의회와 여
타의 시민 단체가 회사를 압박하기에 이르렀다. 마침 금융위
기가 발생한 시점이라 회사에 유동성 위기가 닥치고 있었다.
한 점포당 일이억 원을 지급하면 거의 삼사백억 원에 달하

는 거금이 들었다. 차입도 어려운 상황이라 보상액을 줄여야
했다.

　　본사 건물 앞에 천막이 들어섰고 확성기를 매단 트럭이
회사 앞 도로를 점령했다. 연일 시위대가 확성기를 틀어 댔
다. 이 사건이 전국으로 보도되자 L 제과는 부도덕 기업으로
내몰렸다. 급기야 국회 조사단이 파견된다는 정보가 입수됐
다. 전략기획실은 긴장했다. 명준은 비상 상황에 돌입했다.

　　명준은 전략기획실 김 상무와 염 부장을 불러 TF팀 구성
을 논의했다. 염 부장은 이 자리에서 진 과장을 천거했다. 그
동안 국내 제과 산업의 동향을 면밀하게 파악해 온 터라 좋
은 아이디어를 기대할 수 있다고 했다. 진 과장이라면 명준
도 안면이 있었다. 전무로 진급하기 전, 당시 전략기획실장
이 팀을 보강한다고 특채한 사람이었다. 그동안은 해외 라
인에 문제가 없어 진 과장은 전략연구실에서 시장 동향을 파
악하면서 제과 기업의 미래 신사업 연구에 주력하고 있었다.
그즈음 명준이 받아 본 진 과장의 연구보고서는 요점이 깔끔
하게 잘 정리돼 있었다. 명준은 염 부장의 천거를 받아들여
김 상무, 염 부장, 사내 변호사, 진 과장을 TF팀으로 확정했
다. 팀원들과 두어 시간 구수회의를 했지만 이미 여론이 악
화된 상황에서 뾰족한 대안이 떠오르지 않았다. 회의를 중단
한 명준은 염 부장에게 국회 조사단 명단을 부탁했다. 뜻밖
에도 명단에는 낯익은 이름이 보였다. 명준은 안도의 숨을

내쉬었다.

방으로 돌아온 명준은 창문 버티컬을 내리면서 진 과장의 경력서를 훑어봤다. 본명 진소희. 1972년생. 한국계 미국인. 미국 시애틀대학교 디자인학과 졸업, 경영학 석사. 미국 시애틀 소재 디자인 홍보회사 근무. 남편은 크리스 창. 홍콩계 미국인. 보스턴 컨설팅그룹의 한국 지사 파견 근무.

진 과장 삶의 궤적이 대체로 그려졌다. 그런데 '한국계 미국인'에는 뭔가 사연이 있을 듯했다. 1970년대 미국 이민 러시에 동참한 사람들은 모두 사연 하나쯤은 품고 있었다. 한국 사회가 밀어냈든 교민 가족이 끌어당겼든 간에 그 밀고 당김 사이에 끼인 삶의 이야기는 강을 이루고도 남을 정도이리라. 거기에 홍콩계 미국인 남편의 이력이 덧붙여졌다면 그 사연은 밤을 새워도 끝나지 않을 터다.

다음 날부터 TF팀은 다시 머리를 맞댔다. 대체적인 윤곽이 잡혔다. 브리핑은 일단 진 과장에게 맡기기로 했다. 며칠 동안 회의를 하며 관찰한 진 과장은 발언이 차분했고 논리가 단단해 보였다. 전날 밤늦게까지 진 과장과 브리핑 전략을 짰다. 사건의 본질이 정치적인 것이어서 브리핑의 톤과 논리를 어떻게 조절할지가 관건이었다. 두 사람은 강조할 점과 감출 것들, 정중히 사과할 사안과 호소할 점들을 세세히 점검했다. 강온強穩 전략을 제안한 명준에게 진 과장은 미소로 수긍했다.

"한국에서 이런 브리핑은 처음이에요. 분위기가 어떨지 조금 겁이 나요."

진 과장의 목소리가 약간 떨렸다. 명준이 톤을 조금 올려 말했다.

"정치인을 대하는 건 나도 처음이라 좀 그렇긴 한데…… 강온 전략에 명운을 걸어 봅시다!"

"강온 전략은 저도 찬성인데요. 그래도 결론은 올곧게 마무리하는 게 어떨까요?"

진 과장이 어렵게 발음한 '올곧게'에서 어떤 결기가 느껴졌다. 명준은 협상 전문가를 바라보듯 진 과장을 응시하며 말했다.

"진 과장은 지장智將 스타일이네."

진 과장이 활짝 웃었다. 티 없이 맑은 웃음이었지만 어딘가 애수를 숨기고 있는 듯했다.

"지장이 뭐예요? 지장…… 지장?"

"지혜와 지략으로 전쟁에 임하는 장수. 내일 대적에 용장勇將은 역효과를 낼 테니, 나는 덕장德將 연기를 맡기로 하지. 사태를 다 인정하고 서민들의 어려운 현실을 모두 품을 용의가 있음을 넌지시 보여 주는 것, 이건 양편 간의 논쟁이 치열해지고 우리가 수세에 몰릴 때 쓰는 마지막 카드로 하자고."

"저는 전무님만 믿으면 되는 거지요?"

진 과장이 가방을 챙기면서 물었다.

"나는 진 과장 뒤에 숨어 있으려고 하는데?"

명준이 웃으며 받았다.

"제 뒤에 숨을 곳도 없어요."

진 과장이 몸을 한 바퀴 휙 돌며 말했다. 사무실 공기에 진 과장의 체취가 얹혀 명준에게 몰려왔다.

"사실…… 사실은 조금 마음을 놓아도 돼요."

명준의 격려는 결기로 치장된 어떤 상처, 아니면 쾌활함으로 결박하고 있는 어떤 애수를 향한 것이었다.

"아…… 그래요?"

진 과장이 알쏭달쏭하다는 미소를 남기고 물러갔다. 집무실이 텅 빈 느낌이 들었다.

다음 날, 국회 조사단이 방문했다. 시위대와 기자들이 뒤섞여 본사 현관은 시장 바닥 같았다. 조사단이 L 제과를 불법 행위를 자행한 부도덕한 기업으로 결론 내린다면 오랫동안 쌓아 둔 고객의 신뢰가 한꺼번에 날아갈 것이었다. TF팀 다섯 명을 회의실에 도열시켰다. 명준은 제일 앞에 서서 조사단 일행을 정중하게 맞았다. 의원 한 명이 입장하며 명준에게 눈을 찡긋한 모습을 본 사람은 다행히 아무도 없었다. 조사단이 앉는 자리에는 TF팀이 준비한 해명서와 증빙 자료가 놓여 있었다. 회의실에는 긴장이 감돌았다. 조사단장이 근엄하게 꾸짖는 일장 연설을 마치자 명준은 진 과장에게 눈짓을 했다. 준비한 대로 하면 된다는 신호였다.

진 과장은 해명서와 증빙 자료 내용을 간략하게 브리핑했다. 위압적 분위기에서도 진 과장의 목소리는 물 흐르듯 부드러웠다.

"백구십 명의 점주에게 일이억 원 상당의 보상금 지급을 완료했는데, 지방 소도시에 있는 십여 개의 점포가 보상금 수령을 거부한 게 이 사태의 핵심입니다. 수차례 설득했으나 그들은 최고액을 요구했습니다. 만약 그렇게 한다면 분명 대도시 중심부에 있는 다른 점포들도 지급액 상향을 요구할 겁니다. 끝이 없는 줄다리기겠죠. 저희는 보상 원칙을 위배한 적이 없음을 자신 있게 말씀드립니다."

점주 백구십 명과의 계약서가 화면에 비쳤다. 진 과장의 목소리가 의외로 단호해졌다.

"대다수가 계약서에 서명했는데도 소수가 부당 이익을 챙기려 시위를 강행하는 건 민주적 원칙을 위반하는 행위입니다!"

진 과장은 지난밤 약속과는 달리 강공 전략을 폈다. 처음에는 분위기가 긍정적으로 돌아서는 듯했다. 그러나 이내 갑론을박이 오갔고, 시간이 흐르자 분위기가 반전됐다. 강성 의원이 마치 사회악을 규탄하는 어조로 비난의 포문을 열었다.

"회사 논리에 허점이 많습니다. L 제과는 그동안 서민들의 재산과 노동을 이용해 돈을 벌었는데, 사업을 접겠다고 하면서 시장 논리를 편다면 그거야말로 천민자본주의의 악덕 행위인 거지요."

서민을 착취하는 기업이라는 논조가 조금 과하기는 했지만, 온건 성향의 의원들은 분위기에 압도돼 맞장구칠 수밖에 없었다. 그 강성 의원은 전국철거민협의회가 후원해 당선된 정치 신인이었다. 다시 긴장이 감돌았다. L 제과에 불리한 방향으로 결론이 다다를 즈음, 진보 성향의 한 의원이 마이크를 잡았다.

"서민의 삶, 생계 문제를 우선시하는 건 진보의 생명입니다. 그럼에도 원칙을 지켜야 정의가 빛을 발하는 법이지요. 들어 보니, 원칙을 위반한 건 오히려 점주들로 판단됩니다. 사회주의가 아닌 한, 점주의 재산과 노동력 값은 대체로 시장에 의해 결정되는 게 상식입니다. 그게 틀렸다면 특정 기업에만 수정을 강요할 게 아니라 우리나라 전체의 시장 논리를 개혁해야 하지 않을까요? 원칙을 중시할지, 점주의 주장과 건물 앞에 운집한 시위대에 힘을 실을지 잘 고려해야 합니다. 시장개혁! 이참에 시장개혁을 우리의 정치적 책무로 확인하는 선에서 마무리합시다."

의원들은 논쟁에 진력이 났는지, 아니면 확대시킬 만한 쟁점이 아니라는 판단에서인지 급속히 흥미를 잃는 표정이

었다. 그때 L 제과가 새로 개발한 탄산음료를 마시던 한 의원
이 말했다.

"이거 신세대 음료네. 오란씨에 콜라 맛이 섞였어."

"오란씨가 뭐예요?"

젊은 의원이 웃으며 물었다.

긴장이 약간 풀린 명준도 속으로 쿡쿡 웃음이 났다.

"그런 거 있어요. 요즘 신세대는 몰라도 돼."

능구렁이처럼 생긴 중년 의원이 말했다. 회의는 그렇게
끝났다. 조사단도 가고, 시위대도 철수했다. 기자들은 김빠
진 표정으로 돌아갔다. 군침을 흘리며 기다리던 기삿거리는
없었다.

모두가 떠난 회의실에 남은 TF팀은 환호성을 질렀다. 자
화자찬이 늘어졌고, 진 과장을 칭찬하는 박수가 터졌다.

"와우, J가 오늘 최고였어!"

"그렇게 세게 나갈 줄이야. 조마조마해 죽는 줄 알았어!"

직원들이 진 과장을 J로 부르는 걸 처음 알았다. 진 과장
이 명준을 바라봤다. 약속을 어겨 미안한 표정이었다. 명준
은 씩 웃는 걸로 응대했다. 하지만 그녀가 지장이 아닌 용장
을 택한 이유가 사뭇 궁금했다. 감춰 둔 결기였을까.

긴장을 푼 명준이 조사단 의원 중 한 명이던 K 대학 농대
선배 이야기를 꺼냈다. 그는 농활을 간 명준이 빨갱이 취급
을 당할 뻔한 위험에서 구출해 준 사람이었다. 농촌 운동에

투신했다가 국회의원 배지를 단 그에게 명준은 며칠 전 전화로 회사 사정을 알렸었다.

소문은 회사에 빠르게 돌았다. 정치 시험대까지 통과한 명준은 전략기획실장으로 발탁됐다.

희진은 자신이 승진한 것처럼 흥분했다. 재수생 딸을 앞혀 두고 자랑인지 잔소리인지 모를 말들을 해댔다. 내가 사람은 잘 보나 봐. 민정아! 엄마가 사람은 잘 보지, 그렇잖아? 새벽밥 지은 보람이 있네, 에고, 눈물이 다 난다. 애, 너만 대학에 합격하면 엄마는 소원 성취한 거지. 그래, 너만 남았어, 민정아. 민정아 너도 아빠 같은 남자 만나야 해. 일도 잘하고 일편단심인 남자!

재수생 민정은 깔깔 웃었다. 그해 말 민정은 또 대학 입시에 실패했다. 희진은 민정과 논의 끝에 유학을 결정했다. 미국 동부보다는 서부에 있는 대학이 대상이었다. 시애틀대학교가 그중 하나였다.

진 과장의 도움을 받아 보라고 한 건 염 부장이었다. 명준은 모른 척 있으라고 하고선 진 과장에게 직접 얘기까지 해줬다. 염 부장의 도움으로 민정은 진 과장에게서 원서 작성을 비롯한 유학 전반에 대해 두어 달 개인교습을 받았다. 민정은 가끔 집에서 진 과장 얘기를 꺼냈다.

"언니가 너무 잘해 줘. 좋은 팁도 진짜 많이 주고."

"그런데 언니라고 하기엔 너무 나이 차이가 나잖아? 이

모뻘 아닌가?"

희진이 웃으며 말했다. 그런대로 안심이 되는 모양이었다. 이른 봄 민정이 시애틀대학교로부터 입학허가서를 받은 날, 희진은 뛸 듯이 기뻐했다. 민정도 함박웃음을 지었다. 명준은 고마움의 표시로 진 과장을 초대해 저녁을 먹었다. 희진과 민정, 진 과장은 마치 한 가족처럼 이야기꽃을 피웠다. 명준은 세 여인의 끝없는 수다에 밀려 대화에 낄 기회조차 없었다. 희진은 진 과장을 마치 막냇동생처럼 대했고, 민정은 믿고 의지할 사람을 찾은 듯 행복해했다. 명준은 흐뭇한 마음으로 눈앞의 풍경을 눈에 담았다.

민정을 미국에 보낸 희진은 몇 달 동안 민정의 방에서 나오지 않았다. 명준은 그 허전함을 업무로 채우고 있었다. 민정이 떠난 빈자리는 생각보다 컸다. 민정을 키우는 데 청춘을 다 쓴 희진은 오죽했을까. 명준이 느끼는 허전함과는 비교가 되지 않을 거란 생각에 이르니 가슴 한쪽이 아려왔다.

체인점 정리가 그런대로 마무리될 무렵, 이번에는 외교문제가 터졌다. L 제과의 주요 시장인 중국, 일본과의 외교관계에 금이 가기 시작한 것이다. 중국의 일대일로一帶一路 노선에 한미 방위조약이 걸림돌이 됐고, 한국의 친미적 태도에 중국은 노골적인 반감을 표명했다. 일본은 대통령의 독도 방문을 걸고 넘어졌다. 이내 일본의 혐한嫌韓 감정이 고조됐다. 중국에서 시작된 한국 상품 불매운동은 일본에도 상륙했고, 도쿄 신주쿠에는 혐한 시위대가 연일 시가행진을 했다.

중국과 일본 시장이 안정되려면 지도자 간의 정치적 협상과 우호적 결단이 필요했다. 하지만 그건 명준의 능력 밖의 일이었다. 명준은 다시 전략 구상에 돌입했다. 우선, 주요 파트너사가 가동 중인 베트남부터 점검하는 게 순리라고 판단했다. 마침 베트남 파트너사인 딴롱Tan Long과의 계약기간이 끝나는 시점이었다. 딴롱 책임자와 화상통화를 한 명준은 협상팀을 파견하는 게 시급하다는 판단을 내렸다. 베트남인들은 직접 만나 우호를 다지는 걸 중요하게 여겼다. 명준은 염 부장과 진 과장을 포함한 협상팀을 꾸렸고, C 회장에게 보고해 결재를 받았다. C 회장은 안경 너머로 명준을 시큰둥하게 보면서 말했다.

"이번에는 정 실장도 가봐. 해외 파트너가 어떤지 알아두는 게 좋지 않겠어?"

명준은 협상팀과 몇 차례 회의를 가졌다. 예상되는 리스크를 체크하고, 향후 삼 년간 공급과 판매 협약을 체결하는 것을 목표로 세웠다. 하노이 시장과의 면담도 포함돼 있었다. 시장이자 당 위원장인 그의 내락內諾은 파트너사와의 협약서보다 더 강력하다는 사실을 명준은 알고 있었다. 진 과장이 올린 보고서 덕분이었다. 보고서에는 시장 면담에 '*' 표시가 달려 있었고, 여러 사례가 열거돼 있기도 했다.

　명준은 마케팅 실장을 앞세워 하노이 공항에 내렸고 대우호텔에 본부를 설치했다. 진 과장이 동행한다는 사실에 약간 마음이 설렜다. 취재기자단 여덟 명을 대동한 건 이례적이었다. 홍보를 중시 여기는 명준의 전략이었다.

딴롱의 CEO는 의외로 소탈했다. 고위 임원들은 거의 말을 하지 않았고 CEO가 하는 말에 박수를 보내는 것으로 배석의 임무를 다하고 있었다. 이미 당의 내락을 받았는지 협상은 일사천리로 진행됐다. 진 과장이 영어로 된 협상문을 또박또박 읽었고, 명준은 L 제과를 대표해서 계약서에 서명했다. 만족스러운 결과였다. 이제 하노이 시장을 만날 차례였다.

　협상팀은 곧장 시청으로 향했다. 그들을 맞이하는 시청 직원들이 현관을 가득 메우고 있었다. 협상팀은 시장실로 안내받아 한쪽에 줄지어 앉았다. 곧 작은 키에 뚱뚱한 하노이 시장이 고위 직원을 대동하고 나타나 중앙에 앉았다.

　시장은 협상팀의 경과보고를 제대로 듣는 것 같지 않았다. 천장을 쳐다보기도 하고 팀원들을 한 명씩 관찰하기도 했다. 진 과장의 보고가 끝나마자 시장이 입을 열었다. 속이 빤히 보이는 발언이었다.

　"요즘 한국 기업들이 많이 진출해서 나라 살림에는 도움이 되는데 한국인들 태도가 안 좋아요. 우리를 무시하는 건지 공장에서 문제가 자주 발생합니다. 우리 시민들의 불만이 많아요."

맞은편 앉은 고위 직원의 매서운 눈빛이 느껴졌다. 명준은 이 분위기를 전환시켜야만 한다는 사명으로 입을 열었다.

"제가 긴히 제안을 하나 드리겠습니다."

시장은 통역사만 남기고 모든 배석자를 내보냈다. 명준은 시장을 바라보며 질문했다.

"시장님! 혹시 미국에 유학 중인 자녀분이 계신지요?"

시장은 눈을 껌뻑거렸다. 긍정도 부정도 아닌 눈치였다. 명준이 덧붙였다.

"저희가 책임질 테니 아무 걱정 마십시오."

그러자 시장은 근엄한 표정을 지우고 환하게 웃었다. 깊은 주름살에서 만족이 느껴졌다.

그것으로 시장 보고는 끝났다. 분위기는 가벼워졌고 서로 덕담이 오고 갔다. 시장은 밝은 표정으로 사업의 번성을 기원했고, 베트남에 많은 도움을 줄 것을 부탁했다. 협상팀과 일일이 악수를 나눈 시장은 현관까지 나와 배웅해 주었다.

모든 게 순조롭게 끝났다. 호텔로 돌아오는 차 안에서 협상팀은 무용담을 나누며 기뻐했다. 기자회견을 해야 하는 명준과 진 과장을 제외한 이들은 저녁 늦게 축하연을 약속한 후 뿔뿔이 흩어졌다.

얼마 후 기자회견을 마친 두 사람은 거리로 나왔다. 하노이 중심가는 저녁 시간을 맞아 분주했다. 트럭이 메운 길 사이사이를 오토바이와 자전거가 쉬지 않고 지나갔다. 곡예하듯 질주하는 오토바이 뒷자리에 올라앉은 여인들의 표정엔 즐거움이 가득했다. 사람들의 양손에는 장바구니, 작은 가재도구들, 심지어는 방금 잡은 듯한 닭과 오리가 들려 있었다. 베인 목에서 뚝뚝 떨어지는 피를 보고 진 과장이 화들짝 놀랐다.

"어머, 저것 보세요. 금방 잡았나 봐요. 가엾어라!"

건너편 공터에는 물소 떼가 한가롭게 놀고 있었다. 물소 떼가 가로막은 대로의 차량들은 서행하거나 멈춰 서 있었다. 그때 진 과장이 물었다.

"정말 궁금해요. 그거 어떻게 아셨어요?"

두 사람은 시장으로 들어섰다. 국수와 빵, 꽈배기 파는 곳과 어물전, 의류 점포가 뒤섞여 사람 사는 냄새가 물씬 났다. 시장통을 지나자 작은 카페가 나타났다. 베트남산 맥주와 몇 가지 안주를 앞에 놓고 둘은 마주 앉았다. 회사가 아닌 곳에 단둘이 있는 건 처음이었다. 진 과장도 그걸 의식한 듯 조금 상기된 표정이었다.

"최근 진출한 기업에서 입수한 정보에 따르면 뭔가 대가를 줘야 하더라고. 진 과장이 시장 면담에 별표까지 해놨으니 신경을 집중했지요. 유학생 자식이 둘인 걸 알고 있어서

던진 말인데, 운이 좋았다고 해야 하나."

명준이 맥주를 들이켰다. 진 과장은 쑥스러워하며 잔을 들었다. 어색한 분위기를 깨려고 명준이 화제를 돌렸다.

"그런데 진 과장은 아이가 없나? 이렇게 자주 출장을 다니면 가정이 걱정될 텐데."

진 과장은 새삼스러운 질문에 당황했는지 우물쭈물했다.

"네⋯⋯. 아직 없어요. 자신이 없어서 결정을 못 하고 있어요. 내 아이도 나처럼 정체성에 혼란을 느끼면 어쩌나 싶어서요. 남편은 싱가포르로 장기 출장을 갔고요."

진 과장이 작게 말한 '정체성 혼란'이 명준에겐 크게 들렸다. 뜻밖이었다. 사무실 직원들과 잘 어울리고 꼼꼼하게 업무도 잘하는 사람이 정체성 혼란이라니. 그래, 그럴지도 모르겠다. 미국 이민자들이 흔히 부딪는 소속 불명의 혼란. 정체성 혼란이란 개념이 너무 거창하지는 않을까, 하다가 사실은 명준 자신도 요즘 느끼는 허무감이 그것과 연관된 것은 아닌지 의구심이 들었다. 민정이 떠난 뒤 희진과 단둘이 부딪힌 그 낯선 시간들, 이십여 년 전으로 돌아가는 듯한 낯선 귀향, 그걸 태연하게 받아들여야 하는 새로운 정체성. 그 단어는 명준 앞에 다소곳이 앉은 진 과장의 결기 속에 감춰진 여린 속살 같은 것을 떠올리게 했다. 쾌활함 뒤에 비치는 애수 같은 게 그것이었을까. 명준은 맥주잔을 비우고 위로하듯 말했다.

"유형은 다르겠지만 나도 혼란을 느껴요. 대학 시절엔 반제국주의자였거든. 한국에 진출한 외국 기업이 한국 경제를 망가뜨린다고 생각했어요. 착취론에 근거해서. 선진국 상품은 비싼 값에 팔리고 후진국 노동력 값은 저렴하다, 그 격차가 이윤인데 선진국 상품은 후진국의 이윤을 뽑아 가는 빨대라고 믿었지요. IBM에 취직했다고 자랑하는 친구한테 제국주의의 앞잡이라고 비판했다가 절교도 당했어요. 지금 생각하면 유치하기 짝이 없었지. 그럼 나는 지금 베트남 농민들의 노동력을 착취하러 왔나? 싼 원료로 상품을 만들어 비싼 값에 팔려고 한다면 이게 내가 타도하려 했던 그 제국주의가 아닌가? 그런 생각도 들어요."

"그런 이론이 있나요? 미국 MBA 과정에서는 언급도 안 하던데요? 아무튼 제가 아는 한 실장님은 제국주의자가 아니에요! 뇌물 상납자라면 몰라도."

진 과장이 평상심을 회복했다는 듯 말했다.

"그런가, 뇌물 상납자. 이거 큰일 났는데요."

명준이 유쾌하게 웃었다. 분위기를 틈타 명준이 물었다.

"정체성 혼란이라 했나요?"

진 과장은 조금 망설이다 털어놓듯 말했다.

"미국에 있을 땐 몰랐는데, 한국에 와보니 뭔가 끌어당겨요. 내 집처럼 포근하다고 할까……. 여기서 미국을 생각하면 먼 나라 같아요. 전혀 예상하지 못했어요. 미국에서의 제 삶이 멀리 떠나가 버린 듯한 느낌, 낯선 느낌, 나를 밀어내고 있는 느낌…… 그런 거요."

갑작스러운 고백에 명준은 할 말이 궁색해졌다. 잠시 침묵이 흘렀다. 정착지를 찾아 헤매는 유랑자를 떠올리며 명준이 급히 화제를 바꿨다.

"이민을 언제 갔는데요?"

"제가 세 살 때니까 1970년대 중반이요. 아빠 손에 이끌려 비행기를 탔고 몇 시간 자고 내렸을 땐 이상하게 생긴 사람들이 붐비던 공항이 생각나요. LA였죠. 거기서 시애틀로 갔다고 해요. 거의 삼십 년을 미국에서 보냈는데, 왜 낯설어지는 건지 모르겠어요. 요즘은 표류하는 심정이에요. 표류…… 태평양 너머 두고 온 저의 삶이 혹시 허상이……."

말끝을 맺지 못한 진 과장의 심정이 명준의 가슴에 작은 물결을 일으켰다.

"잘됐네요. 진 과장은 우리 팀 에이스니까 계속 미국을 낯설어하면 우리에겐 좋지요."

농담 삼아 꺼낸 말이 상처가 된 건지 진 과장의 얼굴엔 곤혹스러움이 역력했다. 명준의 농담이 진 과장의 심란한 마음을 더 흔들어 버린 것도 같았다. 그녀의 얼굴이 순간 발갛게 달아올랐다.

하기야 태어난 곳에서 줄곧 살아온 사람이 어찌 이방인의 심사를 짐작할까. 근거를 알 수 없는 소외감에 휩싸여 외로움을 느꼈을 그녀가 안타까웠다. 그리고 '소속 없음'이란 표류에서 결코 정박지는 찾을 수 없으리라는 생각도 들었다. 정박지라……. 명준도 요즘 들어 부쩍 신경이 쓰이던 말이었다. 멀리 떠난 민정 때문일까, 아니면 자신의 인생 여정을 잠시라도 돌아보는 나이에 이르러서일까. 목적지에 다다랐을 때 마주친 돌발적인 질문은 당혹스러웠다. 너의 항로는 어떤 것이었나? 후회 없는 선택이었나? 인생의 의미를 캐는 광산이었나? 의미를 캤는가? 그러고 보니 진 과장의 곤혹스러움은 명준보다 더 근본적인 것임을 깨달았다. 어디에 뿌리를 내릴 것인가, 아니 결국 뿌리가 없는 것인가? 그런 본질적 문제라는 사실을 명준은 알아차렸다. 진 과장의 혼란에 비하면 명준의 허무는 사치였다. 정박지의 본질은 다르지만 그걸 찾아 헤매는 진 과장에게서 방랑의 동지애가 어렴풋이 전해졌다. 오십 대에 찾아온 불안이 이방인의 방황과 겹쳤다.

그녀의 상기된 얼굴이 하얀색 블라우스에 대비돼 한 폭의 그림처럼 다가왔다. 느닷없이 능소화가 떠오른 건 그때였다. 후덥지근한 하노이의 날씨 탓이기도 했고, 시장통 풍경과 사람들의 옷이 알록달록한 까닭이기도 했다. 어쩌면 아까 물소 떼가 놀던 공터 울타리를 뒤덮은 주황색 능소화를 본 것도 같았다. 앞에 앉은 고개 숙인 능소화는 마치 눈물을 흘릴 것 같은 표정이었다.

새 정권이 들어섰다. 희진은 새끼 잃은 어미 새의 허망함을 털고 새로운 목적지를 찾았다. 사실 새로운 것이라기보단 젊은 시절 가졌던 꿈으로 돌아간 것이다. 출발이란 그런 것이다. 갈무리한 꿈을 꺼내 보는 것, 거기서 젊은 시절의 의욕을 다시 지피는 것. 새로운 목적지는 정체성을 다질 땅이다. 희진은 도시 변방을 돌아다니면서 농장 부지를 찾았다. 어느날 명준에게 보여 준 땅은 산에 인접해서 좋았으나 너무 좁았고, 토지에 근접한 도로가 나 있어서 농장지로는 맞지 않았다.

희진은 과천 농원을 들락거리며 지식을 쌓아 갔다. 거기서 사온 꽃들을 말려 거실 여러 군데를 장식했는데 그런대로 정취가 묻어났다. 농원 주인이라……. 명준은 희진의 정박이 흐뭇했다. 희진은 피부가 그대로 드러난 다육식물이 징그럽다고 했다. 꽃이란 자고로 잎사귀와 꽃대, 거기에 애써 피우는 꽃이 있어야 한다고 목소리를 높였다. 명준은 그런 희진의 꽃 철학에 동의하면서 자문했다. 너의 철학은 무엇일까, 정체성은 무엇일까. 기업에 온 인생을 바치는 것? 중견기업이 대기업으로 번창하도록 모든 시간을 쏟아붓는 것? 그런 생각이 문득 떠올랐지만 업무에 묻히고 말았다.

여름이 왔다. 진 과장과 함께 처리해야 할 일이 또 생겼다. 새 정권은 아예 일본과 등을 졌다. 일본과의 관계가 악화일로였다. 일본 가루비와 파트너십을 맺은 L 제과의 매출이 급락했다. 일본 시장에 내놓는 L 제과 제품은 가루비사 자매품 레이블이 붙어 매년 지불하는 로열티도 엄청났다. 가루비사는 외교관계 악화를 이유로 L 제과와의 계약 연장에 난색을 표했다. 명준의 설득과 호소에도 소용이 없어 보였다.

그런데 계약갱신 기한이 다가온 늦여름, 반가운 전화가 왔다. 가루비사 전략실장이었다. 어렵게 결정을 내렸다며 계약을 갱신하러 오라는 제안이었다. 단, L 제과 회장의 친서를 책임자가 직접 가져와 줄 것을 요청했다. 명준은 전화를 끊자마자 가방을 꾸렸다.

다음 날 오전, 가루비사 영접실에서 열린 서명식은 엄숙하고 비장했다. 참석자 모두 차렷 자세였다. 마케팅 실장과 진 과장 역시 긴장한 표정이었다. 가루비사 전략실장이 결연하게 말했다.

"의리를 존중하는 우리 가루비사는 L 제과와 공동운명체임을 선언합니다."

이어 명준도 답례했다.

"우리 L 제과는 가루비사와 어떤 위기도 같이 헤쳐 나갈 것임을 선언합니다."

서명식은 일동 박수로 끝났다. 저녁 일곱 시에 롯폰기힐스의 술집에서 축하연을 약속하고 각자 휴식 시간을 갖기로 했다. 숙소로 돌아가려던 명준을 진 과장이 붙잡았다.

"실장님, 저하고 데이트 하실래요?"

"어디?"

"전부터 가보고 싶었던 곳인데 실장님도 좋아하실 거예요."

명준은 진 과장의 뒤를 따라 길모퉁이를 내려갔다. 오후의 거리는 사람들로 붐볐다. 커다란 상점들이 즐비한 큰길에서 둘은 택시를 탔다. 진 과장은 유창한 일본어로 메이지가쿠인대학에 가달라고 했다. 명준은 아무 말도 하지 않고 가만히 눈을 감았다.

메이지가쿠인대학은 일본 귀족들이 다닌 명문 학교였다. 명준이 이 학교를 기억하는 건 대학 시절 읽은 이광수 이야기 때문이었다. 그곳 중학부에서 홍명희, 최남선, 이광수가 청소년 시절을 함께 보냈다는 구절을 어느 책에서 읽은 기억이 있었다. 우연이었을까, 필연이었을까. 홍명희는 귀족, 최남선은 중인, 이광수는 하층민 출신이었다. 계급이 다른 이들이 서로 어울려 스러져 가는 조선의 운명을 붙들고 고뇌했던 곳, 함께 기숙하고 울분을 토하며 밤을 지새운 곳이었다. 어땠을까, 길이 보였을까?

택시는 시나가와역을 지나 미나토구에 있는 메이지가쿠인대학에 도착했다. 아치형 교문을 들어서니 아담한 정원이 있고, 제국양식 건물들이 둘러서 있었다. 교정은 깔끔했다. 중고등학생과 대학생들이 무리 지어 담화를 나누는 모습도 보였다. 벤치를 먼저 찾아 앉은 명준이 진 과장을 불렀다.

청바지와 흰색 블라우스 차림으로 어깨에 가방을 멘 진 과장이 대학생처럼 싱그럽게 보였다.

"진 과장, 이 학교는 왜? 사실 나도 오래전부터 이 학교가 궁금하긴 했어요."

진 과장이 명준에게 다가앉으며 물었다.

"왜요, 무슨 사연이라도 있으세요?"

"식민지 직전에 조선 청년들이 여기로 유학을 많이 왔거든. 그 심정을 한번 느껴 보고 싶어서……."

"대학 시절이 실장님을 괴롭히는군요. 그게 수원지라서 그런가요?"

"수원지라…… 그거 재미있는 표현인데, 그럴지 모르지, 그런데 J는?"

J라는 호칭에 진 과장이 짐짓 놀라는 듯했지만 이내 시선은 먼 곳을 향했다.

"사실은, 할아버지가 여기서 유학하셨어요. 그래서 와 본 거예요. 할아버지 심정을 느끼고 싶어서. 1940년대 초였다나요."

혼란과 허무감을 치유하고 싶은 두 사람의 발길이 식민지 시대에서 조우했다. 멀고 먼 시간으로의 회귀에서 어떤 단서를 발견하고 싶은 애탄 갈망이 만들어 낸 우연한 만남이었다.

"음, 그러셨군. 그런데 조부께서는 어떻게 되셨는데요?"

"학도병으로 끌려가셔서 버마 전선까지 출정하셨다고 들었어요. 전쟁이 끝난 후 다리 한쪽을 잃은 채로 고향인 남원으로 돌아오셨대요. 할아버지가 생전에 아버지에게 늘 말씀하셨대요. 일본에는 가지 말라고. 남원에서는 친일파 가족이라고 손가락질을 당해 서울로 왔다가 할아버지가 돌아가신 후 아버지가 미국행을 결정했다고 해요. 저의 근원인 셈이죠, 여기가. 그걸 찾아보고 싶어서요. 혹시 저의 요즘 심정에 한 가닥 실마리라도 발견할 수 있을까……. 그런데 잘 모르겠어요."

두 사람은 학교 정원을 천천히 걸었다. 명준이 혼잣말처럼 말했다.

"이러다 보면 뭔가를 찾을 수 있지 않을까. 쉽지는 않겠지만……."

J는 할아버지의 흔적을 찾는 듯 여기저기를 세심히 살폈다. 그러다가 학교 담장을 뒤덮은 꽃 무리 앞에 멈췄다. 능소화였다. 작고 앙증맞은 꽃들이 담장을 온통 주황색으로 물들이고 있었다. 저녁 햇살에 비친 꽃 무리들은 짙은 주홍색을 띠었다. 한 폭의 황홀한 그림이었다. J가 물었다.

"실장님, 이 꽃 이름 아세요?"

"능소화라고 하지. 한국 꽃보다 조금 작네. 대학 시절 때부터 좋아하던 꽃."

명준은 희진과 함께 바라보던 농생대 뒤편 담장의 능소

화를 기억해 냈다. J는 아무 말 없이 꽃 무리를 바라보다 속삭였다.

"저도 저렇게 붉은 삶을 피워 낼 수 있다면 얼마나 황홀할까요……. 뿌리를 내릴 곳이 있으면 저렇게 피워 낼 수도 있으련만……."

목이 메었던 건지 J가 목소리를 가다듬으면서 물었다.

"실장님은요? 저렇게 붉은 꽃을 원 없이 피워 내셨을 것 같은데……."

명준은 말없이 J의 옆모습을 쳐다봤다. 민정의 티 없이 맑은 얼굴과 얼핏 겹쳤다. 해가 건너편 건물 지붕에 걸렸고, 지붕은 석양빛을 받아 붉게 변해 있었다. 그런데 과연 그랬을까? 원 없이 붉은 꽃을 피워 냈을까? 사원에서 시작해 꼭대기까지 올라온, 대표이사 자리를 예약한 사람은 흔히 그렇게 비칠 것이다. 그런데 마음의 빈자리, 목까지 차오르는 이 허무감은 무엇일까. 나이 탓만은 아닐 것이다. J를 위로하고 싶은 마음이 갑자기 위로받고 싶은 갈망과 교차했다. 위로를 주는 것이 위로받는 좋은 길인지도 모르지, 생각하고 있는데 J가 불쑥 말했다.

"저, 실장님…… 저 교문까지만 팔짱 껴도 돼요?"

명준이 대답할 겨를도 없이 J가 두 팔로 명준의 팔을 감쌌다. 명준은 자기 팔에서 어떤 충동과 경계의 와류가 엉키고 있음을 느꼈다. 이국 대학 캠퍼스라는 낯선 환경이 경계심을 물리쳤다. 그러자 J의 체온이 느껴졌다. 예전에 민정이 매달렸던 팔인데, 그것만으로 마음이 그득했는데…… 희진과 팔짱을 끼고 걸었던 기억은 아득했다. J의 체온이 마음을 울렸다. 명준은 교문이 더 멀리 있으면 좋겠다고 생각했다. 이렇게 걸으면 뭔가 치유되지 않을까, J든 누구든.

롯폰기힐스 바엔 벌써 다들 모여 술판을 벌이고 있었다. 김영춘 사장이 농을 걸었다.

"어! 어디 데이트라도 한 모양이구만, 동시 입장이니 말이래."

"아니, 요 앞에서 만났어요."

J가 황급히 대답했다. 모두 즐거운 기색이었다. 오전에 있던 서명식의 근엄한 분위기를 안주 삼아 맥주잔이 오갔다. 제2차 세계대전 당시 가미카제로 출정한 조선인 청년 얘기도 나왔다. 염 부장이 한잔 걸친 목소리로 외쳤다.

"꼭 그 꼴이었어요, 가미카제 출정식. 일본을 위해 목숨을 바친 조선 가미카제 청년들 마음이 어땠을까요? 우리야 그냥 편승한 거지만요."

명준은 시장기를 덜고 나서 럼주를 마셨다. 바 진열장에 마침 럼주가 비치돼 있었다. 더러는 무대에 나가 노래를 불렀다. J도 팀원들의 성화에 못 이겨 무대로 끌려 나갔다. 「서머타임」을 불렀던가, 엄마가 부르는 자장가였다.

Summertime, and the living is easy

여름날, 삶은 순조롭게 흘러가고

Fish are jumping and the cotton is high

물고기는 뛰고 목화는 높이 자란다

Oh, your daddy's rich and your mama's good looking

너의 아빠는 부자고, 엄마는 아름다워

멜로디에 실린 J의 목소리가 애잔했다. 포근한 엄마 품이 그리웠을까? 날아오르고 싶은 그녀를 지켜 줄 손길이 그리웠을 것이다. 물고기처럼 마음대로 뛰어노는 강물이 그리웠을지도 모른다. 그녀는 뛰어놀 곳을 찾고 있다. 그게 어딜까……. 민정도 그걸 찾게 되겠지. 희진은 찾았을까, 너는 실컷 뛰어놀다 귀가를 준비 중인 걸까. 그런데 웬 허탈감인가.

명준은 럼주 한 병을 거의 다 비웠다. 럼주가 마음 한구석에 단단히 갈무리했던 허무의 문을 열어젖혔다. L 제과의 깃발이 나부꼈다. 거기에 바친 청춘과 중년의 삶이 마른 나뭇가지처럼 버석거렸다. 저기서 뛰어내리면 다음 행선지는? 목적지에 다가가면 그냥 내릴 준비를 하면 되는 거겠지. 그런데 지금까지의 항해는 어디를 향하고 있었을까. 그건 잘 모르겠지만, 지난 항로가 다음 항로를 지정해 주지 않는다는 사실만은 또렷해졌다. 요즘 부쩍 늘어난 허망함은 거기서 발원하고 있을까? 아니면? 정신이 아득해졌다. 노랫소리와 떠드는 소리가 아련하게 멀어졌다. 멀리 교문이 보였다. 충동이 일었다. 실장님은 붉은 꽃잎을 원 없이 피워 내셨어요? 저도 저렇게 황홀한 꽃잎을 피우고 싶어요. 명준은 의자에 몸을 기댔다. 무리한 일정 탓인지 피로가 몰려 왔다. Fish are jumping and the cotton is high, Oh, your daddy's rich……. 아가야, 아빠가 부자라는 건 거짓말이야. 엄마도 고된 노동에 앳된 얼굴이 망가졌거든. 그러니 아가야 울지 마……. 네가 울면 엄마 아빠가 더 서럽거든……. 민정은 이국에서 뛰어놀고 희진의 화초는 높게 자란다……. 눈이 감겼다.

눈을 떠보니 호텔 천장 조명등이 희미하게 보였다. 택시를 탄 기억이 어렴풋하게 났다. 호텔 로비에서 누군가 부축해 준 것도 얼핏 떠올랐다. 어떻게 방에 들어왔는지, 몇 시간이 지났는지는 가늠이 되지 않았다. 인기척이 났다. J가 의자에 앉아 있었다.

"정신이 좀 드셨어요?"

J가 눈을 부비며 물었다.

"왜…… 어떻게……?"

"만취 상태라 걱정이 돼서요. 염 부장님이 택시 잡아 주셔서 제가 모시고 가겠다고 했어요. 호텔 직원이 방까지 도와줬고요."

"음, 그랬구나……. 민폐네."

"제 방으로 가려다가 잠시 앉았는데, 깜빡 잠들었나 봐요. 죄송해요."

J가 물 한 잔을 건넸다. 명준은 입술을 축이곤 다시 소파에 몸을 뉘었다. 머리가 약간 쑤셨다. 시곗바늘은 새벽 두 시를 가리키고 있었다. 정적이 느껴졌다. 좁은 공간에 J와 함께 있으니 밤의 고요에 투항하고 싶은 갈증이 일었다. 명준이 낮게 말했다.

"가봐야지……?"

"예, 그럴게요. 그런데 이렇게 취하신 건 처음이죠?"

"그런 것 같네……. J의 노래에 취했나?"

J가 쑥스럽다는 듯 살짝 미소를 지었다.

"아까 본 능소화요……. 사실은 물속 고기 떼들이 강물을 박차고 올라 능소화로 피어나는 그런 심정으로 불렀어요. 품속 아기가 환한 미소를 짓겠지요."

"……."

"이만 가볼게요."

J는 명준에게서 시선을 떼지 않은 채 천천히 의자에서 몸을 일으켰다. 할 말을 아끼는 표정이었다. 문 쪽으로 걸어가던 J가 조용히 몸을 돌렸다. 소파로 다가오는 J의 얼굴이 점점 명준에 가까워졌다. J가 무릎을 꿇었다. 그러곤 명준의 가슴에 얼굴을 묻었다.

"조금만 이러고 있을게요."

정신이 아득해졌다. 따뜻한 체온이 전해지며 심장 뛰는 소리가 쿵쾅쿵쾅 울렸다. 명준은 늘어뜨린 팔을 올려 J를 살며시 안았다. J의 울음과 말이 동시에 울렸다.

"실장님…… 저는 어디에 속해 있어요? 어디로 가야 해요?"

행선지를 찾는 J에게서 방황의 교감이 느껴졌다. 명준은 J의 방황에 감염되었다. 능소화가 눈앞에 펼쳐졌다. 온통 주황색 꽃 무리 속에서 황홀했다. 명준은 팔에 힘을 줬다. 눈이 멀지도 모른다는 생각이 순간 스쳤지만 어느새 아득해졌다. 한동안 그러고 있었다. 젖은 침묵을 깨고 J가 작별하듯 말했다.

"실장님, 고마웠어요."

J는 몸을 일으켜 방을 나갔다. 명준은 문을 멍하니 바라봤다.

J는 잘 살고 있을까…….

생각에 잠긴 명준 옆에 윤 마담이 털썩 앉으며 말했다.

"아직 여행 안 끝나셨어요? 무대에서 노래 부를 때도 완전 무시하시던데요. 저 테이블 손님들한테 한 소리 들었어요. 제가 인기가 없는 모양이라고."

옛 기억에서 겨우 돌아온 명준이 대답했다.

"아니…… 럼주에 취했나 봐요. 아님 윤 마담 피아노곡에 취했던가."

럼주 병이 거의 비어 있었다. 윤 마담이 마지막 한 잔을
따랐다.

"많이 드셨어요. 뭐, 사연이 많으신가 봐."

"그러게 오늘따라 괜히 그러네. 태풍 탓인가."

명준은 건성으로 대답하면서 민정의 문자를 떠올렸다.

'프릭과 아무래도 인생을 같이해야 할 것 같아요.'

민정이 어제 보낸 풋풋한 소망은, 일본에서 돌아온 그해
가을 J가 시애틀에서 보낸 이메일과 겹쳤다.

'실장님, 여기 잘 정착했어요. 가끔 해변에 나가 수평선
을 보곤 해요. 늦었지만 이젠 아이를 가질까 봐요! 귀여운 딸
이면 좋겠어요.'

몇 년 후 민정도 해변에 나가 수평선을 바라보고 있을
까? 희진이 견뎌 낼 수 있을까? 그건 명준도 자신이 없었다.
그때 또 한 무리의 손님들이 홀로 들어섰다. 열린 문을 타고
들어온 바람이 홀 내부를 휘감았다. 윤 마담이 자리를 뜨며
말했다.

"아무래도 오늘은 정 선생님을 홀로 두는 게 좋겠는
데요……."

명준은 대답 대신 잔에 남은 럼주를 들이켰다. 아무래
도 오늘은 럼주가 이상 반란을 일으킬 거였다. 자리에서 일
어서자 명준의 몸이 휘청였다. 윤 마담이 걱정스러운 눈빛을

보냈다. 명준은 다시 오겠다는 인사를 남기고 층계를 천천히
내려갔다. 옛날 지부장이 그랬듯 하마터면 발을 헛디딜 뻔
했다.

　빗발이 제법 굵어졌다. 태풍보다 일찍 도착한 비가 후드
득후드득 점퍼를 때렸다. 내리는 빗방울에 럼주로 아득해진
몸을 내줬다. 요 근처 밤늦게 여는 주점이 떠올랐다. 손님들
이 제법 있었지, 아마……. 명준은 영락없는 호퍼의 '올빼미
들'이었다. 요 어딘가에서 봤는데……. 명준은 무작정 걸었
다. 행인들은 우산을 쓴 채 밤길을 재촉하고 있었다. 골목길
이었는데……. 명준은 골목으로 무작정 접어들었다.

　얼마나 걸었을까, 눈앞에 능소화 담장이 펼쳐졌다. 위
쪽에 작은 주택을 이고 있는 높은 축대 담장이었다. 가로등
불빛을 받은 그 꽃 무리는 태풍이 몰고 온 빗방울을 머금은
채 한 폭의 황홀한 그림을 그리고 있었다. 명준은 그 앞에 섰
다. 막다른 골목인 듯했다. 희진의 이불을 덮어 줘야 하는
데　　. 빗방울이 세차게 명준을 때렸다. 명준은 화폭 속 정
물처럼 서 있었다.

매화꽃 밀화密話

소나무 사랑

"아버지가 돌아가셨네!"

수화기 너머 그녀의 목소리는 담담했다. 아니, 말꼬리가 약간 들떠 있다는 느낌이 정우의 가슴에 파문을 일으켰다.

"네? 네……."

정우는 휴대폰을 내려놨다. 소풍을 앞둔 초등학생의 목소리랄까, 하는 생각이 얼핏 스쳤는데 죽음이란 낯선 단어가 몰고 온 검은 장막 같은 것에 가려졌다. 장막 저편에 존재하는 아버지를 부고訃告 소식만으로는 상상할 수 없었다.

뭘 해야 하지?

늦여름 오후 햇살이 비스듬히 쏟아지는 거실을 한동안 서성거렸다. 멀리 거실 창문으로 여름 햇빛에 나지막이 엎드린 마을이 보였다. 국립 연구소 부소장으로 퇴직한 정우는 아예 이곳 강촌 농가로 연구 기자재를 옮겼다. 평생 거주해 온 아파트가 인근 지방 도시에 있어 오가기 편했다. 세포학을 전공한 정우는 백신 개발팀 최종 책임자였는데 부소장직을 몇 년 수행하고 작년에 퇴직했다.

바람이 부는가. 노란빛을 띠기 시작한 벼가 바람에 일렁이고, 산사나무 가지가 흔들렸다. 먹구름이 앞산 능선을 타고 몰려왔다. 소나기가 한차례 쏟아질 모양이었다. 바람의 기세는 점차 세졌다. 비바람은 산비탈에 무리 지은 낙엽송 군락 우듬지를 훑더니 곧 거실 유리창을 두드렸다. 굵은 빗방울이 후드득 떨어졌다.

뭘 해야 하지?

아버지의 죽음을 준비하지 않은 것은 아니었다. 어느 날 강원도 작은 읍에 있는 실버타운으로 간다는 선언을 했을 때부터 주검으로 돌아오는 아버지를 상상하던 터였다. 아버지는 정우의 그런 상상이 부질없다는 듯 생명에 대한 강한 집착을 보였다. 실버타운 계약 이 년 동안 어쨌든 암을 정복하고 씩씩한 제대군인처럼 돌아오겠다는 각오를 다졌던 아버지였다. 그런 아버지가 돌아가셨다니. 정우는 믿기지 않았다. 사실 암에 결연한 저항을 할 나이도 아니었다. 팔십 대 중반이라면 수壽를 다 누렸다 해도 그리 서운하지 않을 터였다. 아무튼 돌아가셨단다.

정우는 옷가지를 주섬주섬 찾아 들면서 해야 할 일을 떠올리려 애를 썼다. 외출복을 입어야 한다는 생각만 또렷했다. 죽음이라는 생물학적 종언에 합당한 일은 고사하고 아버지 황경식 씨와 혈연적 고별에 걸맞은 어떤 준비 사항도 생각나지 않았다. 서울과 여기 강촌 산기슭 작은 농가를 왕래하면서 얼핏 봐둔 장례식장을 검색해 전화번호를 꾹 눌렀다. 예의를 반듯하게 차린 목소리가 저편에서 뭐라 응답했는데 거실 창문을 세차게 두드리는 소나기 소리에 묻혔다.

아버지의 재취로 들어온 그녀를 정우 내외는 '한 선생님'이라 불렀다. 직업도 초등학교 음악 선생이라 '새어머니'라는 호칭보다 '선생'이 더 어울렸고 자연스러웠다. 중년의 나이에 접어든 자식들이 발음하기에 새어머니라는 호칭은 어쩐지 낯간지러웠고 남세스러웠다.

　한 선생은 사십 대 말에 열 살 연상인 아버지 황경식 씨를 맞아 신접살림을 차렸다. 열 살의 나이 차이를 무엇으로 건넜는지 모르지만 두 사람의 애정은 각별해 보였다.

　신접살림을 차린 그 이듬해 아버지가 환갑을 맞았다. 젊은 여자를 새 아내로 맞아들인 아버지는 환갑잔치로 자신의 행복한 재혼을 자랑하고 싶어 했다. 정우 내외에게 할 일이 태산같이 쌓였다. 초청할 사람들, 잔칫상 종류, 행사 일정, 준비할 의상 등에 관해 며칠 구상한 것이 틀림없는 상세한 메모가 장남과 맏며느리에게 하달되었다. 환갑잔치는 자식 된 도리로 의당 기쁜 마음으로 치러야 할 경사임을 모르는 바

아니지만 조달할 돈과 쥐어짤 시간의 무게가 정우의 마음 한 구석을 휙 스쳤다.

"내 체모를 봐서 행사를 잘 준비해라."

아버지는 '체면'을 항상 '체모'라고 말했는데, 그때마다 정우는 어릴 적 텔레비전에서 본 듯한 숲속 털북숭이 인간을 떠올리곤 했다. 체모, 그것은 선비 정신을 자랑삼는 문경 인근 산골에서 태어난 황경식 씨의 좌우명이었다.

사람은 체모가 있어야 해!

사람은 본디 예의를 차리고 신분과 직분에 맞게 행동하고 사리 분별이 반듯해야 한다는 좌우명은 초등학교 교장 선생님에게 썩 어울리는 생활신조였다. 체모라는 단어가 그 많은 덕목을 담기에는 어딘가 모자란다는 장남의 생각을 피력할 필요는 없었다. 장남이 우리말 사전을 동원해 체모의 어의를 정확히 알려 드린다고 해도 아버지가 환갑 세월까지 굳건히 애용한 용법을 바꾸지는 않을 테니까.

게다가 '체모가 있어야 해!'라고 자신과 살짝 분리한 훈계조의 말은 체모를 차릴 의무 주체를 지시한 것에 다름없었다. 그것은 장남 정우와 맏며느리 채원이었다. 초등학교 교장 애비의 체모가 서도록 애써야 하는 사람은 장남과 며느리라는 사실을 각인시키는 일종의 면책 화법이었다. 시아버지의 그런 화법에 이골이 났는지 채원은 어느덧 저항을 포기했다. 저항이 아니라 관용이었다. '얼마나 더 사시겠어⋯⋯.'

옆에서 침묵을 지키던 한 선생이 끼어들었다.

"나와 아빠가 결혼식을 안 했으니까 결혼식까지 겸해서 잘 준비해 줘."

갑자기 튀어나온 '아빠'라는 말이 목에 가시처럼 걸려 딸꾹질을 유발했는데 연이어 나긋하게 발음된 '결혼식'은 급기야 소름을 돋게 했다. 채원이 손가락으로 정우의 옆구리를 쿡 찔렀다. 딸꾹질과 소름이 한꺼번에 들이닥치면 식은땀이 흐른다는 것을 정우는 처음 알았다.

"아, 아……. 예, 그, 그래야죠."

그날 이후 서울에서 신접살림을 차린 아버지 황경식 씨의 작은 아파트는 꽃으로 넘쳐 났다. 목욕탕 욕조엔 장미, 백합, 히아신스, 칸나 등 화원에서 볼 수 있는 모든 종류의 꽃이 반입되었고, 그것도 모자라 거실에도 꽃 사태를 이뤘다. 벽에는 동화를 방불케 하는 그림들이 걸렸다. 한 선생의 역작이었다. 꽃 그림이 주를 이뤘는데 겨울 동화에 나오는 눈 마을도 있었다. 눈은 솜으로, 등불엔 빨간 스티커를 붙여 실제 효과를 냈다. 꽃 천지와 눈 천지에서 한 선생은 행복해했고 그녀의 전공인 노래까지 불렀다. 엄마야 누나야 강변 살자. 곱게 입을 모아 노래를 불러 젖히는 한 선생을 보고 아버지는 회춘한 듯 생기가 돌았다. 한 선생의 노래가 클림트의 그림 속을 유영하는 듯 몽롱했던 것은 사실이다.

회갑연을 내세운 결혼식은 성대하게 치러졌다. 교장 선

생의 회갑연인 만큼 행사장은 학교 전체를 옮겨 놓은 듯 번
잡했고 풍성했다. 드레시한 스타일의 원피스에 하얀 장갑을
착용한 한 선생의 모습은 신부 못잖게 아름다웠다. 그런 한
선생을 축하하러 온 직장 동료들이 적잖게 눈에 띄었는데,
정우 내외는 행사장의 품격에 걸맞게 기민하고 조심스럽게
움직였다.

황경식 씨가 하객들의 성화에 불려 나갔다. 그러곤 젊은
여인을 맞아 여전히 건재하다는 듯 남진의 출세작 「가슴 아
프게」를 구성지게 불렀다.

"갈매기도 내 마음 가아치 목 매에여 우운다아."

교장 선생의 노래인 만큼 우레 같은 큰 박수가 터졌다.
장남 차례였다. 오랜 유학 생활에 짓눌려 그 흔한 노래방을
가본 기억이 까마득한 정우는 잠시 망설였다. 무작정 떠오른
노래를 불렀다. 최희준의 「하숙생」이었다.

"인생은 나그넷길 어어디서 와았다가 어어디로 가아느
응가."

떨리던 목소리가 제자리를 찾자 곧 노래의 절정에 다다
랐다.

"저엉일랑 두지 말자 미련일랑 두지 말자."

왜 하필 좋은 잔치에 가사가 이토록 허무할까 잠깐 겸연
쩍어하는 사이 노래가 끝났다. 의례적인 박수가 터졌다. 주
연과 장남의 노래 답례로 체모를 차린 하객들은 곧장 자신

들의 흥 속으로 진입했다. 흥겨운 잔치였다. 황경식 씨는 물론 한 선생도 흡족해했다. 흡족해할수록 정우의 신경은 곤두섰다.

'적자를 어떻게 메우지?'

행사가 끝나고 가족들이 아버지 아파트에 집결했다. 일종의 피로연이었는데 무엇보다 결산이 남아 있었다. 거기서 사달이 났다. 축의금 관리를 맡은 외손주에게 한 선생의 명령이 떨어졌다. 자기 손님이 낸 부조금은 정확히 체크해서 건네달라는 냉정한 요청이었다.

사리로 보면 맞는 얘기 같고, 분별로 보면 틀린 얘기 같기도 했다. 정우는 알쏭달쏭했는데 한 선생의 요청에는 그 나름의 근거가 있었다. 그 어려운 시절 월급을 쪼개 장남 유학 경비를 다 댔는데, 이 정도의 회갑연쯤이야 받아먹어도 충분하다는 게 한 선생의 확고한 믿음이었다. 게다가 장남은 선생보다 한 급 위인 국립 연구소 선임 연구원 아닌가. 박사 연구원 월급은 초등 교사의 서너 곱절은 된다고 믿는 한 선생에게 정우는 항변할 말을 잃었다.

오 년 동안 유학 경비를 댔다는 아버지 황경식 씨의 주장을 한 선생도 자주 인용했다. 살림을 합치기 전 몇 년간 유학 경비 조달을 내세운 아버지에게서 풍성한 대접을 못 받은 것은 물론 신접살림을 차릴 때에도 신부의 욕망을 억제해야 했다. 두 사람이 갹출해서 마련한 작은 아파트를 한 선생 몫으로 등기하는 것으로 황경식 씨는 한 선생의 불만을 가까스로 재울 수 있었음을 정우는 나중에야 알았다.

만사에 신중한 황경식 씨는 오 년간 장남의 유학 경비를 댔다는 자신의 주장을 입증할 송금 증서를 차곡차곡 쌓아 두고 방문하는 사람마다 보여 주었다. 국립 연구소가 운영하는 유학 선발 제도에 합격한 정우 내외에게 기본 경비가 제공된다는 사실은 굳이 언급할 필요가 없었다. "그거 갖고 어림도 없지!" 가끔 '국립 연구소 연구원이니까 월급이 나올 거 아니냐'는 친지들의 농담 섞인 질문에 황경식 씨가 아예 말문을 막겠다고 개발한 답이었다. 그 때문에 정우는 아버지의 등골을 빼먹은 자식으로 낙인찍혔다. 스크랩에 쌓인 증서를 합산해 보자는 얼빠진 사람은 없었으므로 그게 얼마에 달하는지는 아무런 상관이 없었다. 겨우 초기 이 년간 매월 이백 불 정도 송금한 게 고작이었음을 눈치챈 사람은 없었다. 정우도 그걸 항변하고 싶지 않았다. 그래도 그게 어딘가. 오 년 유학 경비를 댔다고 굳건하게 믿는 한 선생에게 사실을 말하고 싶지도 않았다. 그걸 발설했다간 무슨 사달이 날 것임을 정우는 알고 있었다. 여하튼 그녀의 믿음을 활용한 덕분에 아버지는 신접살이 아파트 마련에 더치페이라는 신세대적 수법을 도입할 수 있지 않았는가. 비록 그녀의 명의로 등기를 해 줬더라도 말이다.

유학에서 막 돌아와 처음 대면하는 자리에서 정우는 큰마음을 먹고 진언했다.

"혼인신고가 안 돼 있던데요. 그냥 동거하는 것은 교사 신분에 어울리지 않습니다."

아버지는 대꾸가 없었다. 대신 한 선생이 몸을 아버지 쪽으로 기울이며 얼른 받았다.

"우리 사랑은 변하지 않아요. 아파트 앞에 서 있는 소나무처럼."

거실 창밖에 소나무 줄기가 우렁차게 뻗어 있는 것이 보였다. 아, 소나무, 좋지요. 왜 애국가에도 있잖아요, 남산 위에 저 소나무 철갑을 두른 듯. 철갑 같은 사랑이라, 좋지요. 그런데 정우의 입에서는 뜻밖의 발칙한 말이 튀어나왔다.

"혼인신고 안 하시면 체모가 아니지요."

황경식 씨는 여전히 침묵을 지켰다. 한 선생도 소나무 사랑론을 피력하는 것이 멋쩍었던지 입을 닫았다. 몇 달 뒤, 아버지는 잠시 들른 장남에게 첩자처럼 은밀히 말했다.

"혼인신고 했다."

갑작스러운 저 말 속에 그간 벌어진 치열한 분쟁이 정우의 머릿속에 어른거렸다. 그 분쟁에서 승전했음을 알린 것이었다.

"아, 잘하셨어요."

그럼 소나무 같은 사랑은 이제 문서로 결박되는구나, 더 이상 짐을 싸 오라는 일은 없겠구나, 그건 연구원 체모에 어울리지 않지. 그런 생각이 교차했을 때에도 사회생활 경력이 짧은 정우는 혼인신고가 재산권을 결박한단 사실 따위엔 아무 관심이 없었다. 다만 도둑처럼 짐을 싸서 갖고 오지 않아도 된다는 사실에 안도했다.

혼인신고를 재촉한 것은 그 일 때문이었다. 어머니 유명희 씨가 뇌졸중으로 갑자기 세상을 뜨자 난감해진 황경식 씨는 정우가 신혼살림을 차린 전셋집으로 당당하게 입주했다. 마치 오랫동안 비워 둔 집으로 돌아오는 듯한 표정이었다. 창졸지간에 홀아비가 됐으니 뭐 딱히 다른 방안을 마련할 수도 없었다. 정우의 신혼살림은 갑자기 불어난 살림 도구들로 잡화상 진열장처럼 변했다. 하루 세 끼 수발을 드는 것에 익숙하지 않았던 맏며느리 채원의 긴 고행이 시작되었다. 언젠가는 분가할 날이 올 터이니 그냥 지낼 수밖에 다른 도리가 없지 않느냐고 정우 내외는 서로를 타일렀다.

　고별의 아픔이 빠르게 소멸되자 황경식 씨는 새로운 기대에 부풀기 시작했다. 마치 신접살림에 대한 오랜 갈망을 품고 있던 노총각 같았다. 집에 데리고 오는 여인들의 얼굴이 저녁마다 바뀌었다. 일종의 맞선이었다. 체모를 따지는 아버지로서는 딱히 만날 장소가 마땅찮았던 거였다. 낯선 여인들에게 저녁 대접하는 날이 늘어났다. 여인이 돌아간 후 황경식 씨는 의례 정우 내외의 의견을 타진했다.

"그래, 어떻더냐?"

정우 내외는 망설였지만 듣고 싶은 답을 이미 알고 있었다. 눈치가 빠른 채원이 내키지 않은 찬사로 궁금해하는 시아버지를 안심시켰다.

"좋으시던데요……. 밝고 선한 표정이라서 좋습니다."

극찬을 기대하던 황경식 씨는 미적지근한 대답에 만족하지 못했는지 재차 다그쳐 물었다.

"그래, 미모인 것 같은데……. 어떻더냐?"

정우는 그제야 힘을 모아 방점을 찍었다.

"아 예, 예. 미모죠."

체모와 미모는 완전히 다른 차원의 개념인데, 황경식 씨가 끝에 '모'자가 붙는 단어를 자주 사용하고 있었다는 걸 처음 깨달았다.

"그래, 미모이긴 한데, 피붙이가 많은 게 걸려서 말이야……."

정우는 속에서 불쑥불쑥 치미는 뭔가를 억누르며 마지못한 동의에 도장을 찍었다.

"아버지 편하신 대로 하시지요. 저희는 상관없습니다."

그렇다고 정우 내외가 아버지의 재혼을 적극 권유한 것은 아니었다. 재혼을 발설하는 것은 돌아가신 어머니에 대한 불경죄 같은 느낌을 수반했고 또 재혼을 얘기하기에는 상처가 아물지 않은 너무 이른 시간이었다.

그런 황경식 씨가 외박이 잦아졌다. 어른의 외박에 대
해서는 적절한 대처법이나 아랫사람이 할 수 있는 예의 바른
말이 존재하지 않는 것이 동방예의지국의 유일한 흠결이었
으므로 그저 안전하게 귀환하기만을 기다리는 수밖에 다른
도리가 없었다. 어느 날 밤늦게 귀가한 황경식 씨가 흡족한
표정으로 말했다.

"정했다. 너희들 새엄마를."

그녀 역시 선생이었다. 박 선생. 황경식 씨와 연령 차이
가 그리 나지 않는 오십 대 초반 초등학교 교사였다. 그래, 사
랑의 대상은 주로 직장 부근에서 찾아진다는 걸 정우는 새삼
떠올렸다. 황경식 씨의 취미인 잔치 근성이 활기를 찾았다.
재혼식 날짜를 받아 놓고 황경식 씨가 예의 근엄한 표정으로
정우 내외를 불러 앉혔다.

"내 체모를 봐서 행사를 잘 치러 주라."

어머니의 죽음이 몰고 온 충격이 채 가라앉기도 전 재혼
을 선언하는 아버지를 이해하기에 정우 내외는 너무 어리고
여렸다. 박 선생은 미모는 있는 듯했으나 체모가 있다고 자
신 있게 말할 수는 없을 만큼 말이 거칠었다. 사랑을 다짐하
는 두 사람의 배경으로 어둠을 품은 구름이 지나가는 듯했으
나 장남이 그런 불길한 예감을 발설한다는 것 자체가 체모에
어긋나는 일이었다.

서울 시내 근사한 레스토랑에서 행사가 치러졌다. 젊은 교장의 결혼식에 학교 교직원들이 총출동했던 것은 두말할 나위가 없다. 그중에는 자신이 중매를 섰노라고 자랑하는 체육 선생도 끼어 있었는데, 교장으로부터 후한 고과 성적을 기대해서인지 교직원으로 구성된 축하 합창단을 흥겹게 지휘했다.

정우 내외의 불길한 예감이 맞아 떨어진 것은 신접살림을 차린 지 육 개월 후였다. 한밤중이었다. 초인종 소리에 놀라 나가 보니 황경식 씨가 서 있었던 거다. 초라해진 몰골에 분노가 서려 있었다.

"못 살겠다!"

이 한마디로 황경식 씨는 약간 여유가 생긴 정우 내외의 전세 살림에 다시 눌러앉았다. 그러곤 어느 일요일, 정우와 동생을 불러 명령을 하달했다.

"지금 박 선생이 교회에 가고 없으니 짐을 싸서 갖고 와라!"

동방예의지국 교장 선생의 장성한 두 아들은 일 톤 트럭을 수소문해서 황경식 씨 신접살림 집으로 쳐들어갔다. 아버지가 내준 열쇠가 육중한 현관문을 열어젖혔다. 정우 눈에 익숙한 짐을 몽땅 싸서 트럭에 싣는 데에는 한 시간이 걸리지 않았다. 내로라하는 도둑이 봤더라도 놀랄 만큼 신속하고 정확한 솜씨였다. 정우의 전세방은 다시 어머니 유물로 가득 찼다.

혼인신고를 했으면 가당치도 않은 일이었을 것이다. 두 사람의 사랑을 일단 테스트하느라 유예기간을 뒀는지 박 선생과의 사이에는 어떤 문서도 언약의 흔적도 남아 있지 않았다. 십 년 전의 일이었다.

정우가 혼인신고에 주목한 것은 그 때문이었다. 그런데 한 선생의 소나무 같은 사랑에도 낙엽 지는 일이 있는지 황경식 씨의 귀환이 잦아졌다. 어느 날 문득 초인종 소리가 났다. 초라한 몰골에, 당신 스스로도 주체할 수 없을 정도로 잔뜩 노기 어린 표정을 짓고 있었다.

"못 살겠다!"

정우에겐 익숙한 푸념이라 일단 방을 치우고 한동안 지낼 공간을 만들었다. 그런데 이번에는 황경식 씨의 결기가 단호했다.

"이천만 원만 있으면 전세방을 얻어 나가 살 수 있으련만……."

당시 이천만 원이면 큰돈이었다. 정우가 입주한 지방 도시 아파트 전세금 정도였으니 말이다. 황경식 씨는 한동안 지내시더니 다시 한 선생에게 돌아갔고, 이후에는 장남 집과 한 선생 집을 번갈아 왕래하면서 사는 듯했다. 소나무같이 굳은 사랑에 금이 가기 시작한 것일까.

한 선생은 활동적인 사람이었다. 활동적이라기보다 사람들을 만나 놀고 떠드는 것을 좋아했다. 아무리 소나무 같은 사랑이어도 환갑을 넘은 초로의 남자, 그것도 별다른 취미 없이 휴일이면 하루 종일 텔레비전을 끼고 사는 사람에게 흥미를 유지하기는 힘들었을 것이다. 그래도 별 탈 없이 지내는 데에 정우 내외는 안도했다. 자식들의 품이 많이 들어간 것을 제외하면 가끔 들려오는 아버지의 불만 정도야 못 들은 척하면 그만이었다. 적적하다는 성화에 못 이겨 들러보면 해외여행에서 찍은 두 사람의 다정한 사진들이 벽을 온통 차지하고 있는 것으로 보아 그런대로 안심은 되었다.

아버지의 체념 덕분이었을 거다. 한 선생은 주로 밖에서 맴돌았고 취미 활동 동아리에 가입해서 사교 영역을 넓혀 갔는데, 아버지 황경식 씨는 혼자 식사를 해결하고 청소와 빨래 같은 집안일을 도맡아 하기에 이르렀다. 체념은 좋은 발상의 전환이었다. 황경식 씨가 전화로 불만을 터뜨렸지만, 한 선생의 외부 활동을 중단시킬 방법은 없었다. 냉장고에서 반찬이 썩어 나갔다.

유학에서 돌아와 선임 연구원으로 발령받은 정우는 연구소 인근 지방 도시에 자리를 잡았다. 연구소가 서울 변두리에 위치해 있어서 출퇴근이 용이했고, 무엇보다 황경식 씨의 느닷없는 방문을 피할 수 있어 좋았다. 지방 도시에 거주하던 정우가 서울 시내에서 늦게까지 볼일을 보고 가끔 아버지 댁에 묵을 때면 우선 잠자리 근처의 먼지를 제거해야 했고 욕탕 줄눈에 낀 때를 벗겨야 했으며, 주방에 아무렇게나 놓인 그릇을 씻어야 했다. 온통 먼지투성이였고, 침대 이불에는 묵은 때가 꾀죄죄했다. 집 앞 소나무는 여전히 푸르렀지만, 두 사람의 사랑은 그 옆에 선 병든 참나무 수피처럼 누렇게 색이 바래고 있다는 불길한 예감이 들었다.

그렇게 몇 년이 그럭저럭 지났다. 아버지의 불만이 절정에 이를 즈음 채근이 잦아졌다. 몸살기가 안 가시고 가슴 통증이 심해진다는 거였다. 정우는 채근에 못 이겨 아버지를 대학병원으로 모시고 갔다. 며칠 후, 대학병원에서 암 판정을 받은 날 황경식 씨는 거의 초주검이 되더니 급기야 꺼이꺼이 울음을 터뜨렸다. 그의 불평은 '내가 왜?'였다. 살아온 날들보다 살아갈 날이 더 많은 듯 자신만만해 하던 황경식 씨는 죽음 앞에서 흙벽처럼 와르르 무너졌다. 정우는 아버지의 생사 여부보다 한 선생이 끝내 거부할 듯한 간병 뒷바라지를 어떻게 감당할 것인가에 골몰했다. 두 번의 수술 끝에 황경식 씨는 회생한 듯 밝은 표정을 지었다.

"내가 살 수 있는 거구나!"

정신을 수습한 아버지의 일성이 그랬다. 정우는 퇴원 준비와 간병 문제로 황망했다. 아버지의 뮤지컬 무대 '온리 유'의 여주인공 한 선생이 어쨌든 주연을 맡아 준다면 어찌 해

볼 수는 있겠다는 실낱같은 희망이 생겼다. 그런데 퇴원하는 날 한 선생이 냉혹한 표정으로 말했다.

"병원비는 절대 낼 수 없어. 공부시키고 출가시켰는데 자식들이 내야지."

소나무 같은 사랑은 어디로 증발했을까. 수술 후 중환자실에서 의식불명의 아버지를 부여잡고 꺼이꺼이 울던 그 애잔함은 어디로 갔을까.

"당신 없이 어찌 살라고."

울음 섞인 대사가 그랬다. 중병에 걸린 사랑을 건사하는 일에서 면책을 주장하는 표정과는 너무 다른 울음이었다. 퇴원 후 간병 문제가 불거졌을 때도 한 선생은 완강히 면책을 주장했다.

"간병인을 써야 하는데, 비용은 자식들이 대세요."

사랑과 돈을 별개 문제로 치부하는 한 선생의 의식구조를 이해할 것도 같았다. 정우는 그들의 마지막 사랑을 위해 돈을 써야 했다. 간병인이 하루 종일 간호하는 동안 한 선생의 외출은 중단되지 않았다. 간병인과 황경식 씨의 관계가 눈에 띄게 가까워진 것은 그 때문이었다. 나약해진 아버지가 의지할 곳을 찾아 헤맸던 탓이다.

그걸 눈치챈 한 선생의 감시의 눈초리가 번득였다. 간병인 해고와 채용이 반복되었다. 황경식 씨에 대한 한 선생의 구박이 심해진 것도 그와 동시였다. 침대에 누운 아버지는

근거 있는 성화를 견뎌야 했는데 급기야 한 선생이 과격한
목소리로 선언했다.

"남자 간병인을 채용하세요. 여자는 절대 안 돼!"

물론, 남자 간병인을 구하는 데에 실패했으므로 다른 방
안은 없었다. 병세가 좀 나아진 어느 날 정우는 황경식 씨의
호출을 받았다. 한 선생이 할 말이 있다는 거였다. 중년 여인
의 모습은 사라지고 없었다. 얼굴에 주름이 자글자글해진 한
선생이 목청을 가다듬고 말했다.

"아버지하고 살 실버타운을 구했는데 이억 원이 들어
요. 돈을 구해 와요!"

드디어 올 것이 왔다. 그 큰돈을 어떻게 마련할 것인
지 정우는 전혀 능력 부족임을 알릴 방법이 없었다. 정우는
힘없고 나약한 목소리로 탄원했다. 한 선생의 어조가 높아
졌다.

"유학시키고 집 사주고 차 사줬는데, 자식들이 그것도
못 해?"

아, 그 스크랩의 후환이 이렇게 터져 나오는구나. 정우
의 입에서 신음 소리가 절로 흘러나왔다. 거기에 집과 차까
지 얹혔다. 그래도 할 수 없었다.

"그건 불가능합니다. 이 집 전세를 빼고 가세요."

"아니, 이 집은 내 집인데! 그렇게는 못 해!"

정우는 화가 치밀어 올라 목소리를 높였다.

"정 그러시면 이 집을 쪼개고 아버지를 우리에게 돌려주세요."

정우는 물러서지 않았다. 혼인신고가 재산권 분할의 근거임을 이미 터득했기에 그런 최후통첩이 가능했다. 황경식 씨는 다른 방에 누워 장남과 자신의 애인이 책임 소재를 두고 공방하는 소동을 잠자코 듣고만 있었다. 정우는 될 대로 되라는 심정으로 집을 박차고 나왔다. 한 선생이 현관문을 활짝 열어젖히고 뭐라 고래고래 외치는 소리가 들렸다.

그 후, 두어 달 동안 두 사람 사이에 큰 파란이 일었음은 다 죽어 가는 아버지의 호소를 듣고 충분히 짐작이 갔다.

"애비야, 못 살겠다!"

오랫동안 수십 번 들어 왔던 그 익숙한 푸념이었다.

'저도 못 살겠는데, 적당히 참고 견디세요!'

이 말이 목까지 올라왔지만 차마 발설하기엔 상대가 너무 쇠약해 있었다. 이후 몇 번의 소동이 있었는데 맏딸 연숙 누이가 조정 역할을 한답시고 황경식 씨를 방문했다가 놀라서 전화했다.

혼자 사는 누이가 아버지를 모시기로 했다는 자식들의 합의를 알리려 간 걸음이었다. 전세금은 아버지 몫, 모자라면 자식들이 십시일반 마련하겠다는 구상이었다. 연숙 누이의 목소리엔 약간의 경악과 경멸이 섞여 있었다.

"애, 애, 글쎄, 아버지가 사랑을 택한다는구나!"

그런 일이 있고 난 두어 달 뒤, 황경식 씨는 사랑을 따라 강원도 실버타운에 입주했다. 반드시 살아 돌아온다는 비장한 각오를 남기고 말이다. 입주금을 구할 수 없었던 한 선생은 결국 집을 전세로 내놨다. 안도의 한숨과 함께 탄식이 나왔다. 아, 사랑은 고귀한 것!

향석 마을 가는 길

가을 단풍이 진하게 물들었고 서리가 내렸다. 정우는 거실에 앉아 찬 서리가 깔린 정원 잔디밭을 물끄러미 보고 있었다. 연구소를 퇴직한 지 일 년이 지나는 동안 정우에게는 노년으로 진입하는 초입에서 지난 일들을 하나씩 곱씹는 버릇이 생겼다. 버릇이라기보다 미뤘던 일들, 덮어 둔 일들을 마무리해야 한다는 어떤 의무감 같은 것이었다. 창밖을 내다보다가 정우는 가을 내내 품고 있던 생각을 실행하기로 마음먹었다. 문경새재 너머 고향에 잠들어 있는 어머니에게 아버지의 죽음을 알려야 한다는 의무감이 무럭무럭 자랐다. 영혼의 세계가 있다면 이미 두 사람은 저승에서 만났을 것이다. 서로 잘잘못을 따져 묻는 이승의 법칙과는 다른 그 세계에서 그들은 스스럼없이 다시 만났을지 모른다는 부질없는 상상이 일어났다.

아버지도 어머니의 갑작스러운 죽음이 궁금했을 거다. 왜 좀 몸을 돌보지 않았냐고 아버지가 타박을 주지 않을까. 그럼 어머니가 금세 거친 말로 대꾸했을 거다.

언제 당신이 날 걱정이나 했소. 맨날 늦게 들어와 잠자기 바쁘고, 돈은 쥐꼬리만큼 주고 시댁 식구는 줄줄이 달리고. 애들 학비 걱정이나 했으면 말을 않지. 언제 날 편케 했소. 살림살이 지겨워 내가 밖에 나돌아 다닌 게 흠이면 흠이지. 당신이 저지른 일 때문에 돈을 좀 벌어 보려고 작은 일을 벌이기는 했소. 그 덕에 애들이 좀 고생했지만 당신은 말할 자격이 없소.

말주변이라면 황경식 씨를 능가하는 어머니 앞에서 입을 닫았을 거다. 두 사람의 그런 대화가 정우의 뇌리에서 물결쳤다. 그래도 자식이 가서 아버지의 죽음을 고하는 것이 도리일 듯했다. 두 여인을 두루 섭렵하고 저승으로 간 아버지에게 어머니는 혹시 면박을 줄까, 아니면 잘 오셨다며 반길까 궁금하기도 했다. 먼 길을 가면서 그걸 확인할 수 있을지도 모른다는 생각이 얼핏 들어 나선 길이었다.

사람이 죽고 나면 정 떼는 일이 반드시 일어난다는 세간의 말을 정우는 믿지 않았지만, 강촌 농가에서 홀로 가을밤을 보내노라면 으스스한 느낌이 들지 않은 것은 아니었다. 문경 고향 마을 어머니 산소 앞에 나지막이 누운 집 주인도 그 말을 하지 않았던가. 초로의 여주인은 어린 시절부터 어머니를 알던 순한 분이었는데, 자기 집 뒤에 산소를 쓰는 것을 결사반대했다. 집값이 떨어진다는 것이 주된 이유였는데 진짜 이유는 따로 있었다. 귀신이 출몰한다는 것, 그것도 살아생전 잘 알던 사람에게 나타나 혼비백산 놀랜다는 것이 그 여주인의 오랜 믿음이었다.

삼십 년 전, 어머니를 묻은 이듬해 그곳을 찾았을 때 여주인은 자신이 경험한 섬뜩한 얘기를 털어놓았다. 어느 날 으슥한 자정 즈음 앞마당 우물에서 물 긷는 소리가 나기에 나가 봤더니 머리를 빡빡 민 여인이 물질을 하고 있었다는 것이다. 그러면서 물었다.

"혹시 고인이 머리를 밀었능교?"

그랬다. 뇌출혈로 쓰러진 어머니는 두개골을 도려내는 대수술을 두 번 받은 후 소생하지 못했다. 수술 전 수련의가 머리칼을 바리캉으로 밀었다. 중환자실로 내려온 환자는 영락없는 대머리였다. 어머니의 아담한 머리통은 어린 비구니처럼 고왔다.

"아뇨, 심장병이었는데 머리 깎을 일이 어디 있겠능교?"

"이상타…… 학실히 민머리였는데……."

그 여주인의 말에 소름이 돋았다. 어머니가 구천을 맴돌고 있는가. 그런데 웬 물질이야? 영혼의 세계를 믿지 않으면서도 혹 있을지 모른다는 의구심이 섞여 정우는 혼란했다. 염할 때 장면이 떠올랐다. 며칠 전까지만 해도 전화로 생생한 목소리를 전해 주던 어머니가 갑자기 쓰러지고 응급실로 달려갔을 때 어머니는 이미 빈사 상태였다. 생기는 사라지고 영혼마저 육신을 떠날 차비를 한 듯했다. 왜 쓰러졌는지도 알지 못했다. 쓰러졌을 때 같이 있었다던 어머니 친구들은 누구 하나 코빼기도 안 보였다. 의문에 싸인 죽음이었다.

염장이가 마지막 작별을 고하라고 의례적으로 말했을 때 정우는 수의 끝에 삐져나온 손을 잡았다. 차갑고 단단했다. 영혼이 빠져 나간 육신은 그냥 돌멩이였다. 여기저기 아무 의미 없이 널브러진 사물과 다를 바가 없었다. 정우는 수의 소매를 살짝 걷고 작은 금붙이를 밀어 넣었다. 살아생전 고생했으니 저승 갈 때나마 노잣돈이 모자라면 안 될 듯해서였다. 부질없는 짓이었지만 마음은 조금 놓였다. 영혼은 없다는 계몽적 논리와 있을지도 모른다는 주술적 논리가 경합해서 어느 한쪽이 승리한들 작은 금붙이보다 더 위로를 줄 것 같지 않았다.

노잣돈이 모자라나, 아직 못 가셨나?

사실 아버지도 아직 못 가셨는지 모른다는 생각에 미쳤다. 장례식을 치르고 두어 달이 지난 어느 날 밤, 한 중견 제약 회사가 의뢰한 신약 개발 관련 세포학적 검토를 마무리하고 거실 마루에서 그냥 쓰러져 잠이 들었는데 어떤 소리에 문득 눈을 떴다. 거실 조명등이 희미하게 켜진 상태였으므로 창밖이 어둑하니 보였다. 거기에 자신을 물끄러미 내려보다 등을 돌려 앞뜰로 걸어가는 그림자가 보였다. 구부정한 등에 훤칠한 키, 영락없이 아버지 뒷모습이었다. 정우는 마루에서 벌떡 일어나 창으로 다가갔다.

어디 가세요, 아버지! 들어오시잖고?

그림자는 뜰 화단을 성큼성큼 걸어 나갔다. 나무에 등이 가렸지만 틀림없이 그림자가 어른거렸다. 정우는 황망히 이층으로 올라가 그림자 행방을 좇았는데 울타리 건너 가로등 불빛 주변 어둠으로 서서히 사라졌다. 정우는 입을 오므려 그림자를 불렀다.

아버지!

아직 못 누워 계시는구나. 땅 밑이 아직은 답답하신 모양이구나. 아니면 미처 하지 못한 말이 있거나 이승에 미련을 못 버린 것일까.

초겨울로 접어든 고속도로 풍경은 단조로웠다. 몇 굽이 산을 넘어도 마치 얼굴이 비슷한 사람들처럼 그저 그런 모습의 산이 나타나곤 사라졌다. 산의 외양은 무궁무진했지만 느낌은 비슷했다. 정우는 잠시 상념에 빠졌다. 저 굽이굽이에서 한평생 살다 가는 게 삶일 거다. 산 어느 외진 곳에 연기를 피워 올리는 허름한 농가에도 사람 사는 얘기가 층층이 쌓여 있다. 집들이 옹기종기 모인 마을은 온갖 한 맺힌 스토리가 한데 뭉쳐 있는 얘기 창고다. 사람들은 그 창고를 헐어 버리고 새로 짓는다. 새로 올리는 지붕과 처마에 자신들의 얘기를 주렁주렁 매달지만, 결국 세월의 흐름에 썩고 말라비틀어져 땅에 묻힌다. 망각의 영원한 창고로 던져지는 것이다.

산기슭은 누천년 지속된 인간 생활의 흔적을 간직하고 있는 유적지다. 아니 무덤이다. 수많은 사람들이 살다 묻힌 그곳에서 태어나 먹고 자라고 다시 생명을 잉태하고 기른다. 끈끈한 혈육이 가장 원초적인 둥지일 터이다. 그런데 그 둥지조차 산과 산을, 산이 만들어 낸 강물을 벗어나지 못한다. 산은 그 존재 자체로 인류학이다. 먹고살려고 발버둥 치는 인간의 신음 소리가 묻혔고, 수확의 기쁨을 억제하지 못한 노랫가락이 잠겼다. 돌림병에 죽은 어린 새끼를 애달파 하는 곡소리가 있고, 횃대 위에 올라 질러 대는 장닭의 유장한 울음이 있다. 산기슭 여기저기 흩어진 묘지는 삶이 하나의 점으로 수렴된 흔적임을 알려 줄 뿐이다. 누구의 조상, 어떤 벼슬을 했다는 이승의 이력은 단지 추임새에 불과하다.

그런데 왜 어머니를 꼭 고향에 묻었어야 했을까? 그곳은 어머니 유명희 씨 고향도 아니었다. 고된 시집살이 기억이 가득한 곳, 그것도 유난스레 시집살이를 시킨 할머니와 나란히 묻어야 했던 이유를 정우는 가늠하지 못했다. 아버지의 고집이었다.

사람이 죽으면 고향으로 가야지.

어머니 산소를 쓰고 난 다음 황경식 씨는 아예 그 옆에 자신이 묻힐 가묘를 썼다. 살아생전 다정했던 부부임을 천하에 고하고 싶었던 게다. 정말 그렇게 다정했는가? 체모였을 거다.

그런데 어머니는 왜 갑자기 세상을 떠나신 것인가?

원주를 벗어나 산 고개를 넘는 고속버스 안은 히터 열기로 후덥지근했다. 건너편 자리에 앉은 젊은 여자가 외투를 벗는 모습이 얼핏 눈에 들어왔다. 버스는 조령 고개를 날렵하게 넘는 중이었다. 삼십 년 전 그날, 어머니 유해를 실은 장례 버스는 충청도와 경상도를 가르는 그 고개를 힘겹게 넘었다. 길은 넓어졌고 주변 풍경도 단정해졌다. 그보다 훨씬 전 정우가 갓난아이였을 때, 젊은 어머니는 짐 보따리와 삼 남매를 들쳐 업고 황경식 씨를 찾아 기차를 탔다고 했다. 산기슭 밑에 어머니를 태운 기차가 통과했던 터널이 보였다. 황경식 씨가 전근 통지서를 받고 서울에서 홀로 기숙하던 때였다. 좌식 책상, 냄비와 솥, 옷가지 보통이를 객차에 실었다고 살아생전 어머니는 회상하곤 했다. 아버지 고향 제자가 역까지 나와 짐을 실어 줬다고 했다. 억척스럽던 어머니 유명희 씨는 왜 그렇게 황망하게 죽었을까? 정우는 슬며시 눈을 감았다. 왜 죽었지……? 그리 갑작스레. 엷은 졸음이 몰려 왔다.

황 중위님, 전화 왔어요.

당번 사병이 정우를 급히 찾았다. 대학원 학력 덕분에

정우는 서울 근무 보안 장교로 발령을 받았다. 광주민주화운동 직후라 분위기는 삼엄했다. 계엄령이 발동된 군부대를 돌며 보안 상태를 점검하느라 정우는 눈코 뜰 새가 없었다. 모든 것이 보안이었다. 정우는 사병이 내미는 전화기를 들었다.

통신보안, 황정우 중위입니다!

저쪽에서 채원의 다급한 목소리가 흘러 나왔다.

정우 씨야? 어머니가 쓰러지셨대! 어떤 젊은 여자가 전화했는데 금세 끊었어. 누군지 알려 주지 않았어. 어딘지도 몰라!

아니, 어떻게 됐다고?

나 수업 들어가야 하는데…… 조금 기다려 봐. 얼른 끝내고 나올게.

전화가 찰칵 끊겼다.

정우는 정신이 아득해졌다. 할 수 있는 일이 없었다. 몇 분 뒤 다시 전화가 울렸다.

황정우 중위세요? 저…… 유명희 씨가 어머니 맞죠?

네, 그런데요.

불길한 예감이 스쳤다.

유명희 씨가 중환자실에 있어요. 급히 수술이 필요합니다. 여기 Y 대학병원인데요, 곧장 와주셔야겠어요.

아, 무슨 일이지…….

정우는 전화기를 내려놓지 못했다. 정신을 수습해야 했다. 보안과장에게 사정을 알리고 건물 밖으로 뛰었다. 낮 시간의 서울 거리는 낯설었다. 택시가 Y 대학병원에 도착할 때까지 정우는 중환자실로 호출된 이유를 몰라 어리둥절했다.

중환자실은 어둑했다. 가족이나 친인척의 죽음을 준비하는 보호자들의 표정은 어두웠다. 유명희 씨는 링거를 꽂은 채 미동도 하지 않았다. 의사가 내민 서류에 사인하는 것 외에 정우가 달리 할 일은 없었다. 유명희 씨가 수술실로 실려 갔고 예닐곱 시간이 흘렀다. 머리가 붕대로 칭칭 감겨 나왔다.

급성 뇌출혈입니다. 피는 제거했는데 혈압이 여전히 너무 높아 위험합니다. 기다려 봅시다.

의사가 사무적으로 말했다. 기다려 볼 수밖에 없었다.

정우가 유명희 씨 침대 옆을 지키는 동안 유명희 씨의 의식은 돌아오지 않았다. 황경식 씨 역시 황망한 표정으로 집과 식장을 오간 외에 달리 할 일은 없었다. 간혹 낯선 사람 서너 명이 찾아와 환자를 들여다보곤 난색을 지었다. 모두 정우에게 종이쪽지를 내밀었다는 게 이상하기는 했다. 그 쪽지에는 이런 글귀가 쓰여 있었다.

각서. 유명희 씨 사망 후 유명희 씨가 본인에게 진 채무를 아들 황정우 씨가 계승함을 확인함. 일금 X백만 원정.

합치면 이천만 원은 족히 될 금액이었다. 어림잡아 당시 집 한 채 살 수 있는 액수임을, 정우는 황망한 가운데에도 어렴풋이 짐작했다. 사람이 죽는데 돈이 무슨 소용이랴, 그런 심정으로 정우는 낯선 사람들이 내미는 족족 서명을 해줬다. 닷새 뒤, 유명희 씨는 잠깐 의식이 돌아왔다. 순간이었다. 정우가 유명희 씨 손을 쥐고 물었다.

엄마, 나 알아봐?

깜빡거리는 꼬마전구처럼 손끝에 약간 힘이 들어 왔다.

그래 그거야, 엄마, 눈을 떠봐, 정우가 왔어.

그러곤 신호가 사라졌다. 손에 서늘한 느낌이 전해졌다. 그게 끝이었다.

어머니가 죽은 그해 가을은 하늘이 유난히 높았다. 광주민주화운동으로 스러진 영혼을 위로라도 하듯 단풍은 선혈처럼 떨어져 거리를 덮었다. 정우 내외가 막 분가해 나온 모래내 달동네 시민 아파트에도 가을이 깊었다. 어머니를 문경 마을 산에 묻고 돌아온 정우는 며칠을 앓았다. 어머니의 거짓말 같은 장례식을 치른 황망한 마음을 죽음의 실감이 엄습했다. 아버지 황경식 씨는 작은 아파트를 처분했다. 빚쟁이 독촉에 출근을 못 할 지경이라고 투덜댔다.

"사람이 체모가 있지, 출근을 못 할 정도니, 원."

아버지는 대학원에 다니는 동생과 함께 정우의 시민 아

파트 전셋집으로 들이닥쳤다. 방 두 개가 금세 가득 찼다. 문제는 시도 때도 없이 찾아오는 빚쟁이들이었다. 정우가 사인해 준 사람들이 기어이 산동네 집 주소를 알아냈다. 황경식씨가 손을 덜덜 떨면서 말했다.

"정우야, 니가 어찌 해봐라. 내는 속이 떨리서 말을 몬 하겠다."

정우가 만난 사람들은 다양했다. 어릴 적 살던 동네 일수쟁이에서 아버지 고향 제자라고 우기는 사람, 건재사 사장, 부동산 직원, 굴착기 기사까지, 세상엔 정말 직업이 많다는 생각이 들 정도였다. 중위 월급 오만 원으로 평생 갚아도 못 갚을 엄청난 빚을 정우는 홀로 대적해야 했다.

아무것도 몰라 쩔쩔매는 정우의 사정을 봐서 단념한 사람도 더러 있었는데, 개중에는 황경식 씨 월급을 차압하겠다고 으름장을 놓는 대찬 사람도 있었다. 황경식 씨가 학교 경비를 시켜 빚쟁이 출입을 통제했으므로 아버지는 교장실 깊숙이 몸을 숨겼다. 빚쟁이 핑계로 아버지의 외박이 잦아진 건 그 즈음이었다.

정우는 어느 날 지방법원 통지서를 받았다.

채무계승자 황정우와 참고인 황경식은 모월 모일 지법에 출두하기를 명함.

채권자 김경순. 담당 판사 남부지법 ○○○.

받을 빚이 칠백만 원을 족히 넘는 채권자가 기어이 법원에 소송을 걸었다. 이름으로 미뤄 여자였다. 황경식 씨는 다시 손을 벌벌 떨었다.

"월급 삼십만 원에 어찌 그걸 갚는다냐. 정우야 어찌 해봐라. 내는 몸이 떨리서……."

집 팔고도 남은 채무가 저리 많으니 어머니 고생이 오죽했을까 싶었다. 정우는 결혼하기 이전부터 유명희 씨가 돈에 쪼들리는 모습을 여러 번 목격했다. 아르바이트로 번 돈을 갖다 주기를 반복했다. 결혼 후에는 채원이 받은 교사 월급을 통째로 송금했다. 아내는 전세금을 충당하려 계를 들고 있었는데, 곗돈 타는 날 유명희 씨는 모래내 언덕을 걸어 올라왔다. 채원은 살뜰하게 포장한 곗돈 뭉치를 내밀었다.

"네가 고생이 많구나. 곧 나아질 거다."

아내가 내민 돈을 작은 보자기에 싸서 허리춤에 넣곤 총총히 언덕을 내려갔다. 수색동 어디엔가 가신다고 했다. 황망하기 짝이 없는 뒷모습을 물끄러미 쳐다보다가 채원이 낮게 말했다.

"뭔가 하시는 모양인데 곧 사정이 나아지겠지."

선뜻 곗돈을 내밀어 유명희 씨를 안심시킨 아내가 한없이 고마웠다.

정우는 사라지는 유명희 씨의 뒷모습을 보면서 어린 시

절 작은 방에 복작대던 친척들을 떠올렸다. 60년대 중반 무렵이었다. 큰삼촌, 작은삼촌에, 그것도 모자라 이모들이 번갈아 작은 판잣집에 유숙했다. 유명희 씨가 어찌어찌 마련한 작은 판잣집은 시가, 처가 할 것 없이 서울로 이주하는 친인척들의 여인숙이었다. 우리 집 칫솔이 스무 개쯤 된다고 어머니가 허망하게 웃었다.

황경식 씨는 매달 가져오는 누런 월급봉투 외에 가외 수입을 올릴 수 있는 특별한 재주가 없는 사람이었다. 돈에 초연한 사람을 자처했다. 정우가 어릴 적 어느 날 판잣집에 손님이 찾아 왔다. 안방에서 화기애애한 얘기가 들리고 젊은 어머니 웃는 소리도 새 나왔다. 손님이 가자 아버지가 말했다.

"대어大魚는 중어中魚 식食하고, 중어는 소어小魚 식한다."

뭔가 먹는다는 뜻인데 초등학교 학생이 알아들을 수 없는 유식한 말이었다. 어머니가 마냥 즐거운 것으로 봐서 좋은 일일 거라고 정우는 단정했다.

그런데 정우가 결혼하기 한 해 전 어느 날 오후에 목격한 그 풍경이 마음에 걸렸다. 그날 정우는 심사받을 대학원 논문을 수정하느라 집에 있었다. 전화벨이 울렸고 거실에 있던 정우가 무심코 전화기를 들었다.

"예, 누구신가요?"

저쪽에서 아무 말이 없었다. 약간 소란한 잡음이 들린 것으로 봐서 공중전화에서 건 듯했다.

"예, 말씀하세요."

젊은 여자 목소리가 들렸다.

"저……. 유명희 씨 댁에 계신가요?"

"예, 잠시 기다리세요. 바꿔 드리죠."

정우는 어머니를 불러 전화기를 넘겨줬다. 전화기를 든 어머니의 목소리는 약간 흔들렸다.

"네, 네, 전화하시면 안 된다고 했는데요……."

유명희 씨의 목소리엔 간청하는 어투가 배어났다. 저쪽에서 뭐라고 하는 말소리가 얼핏 들렸지만 정우는 방문을 닫고 논문 마무리로 돌아갔다.

"정우야, 내 나갔다 오마."

전화를 끊고 외출복을 갈아입은 유명희 씨 얼굴은 하얗게 질려 있었다. 아마 고혈압 약을 먹었기 때문이라고 정우는 지레짐작했다. 유명희 씨는 혈압 약을 소화제처럼 복용했다. 머리가 쪼개질 듯 아프다고 쩔쩔매는 모습에 정우가 약국으로 달려간 적이 한두 번이 아니었다.

"엄마, 약 먹어. 약 먹고 가."

정우가 아르바이트 월급을 통째로 바치기 시작한 것도 순전히 어머니 두통 때문이었다. 이 돈이 진통제라면 얼마든지 가져다줄 용의가 있었다. 그런 전화는 이후에도 가끔 왔다. 목소리가 젊은 여인이기도 했고, 중년 남자기도 했다. 월급봉투 외에 다른 방도가 없는 황경식 씨는 유명희 씨의 두통에도 달리 방도가 없었다. 약간 죄를 지은 듯한 표정 외에는.

정우는 법원통지서를 물끄러미 바라봤다. 황경식 씨는 그날도 외박 중이었다. 무슨 수가 있을까. 정우는 궁리에 궁리를 거듭했다. 그러자 좋은 생각이 떠올랐다. 남부지법에 혹시 대학 친구가 있을지 모른다는 생각에 미치자 작은 숨통이라도 튄 심정이 되었다. 정우의 생각은 적중했다. 법대 간 친구가 일찍이 고시를 패스해서 남부지법에 똬리를 틀고 있었다.

정우는 다음 날 전화를 걸어 사정을 설명하고 그 친구의 도움을 요청했다. 궁색했지만 할 수 없는 일이었다. 사정을 들은 그 친구는 흔쾌히 응답했다.

"알았어, 내가 담당 판사에게 사정을 전할 테니……. 마음고생이 심하구나, 아무튼 잘 지내."

출두 날짜에 정우와 황경식 씨가 불려 나갔다. 재판정엔 채권자로 보이는 젊은 여인이 다소곳이 앉아 있었다. 중환자실 복도에서 정우에게 각서를 내밀던 사람 중의 하나였다. 정우는 판사의 질문에 채무의 근거를 모른다고 단호하게 말했다. 판사 친구가 미리 알려 준 지침이었다. 판사가 참고인 황경식 씨에게 물었다. 황경식 씨도 정우가 말해 준 대로 채무의 근거를 모른다고 잡아뗐다. 정우는 그녀를 흘낏 쳐다봤다. 그녀가 황경식 씨를 보고 있었지만 황경식 씨는 그녀의 눈길을 피했다. 매서운 눈빛이었다. 아버지의 목소리는 왠지 떨리고 있었다. 손도 가늘게 떨렸다. 소송은 무효 판정이 났다. 도망치듯 재판정을 나가는 황경식 씨의 뒷모습이 정우의 뇌리에 내내 남았다.

버스가 문경터미널에 도착했다. 정우는 잠에서 깨어나 짐을 챙겼다. 짐이라 해봐야 큰 딸이 사준 백팩이 전부였다. 외투를 챙겨 입은 젊은 여자는 총총걸음으로 터미널을 빠져나갔다. 북적대는 터미널을 나오자 거리 풍경은 겨울 오후답게 한가로웠다. 만둣집이 김을 모락모락 뿜어냈을 뿐 거리는 정물화처럼 잠잠했다. 희끗한 눈발이 조금 날렸다.

일단 향석 마을로 가야 했다. 향석 마을 앞 내성천을 건너 야트막한 산 고개를 넘으면 작은 촌락이 보이는데 그 인근 산기슭에 어머니 산소가 있다. 정우는 '민촌'으로 불렸던 그 소농 마을에서 태어났다. 농토가 부족해 경주 이씨와 의성 김씨가 집거하는 향석 마을 소유의 토지를 소작하며 생계를 잇던 마을이었다.

향석 마을은 인근 이십 리에 펼쳐진 토지를 소유한 양반 지주 집성촌으로 문경 일대에 으뜸가는 선비 마을이었다. 조선시대 수십 명의 고관을 배출한 마을이라 향석 일대 촌락민은 큰 마을 사람들이 정한 규범과 관례를 그대로 따랐다. 촌민의 생활과 일상 규범에 효孝가 불변의 법칙으로 자리 잡은 까닭이다. 누가 지어 줬는지 모르지만 아버지 황경식 씨의 아호도 효응孝應이었다. 효의 명령에 충실히 응하는 사람. 황경식 씨가 부모를 얼마나 성심껏 섬겼는지는 모를 일인데, 효응의 깊은 뜻을 장남 정우에게 대물림하려 했다는 것은 분명했다.

사람은 모름지기 조상을 잘 섬겨야 돼.

이 말을 입에 달고 살았던 효응 선생은 명절 때만 되면 며칠 전부터 제례 준비에 들뜨곤 했다. 제수 목록과 음식을 조리할 일시까지 정확히 적힌 쪽지가 정우 내외에게 하달되었다. 어머니 첫 제사는 향석 마을 사람이라도 감동할 만큼 성대하게 치러졌다. 정우 내외의 한 달 월급이 통째로 들어갔으나 남은 자식들의 애달픔을 달래 주지 못했다. 황경식 씨는 제사상 앞에 엎드려 꺼이꺼이 울었다. 위패 옆에 놓인 사진틀 속에서 처녀 시절의 젊은 유명희 씨가 살며시 웃고 있었다. 황경식 씨의 울음이 한동안 계속되었으므로 자식들은 울 기회를 놓쳤다.

가족들이 둘러앉아 음복하는 동안에 누구도 유명희 씨의 갑작스러운 죽음을 꺼내지 않았다. 어차피 죽었는데 그 전후 사정을 소상히 알아야 할 이유는 없었다. 한 사람이 사라진 부재의 공간에서 가족들의 대화는 방향을 잃고 겉돌았

다. 황경식 씨의 외박과 정우 내외의 동의가 필요하다는 구
실로 가끔 집으로 데려오는 여인들에 대한 얘기는 기밀 사항
이었다.

향석 마을로 가는 택시에서 기사가 백미러로 힐끗 정우를 보
더니 물었다.

"향석 출신잉교?"

정우는 눈발이 굵어진 창밖 풍경을 쳐다보다가 짐짓 냉
정한 표정으로 말했다. 친절히 호응했다간 오랜만에 수렴된
옛 기억의 추적이 기사의 너스레로 흩어질 우려가 있었다.

"아뇨."

기사는 손님의 기분을 눈치챘다는 듯 입을 닫았다. 택시
가 향석 마을에 도착했다. 눈발은 제법 굵어져 마른 나뭇가
지에 살짝 쌓였다. 향석 마을을 메운 고풍스러운 기와집들이
정우를 맞았다. 내성천이 군데군데 얼어 강설의 소멸을 막아
내고 있었다.

할아버지 제삿날 황경식 씨를 따라 내려왔다가 가끔 멱
을 감던 냇물은 그 소년이 소임을 다하고 퇴직한 지금에도
그렇게 흘렀다. 그 소년이 부모를 여의고 고아가 됐다는 사
실 외에 달라진 것은 없었다. 한 줌 남은 유년의 기억 속에
서 인생을 지탱해 줄 소중한 유품을 건져 낸들 그게 무슨 의
미랴. 정우와 아내가 애지중지하는 두 딸에게도 정작 부모

는 그렇게 허망하게 흘러가 버릴 것이라는 사실에도 변함이 없다.

정우는 일단 인터넷으로 미리 예약해 둔 민박집에서 여장을 풀었다. 민박 주인이 미리 군불을 지펴 놔서 한옥 방은 따스하고 아늑했다. 머리가 반백이 된 중년 남자가 홀로 숙박하는 내력을 민박집 주인이 조금 의아하게 여겼지만 곧 평상으로 돌아갔다.

왜 죽었을까? 그때 유명희 씨가 졸도하던 현장에 같이 있던 사람들은 왜 자취를 감췄을까? 그런데 길에서 쓰러졌을까?

마음속 깊은 곳에 단단히 묶어 놨던 그 질문이 삼십 년 만에 뚜껑을 열어젖히고 피어올라 마음을 휘젓는 것을 정우는 어찌할 수 없었다. 몸이 조금 녹자 정우는 방을 나와 내성천 강둑으로 발길을 옮겼다. 황경식 씨의 죽음을 어머니 영전에 보고하려는 이 느닷없는 귀향의 목적은 고혈압으로 공식화된 유명희 씨 죽음의 원인에 대한 오랜 의문에 밀려났다. '왜 죽었을까, 그렇게 졸지에?' 유명희 씨의 갑작스러운 죽음과 그 전후 사정을 소상히 캐기에 당시 정우는 너무 어렸고 황망했고 해결할 일들이 너무 많았다. 남은 빚에 시달린 것은 물론이거니와, 황경식 씨가 첫 애인 박 선생과 신접살림을 차린 것도 그때였다. 대학원에 진학한 막냇동생은 둥지 잃은 새끼 새처럼 어쩔 줄 몰라 했다. 정우의 큰딸이 태어났다. 아내는 몰려오는 집안일과 육아 문제로 교사직을 그만뒀다. 시아버지 황경식 씨 수발과 재혼 행사, 명절마다 북새통을 이룬 제사와 육아를 도맡아 하느라고 병원 신세를 몇 번 진 후 내린 결정이었다.

정우는 강둑 나무 의자에 앉아 가져간 소주를 마셨다. 늦은 오후였다. 눈발은 조금 그쳤는데 강 하류 쪽 먼 산을 타넘는 검은 구름이 더 많은 강설을 예고하고 있었다. 오늘은 일단 유숙하고 내일 아침 고향 마을로 가는 게 나을 것도 같았다. 저 멀리 유명희 씨가 묻힌 산의 작은 봉우리가 삐죽이 삐져나와 정우를 보고 있었다. 정우는 소주를 큰 잔에 따라 한입에 털어 넣었다. 식도를 훑고 몸속을 흘러가는 알코올의 취기가 상큼했다. 취기는 생각의 곁가지를 부러뜨리고 큰 줄기 하나에 집중하도록 만드는 효력을 발휘했다. 어머니의 갑작스러운 죽음, 그것이었다. 정우는 중얼거렸다.

왜, 무엇 때문에, 그리 홀연히 죽었을까?

정우는 입을 모아 '어머니'라고 발음해 보았다. 강바람에 흩날린 그 소리가 마치 큰 딸애가 걸음마 할 때 아내를 행복하게 만들던 그 어눌한 발성처럼 들리자 정우는 씩 웃었다. 유학을 결심한 것도 그때였다. 군역을 마치고 처음 입사한 국립 연구소에서 연구원을 대상으로 유학을 지원하는 정책이 발표됐다. 정우 내외를 옭아맨 그 숨 막힌 상황을 벗어날 유일한 출구였다. 정우 내외는 비밀작전을 펼치듯 유학을 준비했고, 합격과 동시에 도망치듯 비행기를 탔다. 빠듯했지만 자유로운 세월이었다. 오 년 후 귀국길에 제일 먼저 들른 곳도 어머니 무덤이었다. 정우는 학위논문을 무덤 앞에 놓고 꺼이꺼이 울었다. 그러곤 서울 인근 지방 도시에 터를 잡았다.

오 년 만에 상봉한 가족들에겐 어머니 죽음에서 비롯된 후유증이 가라앉은 듯 보였다. 여유를 회복한 아버지 황경식 씨는 학위 선물로 승용차를 예매했다. 차를 인수하러 간 날 황경식 씨는 통장을 은밀하게 내밀었다. 선수금을 제외한 큰 잔액이 거기에 들어 있었다. 그때 처음 대면했던 황경식 씨의 사랑, 소나무 사랑론을 펼치던 한 선생은 그걸 보지 못했다.

날이 저물고 있었다. 까마귀 떼가 저공비행을 하더니 건너편 잣나무 숲으로 몰려갔다. 정우는 어머니의 죽음에 어떤 단서도 건져 내지 못했음을 깨달았다. 긴 세월 속에 기억의 장면들은 추상화처럼 흐릿해졌다. 어떤 연결 고리도 생성되지 않았다. 소주병은 비었다. 속이 조금 쓰려 왔다. 민박집으로 돌아가야 할 시간이었다.

그때 알코올의 효험이 얼핏 발동했다. 잡동사니가 얼크러진 온갖 기억 더미 속에서 연숙 누이의 그 말이 왜 튀어나왔는지는 모를 일이다. 연숙이 시집살이를 청산하고 정우네 이웃집으로 도피했을 때였다. 갓난아기가 딸려 유명희 씨의 품을 빌리려던 목적임이 분명했는데, 외려 연숙은 유명희 씨의 잦은 외출 때문에 부모 살림살이를 봐주는 형편이 되었다.

나도 몇 번 봤어. 전화 받고 쩔쩔매며 나가는 엄마를. 젊은 여자였는데.

정우가 목격했던 그 얼굴색 그대로였다. 고혈압 때문이 아니었나? 두통 때문은 아니었나? 정우가 다달이 내준 아르바이트 월급도, 아내가 조달한 곗돈도, 인상된 황경식 씨의 봉급도 유명희 씨의 두통을 다스리진 못했던 거였다. 시가와 처가 뒤치다꺼리 후유증치곤 유명희 씨의 고달픔이 너무 오래갔다는 생각이 처음 들었다. 집을 처분하고도 모자란 거액의 빚은 어디서 발원한 것일까? 황경식 씨는 손이 떨린다는 말 외에 자물쇠처럼 입을 닫았다.

정우의 머릿속에 빛바랜 사진들이 스쳤다. 그날, 아내 채원이 내민 곗돈을 받아 들고 수색동으로 가신다고 하지 않았나? 당시 수색동은 집 장사들이 날림공사로 지은 집들로 가득 찬 곳이었다. 중환자실에 들이닥쳐 서약서를 내밀던 낯선 사람들은 집 장사나 건재상 관련 사람들이었음이 새삼 떠올랐다. 그럼 전화한 사람은? 전주錢主 혹은 일수쟁이? 돈을 갚지 못해 협박을 받았을까? 삼십 년 전에 들었던 그 아득해진 전화 목소리들이 취기와 뒤섞였다.

거기까지 생각이 미치자 정우는 환갑을 바라보는 세월까지 묻어 뒀던 어머니의 고통과 그것을 모른 척하고 살아온 자신의 무책임에 가슴이 메어 왔다. 곤궁의 업보를 홀로 짊어지고 가족을 건사했던 어머니의 인내, 억척스러운 고난의 역사를 가족들은 물론 장남인 나까지 남의 일처럼 여기고 살아왔다는 죄책감이 몰려왔다. 그것은 한 여인의 숭고한 개인사였다. 어머니 죽음의 애달픔, 정우가 이를 악물게 만들었던 힘의 원천에는 애달픈 숭고함이 있었다. 아버지 황경식 씨가 여러 여인을 섭렵하고 효응을 강요해도 여전히 버틸 힘은 거기에서 발원하고 있음을 정우는 알고 있었다. 그의 청년 시절이 갑작스러운 사태로 엉망이 되었어도 그 시절을 부화한 어머니의 둥지는 정우가 힘을 회복하는 유일한 안식처였다. 그런데 거기에 거칠고 낯선 사람들이 어른거리고, 그들의 단호한 전화 목소리와 당황한 표정, 집을 나서던 어머니의 황망한 뒷모습이 겹치자 절망적이고 위험천만한 상황에 어머니를 방치해 둔 가족들의 무책임이 한스러워졌다. 그 때늦은 뉘우침은 정우의 남은 인생을 내내 괴롭힐지 모른다는 예감이 짙은 안개처럼 피어올랐다.

　　거기까지는 견딜 만했다. 그러나 고삐가 풀린 상상력이 끝내 도달한 장면은 섬찟했다. 재판정에 다소곳이 앉아 있던 여인, 그녀의 눈길을 피하던 황경식 씨, 떨리는 목소리로 짧게 답하고 황망히 몸을 돌려 법정을 나가던 아버지의 뒷모습. 거기에는 무언가 사연이 있을 듯했다. 정우도 들었고 연숙 누이도 들었던 그 목소리의 주인공은 황경식 씨의 황망한 목소리와 즉시 연결되었다. 취기 탓만은 아니었다. 만사에 자존감을 내보이는 유명희 씨가 그토록 쩔쩔매야 했던 데에는 그만한 까닭이 있을 것이었다. '상상일 뿐이야!' 정우는 속으로 여러 번 다짐했지만 여전히 그 상상이 풍기는 섬뜩한 느낌에 몸을 떨었다. 장남인 정우에게까지 발설하지 못한 고통이었다면 홀로 짐 지고 가셨다는 말이었다. 그것이 무엇인지 아직도 몰랐다면 정우는 유명희 씨 무덤 앞에 머리를 조아릴 자격이 없다는 생각이 들었다. 때늦은 자각에 정우는 다시 한번 몸을 떨어야 했다. 황경식 씨의 죽음을 고하는 것보다 그것이 무엇인지 단서라도 잡아야 하는 게 우선이었다.

방에 돌아온 정우는 소주 한 병을 더 마셨다. 취기가 온몸에 퍼졌다. 창호지로 바른 장지문 밖에 눈발이 흩날리는 모습이 어른거렸다. 향석 마을에 내리는 밤눈이 얼크러진 기억 더미를 단단히 덮어 주기를 정우는 간절히 바랐다. 산 고개 너머 유명희 씨 무덤이 지척인 한옥 방에서 정우는 쓰러져 잠이 들었다. 아침에 일어나 방문을 열자 눈 쌓인 산천이 냉기와 함께 밀려들었다. 어머니 무덤이 있는 강 건너 얕은 산도 보였다. 내가 알지 못하는 어떤 얘기가 있는 것인가. 가슴이 아리도록 측은한 어머니를 더욱 궁핍하게 몰아간 어떤 불가피한 사정을 알지 못한 채 평생 정신의 안식처로 삼아

왔던 장남의 무게를 어머니는 견뎌 내셨을까. 정우는 자신에게 쏟아지는 죄책감이 두려워졌다. 일방적으로 의지만 해왔던 자식의 이기심에 오한이 몰려왔다. 정우는 옷을 주섬주섬 챙겨 입고 눈 쌓인 향석 마을을 걸어 나와 도망치듯 서울로 돌아왔다.

매화꽃

개울 건너 밭에 매화꽃이 흐드러지게 피었다. 봄마다 어김없
이 피는 매화꽃을 반긴 지 벌써 예닐곱 해가 지났다. 수만 송
이 꽃이 한꺼번에 개화하는 날이면 시골집은 꽃대궐이다. 밤
은 하얘진다. 거기에 달빛이라도 내려앉으면 밤의 하얀 휘장
이 펼쳐진다. 정신이 몽롱해지고 현실의 닻은 끊어진다. 몽
환의 세계다. 수만 개의 꽃 초롱을 피워 낸 매실나무는 계절
의 향취를 흠뻑 날리곤 늦은 봄바람에 미련 없이 꽃잎을 떨
군다. 열매를 준비하는 것이다. 아침저녁으로 흐드러진 매화
꽃밭을 보는 것은 의외의 즐거움이었다.

그 중간에 어떻게 섞여 왔는지 홍매실과 청매실이 십여
미터 간격으로 꽃을 피웠다. 황경식 씨도 그 돌연변이가 어
디서 어떻게 왔는지 궁금해했다. 먼저 핀 홍매실이 막 꽃을
피워 내는 청매실을 향해 얼굴을 붉힌다. 두 매실나무는 천

생연분 같기도 하고, 가지조차 섞지 못하는 거리가 안타까워 서로를 부르다 져버리는 슬픈 운명 같기도 했다. 어느 날 여름 태풍에 홍매실이 둥치가 꺾여 주저앉았다. 뒤늦게 개화한 청매실은 곡절을 몰라 빛을 잃은 듯했는데 이듬해 곧 기력을 회복했다. 돌아가신 어머니 생각이 났다.

"애비야, 꽃 피었나?"

강촌 농가에서 주말을 보낼 겸 연구에 몰두하던 정우에게 황경식 씨는 궁금해 미치겠다는 듯 전화를 해댔다.

연구소 재직 이십 년 차에 수석 연구원으로 진급한 어느해 아예 눌러앉겠다고 마련한 작은 농가였다. 황경식 씨는 시도 때도 없이 강촌 농가를 들락거렸다. 아들 집은 곧 아버지 집이었다. 어느 날, 개울 건너 밭을 유심히 관찰하는 황경식 씨 모습이 목격됐다. 마치 먹이를 발견한 야생동물 같은 눈초리였다. 한 선생과 사랑을 나누며 살리라는 결의에 찬 계획, 그 노후 계획이 바뀌는 순간임을 정우는 눈치채지 못했다. 황경식 씨는 동네 이장을 구워삶았고 결국 그 오백 평 밭을 손에 넣었다. 물론 정우가 은행에서 대출한 자금이 보조금으로 투입됐다. 그날 이후 황경식 씨의 삶은 완전히 바뀌었다. 아예 농가에 눌러앉았다. 조부에게서 물려받은 농군 유전자가 되살아났다. 한 선생이 밖으로 나도는 그 따분한 생활을 벗어날 수 있는 방안이기도 했다. 강촌 농가 주인이 바뀌었다. 밭은 갈아엎어져 과수원 차림으로 변했다.

"매실을 심을란다."

황경식 씨가 단정적으로 말했다. 한 그루에 이십만 원어치 열매를 따면 오십 그루에 천만 원. 계산은 확고했다. 거기에 병충해나 한발로 감내해야 하는 기회비용을 계산에 넣지 않는 것이 아마추어 농부의 셈법임을 정우나 황경식 씨나 모르긴 마찬가지였다. 황경식 씨가 널리 수소문해 구해 온한파에 강하다는 매실나무 묘목이 꽂혔다. 이 미터 키에 제법 줄기가 굵은 오 년생 묘목이었다. 저놈이 제대로 자라 줄지 정우는 확신이 서지 않았다. 황경식 씨는 묘목 사랑에 매달렸다. 효응 선생의 소나무 사랑인 한 선생은 잊은 듯했다. 묘목 사랑에 몰두하던 어느 날 황경식 씨가 작심한 듯 충고했다.

"애비야, 조석을 내 혼자 해결하면 동네 사람들이 욕한다."

시내 아파트에 기거하는 효응 선생의 맏며느리를 파견하라는 뜻이었다. 조석을 노인이 홀로 해결하는 것은 정우에게 욕이 된다는 근사한 뜻이 담겼다. 마을 사람들이 동네 끝에 위치한 농가에 무슨 일이 벌어지고 있는지 관심을 둘 겨를이 없는 게 분명하지만 황경식 씨는 오랜 생활신조를 내세웠다. 체모. 장남이 이제 아버지의 근엄한 표정에 맞설 연령대에 도달했음을 황경식 씨는 인정하지 않았다. 오십 대 중반에 접어든 아내 채원도 그 말을 듣고 미소를 지었을 뿐 체모에 걸맞은 행동을 하지 않았다. 정우가 받았다.

"저기, 동네 어귀에 밥집이 있어요. 저도 가끔 거기서 시켜 먹어요."

황경식 씨는 급기야 밑반찬을 싸 오기 시작했는데, 그 덕에 정우는 전기밥솥을 꾹 누르기만 하면 족했다.

"애비야, 매실이 얼마나 열렸노?"

매실나무가 꽃을 피워 내기 시작한 해부터 정우는 밭 구입에 동의하고 보조금까지 댄 자신이 치명적 실수를 범했음을 깨달았다. 그 화창한 봄날 대부분의 주말을 아예 황경식 씨와 함께 지내야 한다는 사실은 고역이었다. 매실나무가 한스러웠다. 나무는 정우의 뉘우침과 상관없이 무럭무럭 자랐다.

어느 해, 아무 탈 없이 꽃과 열매를 내준 매실나무를 한파가 습격했다. 그 이듬해 봄엔 꽃도 열매도 시들시들했다. 마을 농부들은 냉해를 입었다고 진단했다. 냉해는 냉혹했다. 여름 장마와 태풍에 쓰러진 매실나무 둥치가 시커멓게 변해 있었다. 정우는 절반쯤 잘려 나간 매실밭을 보고 쾌재를 불렀다. 화창한 봄날이 온전히 자신에게 돌아온 것이다. 냉해를 입은 매실나무는 몇 해째 열매를 맺지 못했다.

"애비야, 꽃이 얼마나 피었노?"

실버타운에서 황경식 씨는 더 가냘픈 목소리로 어김없이 전화를 했다. 황경식 씨가 세상을 뜨기 몇 달 전 봄에는 시들시들하던 매실나무들이 사뭇 수만 개의 꽃송이를 피워 냈다. 정우는 그 뜻밖의 사건을 황경식 씨에게 발설하지 못 했다.

"예, 냉해 때문에 꽃이 별로예요."

사진 찍어 보내라고 할까 봐 약간 근심했지만, 황경식 씨는 다행히 디지털 문맹이었다.

수목장에 평석을 쓰는 날이었다. 정우 내외와 연숙 누이가 바람에 휘날리는 매화꽃을 보며 테라스에 둘러앉았다. 사월 의 따사로운 햇볕을 받으며 매화꽃은 절정이었다. 늦은 오 후 일렁이는 골바람 속에서 은빛 물결처럼 일렁였다. 아버지 가 돌아가신 작년엔 주체할 수 없이 매실이 많이 열렸다. 동 네 사람들이 한 자루씩 따갈 정도로 매실 풍년이었다. 올해 는 해거리할 차례인데 그런 기미가 전혀 보이지 않았다. 육 십 후반 줄에 들어선 연숙이 입을 열었다.

"그래도 아버지가 저걸 남기고 가신 모양이야."

그건 사실이었다. 아니, 남긴 게 하나 더 있기는 했다. 안 경과 지갑. 지갑 속엔 경로우대증과 농협 현금카드가 나란히 겹쳐 있었다. 정우가 꼬박꼬박 보내 준 생활비 계좌 카드였 다. 정우가 말했다.

"아버지를 여기 모신 건 잘한 것 같아. 당신 작품을 매년 보실 수 있으니까."

연숙이 거들었다.

"그래 맞아. 문경까지 가려면 큰맘 먹어야 하잖아. 게다가 그 한 성질 하는 엄마가 받아 줄지 누가 아니."

그랬다. 두 여인을 섭렵하고 자신의 생활신조를 마음껏 휘두르다 돌아온 지아비를 지어미가 받아 줄지 의문이 들었다. '옆에 누우소' 그랬을까? 그 영혼의 조우를 만들어 주지 않는 게 차라리 마음이 편했다. 강촌 어느 장례식장에서 아버지 장례식을 치르면서 곰곰 생각했던 게 그것이었다. 어머니 옆 가묘가 아버지가 갈 자리건만 왠지 거부감이 물결처럼 솟구쳤다. 효응 선생은 사후 근사한 제사상을 받는 게 소원인 사람이었다. 실제로 영혼이 그럴 수 있다는 것을 굳건히 믿었는데, 정우의 두 딸을 제쳐 두고 동생이 낳은 아들에게 온 정성을 쏟은 것이 그 믿음을 입증했다. 제사상 차려 줄 손자. 손녀와 손자 사이에 메울 수 없는 차별의 간극이 황경식 씨 인생관을 단단히 지배했다. 체모는 사후 밥상에도 그림자 글 드니누나.

수목장을 생각해 낸 것은 기발한 절충안이었다. 화장한 뼈골을 땅에 묻되 무덤을 만들지 않고 다만 표석만 세운다! 효응 선생의 평소 소원과 정우의 거부감을 절반씩 충족하는 공평한 타협안에 가족들의 이견은 없었다. 장례식장에서 이틀 밤을 지낸 한 선생도 별말이 없었다. 그저 불편하기 짝이 없는 이별의 의례에서 빨리 벗어나기만을 기다리는 사람처럼 보였다.

　강촌 마을 이장은 순순히 정우의 제안을 수용했고 기꺼이 뒷산 자리를 내줬다. 뒷산은 동네 주민들이 공동 소유한 임지였다. 정우의 농가에서 약 삼백 미터 떨어진, 늠름한 참나무 숲이 형성된 양지바른 산기슭이었다. 장례식에서 염장이가 마지막 인사를 하라는 통에 만져 본 황경식 씨의 얼굴은 돌처럼 딱딱했다. 삼십 년 전, 수의 밖으로 삐져나온 유명희 씨의 손도 그랬다. 죽음과 삶은 딱딱함과 부드러움, 차가움과 따뜻함의 차이 외엔 아무것도 아니었다. 아무에게도 알리지 않은 효웅 선생의 장례식은 조촐했고, 마을 사람들의 도움으로 뼛골을 담은 상자가 참나무 밑에 안치됐다. 이틀 뒤 삼우제에는 정우 혼자 술을 따랐다. 가족들이 강촌까지 다시 와야 할 이유도 없었다.

　며칠 뒤, 강촌 농가에서 정우는 택배 상자를 받았다. 고인의 유품이었다. 발송지는 실버타운으로 되어 있었는데, 그 상자에는 옷 두 벌, 홑이불 하나, 안경과 수첩이 전부였다. 정우는 옷가지와 이불을 태웠다. 안경과 수첩은 서재 책장 위에 가지런히 놓았다. 안경과 수첩으로 남은 사람이라니.

　전부터 느낌이 좀 이상하다는 동생이 전화를 해왔다. 실버타운에 확인해 보니 한 선생이 벌써 이틀 전에 퇴실 절차를 밟고 어디론가 이주했다는 것이다. 장례식장에 있을 때부터, 아니면 그 전부터 포장 이삿짐센터를 예약해 놓은 것이 분명했다. 소나무 사랑은 그렇게 끝났고, 한 선생의 사랑 황경식 씨는 참나무 밑에 누웠다.

그 자리에 평석이라도 깔겠다고 약속한 날이 오늘이었다. 석재상에서 대리석 평석을 구입했고 석수에게 글귀를 건네줬다. 지난겨울 향석 마을에서 돌아온 후 궁리를 거듭한 끝에 지은 묘비명이었다.

효응 황경식(1929-2015) 선생. 문경에서 태어나 체모를 받들다가 여기 강촌 산기슭에 묻히다.

연숙 누이가 깔깔 웃었다. 채원도 지난 기억이 엄습했는지 쓴웃음을 지었다. 성년이 지난 작은 딸이 물었다.

"아빠, 체모가 뭐야?"

"사전 뒀다 뭐 하니? 아빠도 정확한 뜻을 잘 몰라."

연숙이 박장대소를 했다. 아내도 따라 웃었다. 연숙이 자세를 고치며 말했다.

"사실, 엄마가 체모를 지켜 줬는지 몰라."

정우가 정색을 하며 무슨 말인지 물었다. 긴장감이 서렸다. 연숙이 맥주 한 모금을 들이키더니 말했다.

"엄마 있잖니…… 그동안 가슴에 묻어 뒀는데, 그 얘기를 하긴 해야 할까 봐."

정우가 다그쳐 물었다. 향석 마을에서 정우를 괴롭히던

그 질문과 연관이 있음이 분명했다.

"말해 봐, 이제 다 가셨는데 뭐가 걸릴 게 있다고."

맥주를 한 모금 더 마신 연숙이 천천히 입을 열었다.

"엄마가 입원했던 그 Y 대학병원 응급실 간호사 말이 아직 걸려서 말이야. 쓰러진 엄마를 태운 택시 기사가 택시비를 달라고 했다잖니. 그래서 간호사가 물었대. 환자를 어디서 태웠냐고, 누가 택시를 잡았냐고. 택시 기사 말이, 수색동 어디라나. 글쎄, 군포에서 수색동까지 그 먼 길을 왜 갔을까 몰라."

군포라면 정우 내외가 분가하고 난 후 황경식 씨와 유명희 씨가 작은 아파트를 세주고 전세를 얻어 간 동네였다.

정우가 짐짓 되받았다.

"그러게 말이야. 그런데 수색동에서 계 모임을 했나? 병원엔 아무도 안 나타났는데……."

연숙이 천천히 입을 뗐다.

"어떤 여자였다나, 기사 말이. 전주였을까 아님 일수쟁이?"

"아니면?"

정우가 급히 받았다.

연숙이 말을 잇지 못했다. 그 미궁 속에 뭔가 불길한 것이 있다는 암시였다.

정우가 물었다.

"집 지어서 팔려고 하지 않았을까? 집 장사 말이야. 누이는 눈치를 못 챘어?"

연숙은 잠시 생각에 잠겼다. 표정이 굳었다. 침묵이 흘렀다. 그러더니 뜬금없이 말했다.

"얘, 아버지가 교장으로 막 승진했잖아, 그때 5공 때 얼마나 무서웠니, 공무원 비리 척결한답시고……."

"비리? 비리라…… 어떤 건데?"

정우는 혼잣말로 중얼거렸다. 아내는 말이 없었다. 정우는 소주를 큰 잔에 따라 단숨에 마셨다. 미궁의 항아리에서 불길한 벌레들이 스멀스멀 기어 나오려 하는가. 그렇다면 그 어둠 속에 영원히 갇히도록 마개를 닫아야 했다. 항아리가 깨져서는 안 되었다. 부질없는 억측일 뿐이다. 그 벌레들이 정우 자신의 둥지를 갉아 먹는 이 느닷없는 비기祕記를 틀어막아야 했다. 그건 체모가 아니다. 오랜만에 흥이 돋은 연숙의 발언은 계속됐다.

"여자였다면 누굴까? 계 모임이라고도 했는데 그 계원들은 병원에도 안 나타났잖아? 하기야 짚이는 게 있기는 하지……."

정우는 자리에서 벌떡 일어섰다. 채원과 연숙이 놀란 표정으로 쳐다봤다. 수십 년 정우를 감싸 온 둥지가 파열할지 모르는 위기를 느꼈을까, 정우는 거의 외치다시피 말했다.

"길 가는 어떤 사람이 태웠겠지. 급해서 말이야. 식당 주인일지도 몰라. 계 모임하고 식당에서 나서다가 갑자기 쓰러졌겠지. 혈압이 급히 올라서. 왜, 할아버지도 화장실에서 용변을 보다가 쓰러지셨다잖아, 회갑연을 앞두고."

정우의 목소리에 눌려 연숙은 입을 닫았다. 채원이 달래듯 말했다.

"그래, 그러셨을 거야. 그날 나도 전화를 받았잖아, 젊은 여자 목소리였어."

정우가 소리를 더 높였다. 악을 쓰는 듯했다.

"계 모임에서 누군가 엄마 화를 돋웠을 거야. 그래서 길을 나서다가 쓰러진 거 아냐? 어느 친절한 여자가 택시를 잡아 태웠을지 몰라……. 아니 식당 주인이 급히 택시를 불렀을 거야!"

연숙이 목소리를 낮춰 말했다.

"그래, 그랬는지 모르지."

조금 정신을 수습한 정우는 자리에 앉아 소주를 거푸 마셨다. 연숙이 맥주를 한 모금 더 마시고는 비장한 표정을 지었다.

"이 말을 해야 할까 봐, 내용증명……."

이번에는 정우와 채원이 의아한 표정으로 연숙을 바라봤다.

"어느 날 엄마가 외출한 틈에 집 청소를 했어. 그러다가 우연히 엄마 화장대 서랍에 붉은색 도장이 찍힌 누런 봉투를 보게 됐지. 정말 우연이었어. 보지 말 걸 그랬나 봐. 내용증명이었거든."

정우와 채원의 표정이 자못 심각해졌다. 정우의 뇌리에서 무언가 스파크를 일으켰다. 향석 마을에서 연결하려 애썼던 그것이었다.

"보낸 사람이 김○순 씨로 기억하는데, 아버지 황경식 씨를 사기죄로 고소한다는 내용이었어. 조건을 달았는데, 고소하지 않는 대신 위로금 천만 원을 사 년에 걸쳐 지불한다는 합의를 유명희 씨와 체결했다는 내용이었지. 뒤에 엄마가 썼던 지불 각서가 붙어 있었고. 당시 아버지 월급이 삼십 만 원 채 안 됐잖아……."

정우와 채원은 넋이 나간 채 연숙의 말을 듣고 있었다. 연숙이 계속 말을 이었다.

"그 일이 있을 때 아버지가 교감이었지, 아마. 아버지가 그 초등학교에 학년별로 참고도서를 결정하는 책임을 맡았는데, 뭔가 일이 꼬였나 봐. 선정된 출판사가 세 곳이었는데, 김○순 씨가 그중 한 출판사 간부였대. 엄마 말이 노처녀였다나……."

연숙이 맥주를 벌컥 들이켰다. 정우도 다시 한 잔을 마셨다. 취기를 빌리지 않고는 들을 수 없는 비밀 얘기였다.

"네가 대학에 막 들어갔을 때니까, 엄마가 절대 말하지 말라 했지. 엄마가 그 여자를 만나서 해결하려 했던 거야. 그렇지 않으면 고소당해서 아버지는 직장을 잃었을 거야."

정우는 끊긴 전선이 이제야 연결된 듯한 느낌이 들었다.
합의금을 제때에 못 갚아 채근을 당했던 거다. 채근에 못 이
겨 작은 일을 벌였던 거다. 거기서 다시 사달이 났고, 악순환
이 계속됐던 거다. 그걸 혼자 짐 졌던 거다. 생각이 거기까지
미치자 꺼진 전구에서 반짝 불빛이 들어왔다. 마치 유명희
씨가 임종 직전 정우 손에 짧은 신호를 보냈던 것처럼. 가족
들 몰래 그 고통을 홀로 감당했다니. 애처로움과 한스러움이
한꺼번에 밀려들었다. '매화꽃이 피었나?' 하는 황경식 씨의
목소리도 울렸다.

정우가 다시 벌떡 일어난 건 그때였다. 채원과 연숙이
놀란 듯 마주 보았다. 테라스를 내려 디딘 정우의 다리가 휘
청거렸다. 애써 몸을 곧추세우며 그는 매실 밭을 응시했다.
손을 벌벌 떠는 아버지가 거기 있는 듯했다. 저 아버지를 어
찌해야 할까. 개울을 건너 허둥지둥 매실 밭을 향하는 정우
의 발걸음이 비틀거렸다. 채원과 연숙이 걱정스러운 표정으
로 바라봤다. 그들의 흐린 시야에 황경식 씨, 민머리 어머니,
한 선생의 형상이 한 데 뒤엉켰다. 일렁이는 바람결에 매화
꽃잎이 흰 눈처럼 날리는 풍경 속으로 정우는 휘청거리며 걸
어 들어갔다. 나무 우듬지가 흔들리자 시나브로 떨어지는 꽃
잎 휘장에 매실나무 둥치가 거뭇거뭇했다. 민머리 어머니가
마치 헤엄을 치는 듯했다. 그 형상은 곧 청매실 나무로 옮겨

붙었다. 구부정한 등을 돌려 화단으로 걸어 나가는 아버지가 어른거렸다. 그때 청매실 꽃이 후드득 날려 홍매실이 스러진 빈자리를 덮었다. 마치 아버지가 어머니를 안는 것 같았다. 낙하하는 꽃잎 속으로 정우는 쓰러질 듯한 몸을 겨우 지탱하고 있었다.

영원한 미성년

성민엽

소설가 '송호근'의
연작소설

송호근이라는 이름은 사회학자이자 칼럼니스트로서 널리 알려져 있다. 그의 칼럼은 좋아하는 사람도 많고 싫어하는 사람도 많아 늘 화제였다. 그에 대한 호불호는 주로 칼럼을 읽는 이의 정치적 입장에 따라 나뉘는 듯하다. 그러나 이 글에서 필자가 살펴보려는 것은 사회학자나 칼럼니스트 송호근에 대해서가 아니다. 아직 많이 알려져 있지는 않지만 송호근은 소설가이기도 하다. 2017년에 첫 작품인 장편소설 『강화도』를 출간한 데 이어 그다음 해에 또 다른 장편소설 『다시, 빛 속으로』를 출간했다. 2022년 상반기에는 여섯 편의 단편소설을 육 개월에 걸쳐 잇달아 발표했다. 그의 소설이 그의 학문이나 칼럼과 당연히 무관하지 않겠지만 그러나 그와 관련된 내용은 먼저 소설을 소설로 읽고 난 뒤에 따져도 될 문제다.

송호근의 『꽃이 문득 말을 걸었다』는 여섯 편의 단편으로 구성된 옴니버스 형식의 연작소설이다. 여섯 편의 주인공은 다 다르지만 각 단편의 제목은 꽃 이름을 공통적으로 취하고 있다. 작품 배열 순서대로 보면 목련꽃, 산벚꽃, 감자꽃, 동자꽃, 능소화, 매화꽃 들이다. 소설의 주된 배경이 되고 있는 강원도 춘천 지역을 기준으로 보면 목련꽃과 산벚꽃이 4월 중순에(작중에서 목련꽃과 산벚꽃이 피는 장소는 서울과 그 인근이니 개화 시기가 춘천 지역보다 다소 빠를 것이다), 감자꽃이 5월 말부터 6월 중순 사이에, 동자꽃과 능소화가 8월에 핀다고 하니 작품의 배열 순서는 개화 시기의 선후와 대체로 일치하고, 이 일치는 작가가 의도한 것이라 여겨진다. 다만 마지막 작품의 매화꽃만은 그 순서에서 벗어나 있다. 여기서 매화꽃은 화매花梅와 과매果梅 중 과매이고 이것을 보통 매실꽃이라고 부르는데, 춘천 지역에서 매실꽃이 피는 시기는 5월 중하순이다. 능소화의 8월에서 다시 5월로 역행한 것인가? 배열 순서의 시간적 흐름을 따르자면 이 매화꽃은 다음 해 봄에 핀 것으로 여겨질 수도 있다.

　　각 편의 주인공은 각 편의 꽃과 밀접한 관계를 맺는다. 이 꽃들은 필경 주인공들의 심리나 정서를 암시한다. 그렇지만 주인공과 꽃 사이의 관계를 보려면 그 전에 등장하는 인물의 면면을 살펴야겠다. 인물들에게 부여된 외관상의 표지들을 요약하면 다음과 같다.

「목련꽃 그늘」의 김채민. 정치학 전공의 현직 교수고, 아내 유선과 대학생인 딸 민지가 있다. 삼십년 만에 대학 시절의 선배 장윤서와 우연히 재회한다.

「산벚꽃 바람」의 오석희. 국문학 전공의 강사고, 여자 친구 이연주의 결별 통보 이메일을 받은 다음 날 낚시 길에 나선다.

「하얀 감자꽃」의 강준성. 현직 교수고, 아내 윤희와 두 딸(작은 딸이 유치원에 다닌다)이 있다. 산골에 마련한 텃밭에 감자 농사를 짓는 중이다.

「동자꽃 붉은 꽃잎」의 김정훈. 고등학교 국어 교사직을 퇴직했고, 아내 장연희와 삼년 전에 결혼한 딸 민서가 있다. 서울에 집이 있지만 따로 마련한 시골집에 혼자 내려와 수필을 쓰고 잡지에 발표하는 중이다.

「능소화 넝쿨」의 정명준. L 제과에서 평생을 보내고 퇴직한 뒤 지방 도시로 이주했다. 아내 희진과 국제결혼을 계획하는 딸 민정이 있다. 카페에서 L 제과 시절 부하 직원이었던 여성 J를 추억한다.

「매화꽃 밀화」의 황정우. 국립 연구소 부소장으로 작년에 퇴직한 세포학 전공자인 그는 평생 거주해 온 지방 도시의 아파트와 인근의 강촌에 마련한 농가를 오가며 생활하고 있다. 작년 늦여름에 별세한 아버지의 수목장에 평석을 쓰기 위해 정우와 아내 채원, 두 딸, 그리고 정우의 누나 연숙이 강촌 농가에 모인다.

이 남성 인물들 중 퇴직자가 셋인 점이 우선 눈에 띈다. 그 세 명의 퇴직자 중 과거에 인연이 있었던 여성을 회상하는 「능소화 넝쿨」의 정명준은 아직 현직인 두 남자와 맥락을 같이한다. 그 두 남자는 정명준의 과거인 셈이다. 그들 중 가장 젊은 「산벚꽃 바람」의 오석희는 결별을 통보하는 여자 친구 이연주의 이메일을 받고서 두 사람의 관계를 돌이켜 본다. 다음 날 낚시 길에 나서는데 이것은 낚시 자체가 목적이라기보다는 두 사람의 관계를 돌아보기 위한 방편에 가깝다(여기서 낚시라는 모티프는 엘리엇의 시*와 연관되어 있다). 국문학 전공인 그와 불문학 전공인 그녀가 대학원 시절에 만났을 때부터 이 주일 전 그가 그녀에게 어렵사리 청혼하기까지의 사연이 시간 순서와는 다소 다르게 회상된다. 시인이 되고자 한 그녀, 시인을 포기하고 문학 연구를 택한 그. 두 사람 다 자신의 선택으로 인해 고뇌에 빠진다. 두 사람은 육체관계를 갖지만 각자의 서로 다른 결핍은 해소되지 않는다. 아니, 둘의 사랑은 서로의 결핍을 증명하는 행위일 뿐이다. 그는 마침

* 석희가 내일은 낚시를 가야겠다고 생각하는 순간 다음과 같은 엘리엇의 시 「황무지」 일부가 떠오른다. "나는 기슭에 앉아/ 낚시질했다. 등 뒤엔 메마른 들판./ 적어도 내 땅만이라도 바로잡아 볼까?"

내 그녀에게 청혼했지만, 그 청혼은 오히려 두 사람의 결별을 불러온다. 이 주일간 소식이 끊겼던 그녀의 "떠나기로 해요, 이제"라는 전언은 실제로 떠나든 떠나지 못하든, 어느 쪽으로 귀결되든 상처를 남길 거라고 생각하며(현실에서는 낚시바늘에 찔린다) 그는 자신이 어찌 해야 하는지 답을 찾지 못한 채 새벽녘 낚시터에서 옅은 잠 속으로 빠져든다. 그런 그의 어깨 위로 산벚꽃 하얀 꽃잎이 흩날린다. 낚시터로 가는 길에서부터 내내 그를 따르는 산벚꽃은 '아름다운 정신'이라는 그 꽃말과는 달리, 혹은 그 꽃말 그대로 그의 순수한 고뇌와 상조相照한다.

「산벚꽃 바람」이 젊은 두 사람의 순수한 고뇌가 두 사람의 결별로 귀결되는 장면을 그리고 있다면,「목련꽃 그늘」은 그런 방식으로 헤어진 두 사람이(시간상으로 이쪽의 헤어짐이 십년쯤 빠르지만) 삼십 년 세월이 지난 뒤 재회하는 모습을 보여준다. 1980년 봄에 학보사 기자였던 김채민은 피신한 섬에서 자신을 찾아온 장윤서와 하룻밤을 같이 보내고 서울로 돌아와 종로 터미널에서 헤어진다. 그 뒤로 두 사람은 2010년대가 되기까지 만나지 못한다(십 년 뒤 미국 유학 중이던 그가 프랑스 유학 중인 그녀에게 엽서를 보낸 적은 있지만). 그런데 어느 대학의 세미나에 강연하러 온 그에게, 같은 대학 비교문학연구소 연구원으로 재직 중인 그녀가 찾아온다. "나, 유학 갈까…… 봐. 그럼 채민 씨를 못 볼 텐데……. 채민 씨는…… 어떻게 생각해?"라는 그녀의 물음에 대해 그는 삼십 년 전에 하지 못했던 답을 아직도 찾지 못했다고 말한다. 그도 그녀도 답을 몰랐었고 지금도 답을 모른다. 그는 그녀를 집까지 바래다준다. 그 집은 삼십 년 전과 똑같은 아현동 언덕 위 이 층 양옥집이다(「산벚꽃 바람」에서는 연희동 와우산 골목길 양옥집이다). 그날 강연하러 가는 길에 마주친 목련꽃은 삼십 년 전에 그녀를 집에 바래다주었을 때도 그 집 담장 밖으로 휘날렸었고 지금도 똑같이 휘날린다. 요컨대 젊은 시절 헤어지던 당시나 이십 년, 삼십 년이 지나 우연히 재회한 지금이나 달라진 것이 없다. 목련꽃과 산벚꽃은 꽃말도 비슷하다. 산벚꽃은 '아름다운 정신', 목련꽃은 '우애' 혹은 '숭고한 정신'이다.

청년 때에 몰랐던 것을
지금도 여전히 모른다

별로 알려지지 않았지만 가수 조용필의 「어느 날 귀로에서」의 노래 가사는 송호근이 2013년에 쓴 것이다. 퇴직을 했거나 퇴직을 앞둔 한국의 오십 대 남성들의 심정을 독백체로 표출한 이 가사 중에서 "돌이킬 순 없지만 이제는 알 것 같은데"라는 구절이 있다. 그 절절한 구절이 많은 사람들의 마음을 울렸다. 그 뒤 얼마 지나지 않아 웹소설에 '회귀 서사'가 유행하기 시작했는데 여기서는 이제 알 뿐만 아니라 과거로 회귀하여 돌이키기까지 한다. 그런데 2022년의 송호근은 그와 반대로, 돌이킬 수 없을 뿐만 아니라 여전히 알지 못한다고 말하는 쪽으로 변화했다. 「산벚꽃 바람」과 「목련꽃 그늘」이 보여 주는 것이 바로 그것이다. 심지어 「능소화 넝쿨」의 정명준은 더욱 나이가 많지만 오히려 더 알지 못한다. 어렸을 때 미국으로 이민 갔던 부하 여직원 J가 그의 가슴에 얼굴을 묻은 채 "저는 어디에 속해 있어요? 어디로 가야 해요?"라고 물었을 때 그는 J의 방황에 감염되고 능소화의 주황색 꽃무리 속에서 황홀을 느끼지만(능소화의 꽃말은 '명예', '영광', '여성'이다) 아무런 답도 하지 못하고 아무런 행동도 하지 못했었다. 그때도 몰랐지만 지금 그는 더 알지 못한다. 카페에서 나온 그는 비 오는 밤길을 방황하다가 막다른 골목에서 능소화 담장과 마주치고 화폭 속 정물처럼 멈춰 선다.

이쯤 되면 우리는 노년 문학의 한 양상을 보고 있음이 분명하다 할 수 있다. 노년 문학이 회상과 회한을 주제로 하는 것은 지극히 자연스러운 일이다. 그런데 많은 경우 그 회상과 회한은 노년의 지혜 또는 깨달음을 전제로 이루어진다. 인생의 여러 경험을 하고 온갖 고초를 겪어 이제 지혜로워진 노인이 그 지혜를 기준으로 과거를 회상하고 반성하고 후회하는 것이다. 그러나 노인은 과연 지혜로운 것인가? 송호근은 '아니'라고 답한다. 노인도 청년과 똑같다. 청년 때에 몰랐던 것을 지금도 여전히 모른다. 그 모른다는 사실을 깊이 느끼는 것이 이 연작소설의 주제라고 할 수 있고, 이는 노년 문학의 새로운 스타일이 아닐까 생각된다. 모른다는 사실을 깊이 느끼면 교훈주의로 넘어가지 않는다. 안다고 믿는 데서 교훈주의가 나오기 때문이다. 문학과 교훈주의 사이의 거리는 아주 멀다고 볼 수 있다.

소울메이트
소울메이드

송호근의 노년 문학이 과거의 이루지 못한 사랑을 돌아보는 것이 아니라 현재를 향할 때 젠더 문제에 대한 반성을 강렬하게 수행하는 점도 주목된다. 「하얀 감자꽃」과 「동자꽃 붉은 꽃잎」이 그 반성을 잘 보여 준다. 「하얀 감자꽃」의 강준성은 지금 나이가 사십 대 중반으로 추정되니 아직 노인이라고 볼 수 없는데, 지방대학에서 서울로 학교를 옮겼으나 집은 이사를 하지 않은 채 밤늦게 두어 시간 차를 몰고 귀가하거나 서울의 교수 숙소에서 며칠을 지내기도 한다. 아내 윤희는 그의 그런 생활과 그렇게 바쁘게 생활하면서도 산골에 텃밭을 마련하여 농사를 짓는 것에 대해 불만이다. 그녀는 그가 학문의 사회적 소외에 대해 불평하는 것도 못마땅해 한다. "다 자기를 위한 일인데 위로를 구한다는 게 말이 돼? 회사원이라면 몰라도." 그녀의 정문일침의 평이다. 결혼 이후로 지금까지 그녀는 가사에 갇힌 채 희생을 치러 왔다. 유학 시절, 영문과 출신인 그녀가 평생학습 코스의 야간 강의를 들으며 만족스러운 표정을 지었던 것만이 유일한 예외였다. 이제 그녀가 말한다. "나는 당신의 소울메이트soulmate라고 생각했는데, 지금 보니까 아니야. 당신의 소울을 위한, 당신의 아틀리에를 가꿔 주는 사람. 소울메이드soul-maid야!" "지난 십오 년 동안 나는 조연이었지. 내 인생을 유보해 뒀어. 뒤치다꺼리하느라고⋯⋯." 그녀는 이제라도 자신의 삶을 살고 싶어 한다. 그녀가 홀로서기를 결의하고 있음이 분명하다고 그는 생각한다. 그는 자신의 잘못을 알지만 어떻게 해결할지를 모른다. 심지어 학교에서조차도 농사지은 감자를 학과 교수들에게 선물한 일로 학생들의 비난을 받게 된다. 교수 공채에 감자 로비를 했다는 것이다.

어떻게 보면 「동자꽃 붉은 꽃잎」의 김정훈은 강준성(「하얀 감자꽃」)의 미래 모습이다. 삼 년 전에 명예 퇴직한 그는 지금 팔 개월째 서울 아파트에서 나와 시골집에서 혼자 살고 있다. 졸혼 연습 중인 것이다. 이십 년 넘게 병원에서 간호사로 일한 아내는 십여 년 전에 퇴직했는데, 그 뒤로 이 부부 사이에 갈등이 쌓이기 시작했다. 그가 퇴직한 뒤로는 그 갈등이 한층 더 커지고 갈수록 더 커져 졸혼 연습에 이르게 된 것이다. 그는 자신의 잘못을 알지만 스스로 변명의 막을 둘러친다. 어떻게 해결할지를 모르기 때문이다. 그 딜레마가 동자꽃 사건을 낳는다. 아니, 동자꽃 사건이 그 딜레마의 은유다. 그가 그녀의 환심을 사기 위해 시골집에 핀 꽃을 보고 "동자꽃이 피었어!"라고 말하고, 그녀는 그 꽃이 동자꽃이 아니라고 말한다. 그 꽃은 범부채꽃이었다. 그는 열심히 그 꽃의 모양과 설명을 기억하려 애쓰지만 아마 내년에도 또 이렇게 말할 것이다, "동자꽃이 피었어!"라고. 동자꽃의 꽃말은 '기다림'이고 범부채꽃의 꽃말은 '정성 어린 사랑' 혹은 '잃어버린 사랑'이다.

현재를 반성하는 이 두 작품 역시 앞에서 본 과거를 회상하는 세 작품과 공통의 맥락에 놓여 있다. 답을 모른다는 것이 그 공통의 맥락이다. 왜 답을 모르는가? 답을 알 만큼 성숙하지 못했기 때문이다. 그 나이가 되도록 성숙하지 못했다고? 한국의 민법에서 미성년은 19세 미만이다. 그러니까 19세 이상이 되면 민법상으로는 성년이다. 하지만 정신분석적으로도 성년일까? 육체는 성숙하고 성숙을 지나 노쇠해 가도 정신은 성년에 도달하기가 너무나 어렵다. 아니 정신의 성년은 부재의 형태로만 존재하는 것이 아닐까? 우리는 정신분석적으로 영원히 미성년인 것이 아닐까? 특히 연작의 마지막 작품 「매화꽃 밀화」가 그런 의문을 강력히 환기시킨다.

영원한 미성년과
질문의 양식

「매화꽃 밀화」는 아버지의 부고를 접하는 늦여름 오후에서
시작된다. 작년에 퇴직을 했고 나이 육십 전후로 추정되는
정우는 이십 몇 년 전 아버지의 재혼을 떠올린다. 밖으로는
'체모'를 중시하고 안으로는 자기 자식을, 아버지의 등골을
빼먹은 자식으로 낙인찍는, 실제로는 자식에게 온갖 부담을
짊어지우는 이기적인 아버지와의 여러 사연들이 대체로 시
간 순서대로 회상된다. 생전의 아버지에 대한 회상이 1부 「소
나무 사랑」의 내용이라면, 2부 「향석 마을 가는 길」은 어머니
에 대한 회상을 내용으로 하며, 정우가 어머니의 무덤을 찾
아 아버지의 죽음을 알리기로 마음먹는 데서 시작된다. 그는
가을 내내 품고 있던 생각을 초겨울에 실행에 옮긴다. 원주
에서 문경까지 가는 길에 그는 어머니에 대한 기억을 떠올린
다. 삼십 년 전에 가족에게 거액의 빚을 남기고 뇌출혈로 쓰
러져 죽은 어머니의 사연을 남은 가족들은 정확히 알지 못한
다. 어머니가 남긴 빚으로 시달린 정우는 그 사연을 소상히
밝힐 여유가 없었지만 그에 대한 의혹은 그때부터 지금까지
계속 품고 있었다. 문득 잊고 있던 삼십 년 전 누이의 말이 생
각나고, 그러자 "곤궁의 업보를 홀로 짊어지고 가족을 건사
했던 어머니의 인내, 억척스러운 고난의 역사를 가족들은 물

론 장남인 나까지 남의 일처럼 여기고 살아왔다는 죄책감"이 몰려온다.

3부 「매화꽃」은 강촌 농가의 개울 건너 밭에 매화꽃이 흐드러지게 핀 장면에서 시작된다. 이 매화 밭은 아버지의 주장으로 오백 평 밭을 구입하여 조성한 것이다. 매화 밭을 조성하고 강촌 농가에서 살다시피 한 아버지는 동해안 실버타운에서도 매화꽃 소식을 묻는 전화를 했고 죽은 뒤에는 결국 이 매화 밭 근처의 동네 뒷산에 수목장으로 묻히게 된다. 장례를 치른 것은 작년 늦여름이었고 수목장에 평석을 쓰는 지금은 해가 바뀐 봄이다. 평석에는 '효응 황경식(1929-2015) 선생. 문경에서 태어나 체모를 받들다가 여기 강촌 산기슭에 묻히다'라는 묘비명을 새겼다. '체모가 무슨 뜻이냐'는 딸의 물음이 연숙 누이로 하여금 그동안 가슴에 묻어 두었던 이야기를 꺼내게 만든다.

어머니의 빚이 어떻게 생겼는가에 관한 비밀스러운 이야기, 즉 제목에서 표현되었듯이 밀화密話다. 학교 교감이었던 아버지가 참고도서 선정과 관련하여 사기죄로 고소를 당하게 되었고 그 문제를 해결하기 위해 어머니가 빚을 떠안게 되었다는 이야기다. 바로 아버지의 체모를 어머니가 지켜 준 것이다. 소설의 마지막 장면은 다음과 같은 묘사로 표현된다.

정우가 다시 벌떡 일어난 건 그때였다. 채원과 연숙이 놀란 듯 마주 보았다. 테라스를 내려 디딘 정우의 다리가 휘청거렸다. 애써 몸을 곧추세우며 그는 매실 밭을 응시했다. 손을 벌벌 떠는 아버지가 거기 있는 듯했다. 저 아버지를 어찌해야 할까. 개울을 건너 허둥지둥 매실 밭을 향하는 정우의 발걸음이 비틀거렸다. 채원과 연숙이 걱정스러운 표정으로 바라봤다. 그들의 흐린 시야에 황경식 씨, 민머리 어머니, 한 선생의 형상이 한데 뒤엉켰다. 일렁이는 바람결에 매화 꽃잎이 흰 눈처럼 날리는 풍경 속으로 정우는 휘청거리며 걸어 들어갔다. 나무 우듬지가 흔들리자 시나브로 떨어지는 꽃잎 휘장에 매실나무 둥치가 거뭇거뭇했다. 민머리 어머니가 마치 헤엄을 치는 듯했다. 그 형상은 곧 청매실 나무로 옮겨붙었다. 구부정한 등을 돌려 화단으로 걸어 나가는 아버지였다. 그때 청매실 꽃이 후드득 날려 홍매실이 스러진 빈자리를 덮었다. 마치 아버지가 어머니를 안는 것 같았다. 낙하하는 꽃잎 속으로 정우는 쓰러질 듯한 몸을 겨우 지탱하고 있었다.

밀화의 진실이 알려 준 것은 이기적인 아버지와 아버지에 대해 희생적인 어머니의 모습이다. 매화의 꽃말처럼 어머니는 '결백'했던 것이다. 아들은 청년에서 노년이 되기까지의 삼십 년을 그 진실을 알지 못한 채 살아왔다. 은연중 어머니를 원망했던 지난 삼십 년 동안의 세월이 아들의 마음을 찢어 놓는다. 이 장면을 정신분석은 오이디푸스적 주체와 관련하여 어떻게 해석할까? 여러 가지 서로 다른 해석이 가능할 듯한데, 섣부른 해석보다는 이 장면에서 우리가 분명히 알아볼 수 있는 것만 확인해 두기로 하자. 나이 육십이 되어 퇴직자의 삶을 살고 있는 정우는 한편으로는 여전히 부모로부터 독립하지 못한 '미성년'의 아들이라는 것이다. 그는 미성년에서 성년으로 나아가는 것이 아니라 미성년에서 또 다른 미성년으로 옮겨 갈 뿐이다. 이 장면에서 우리는 칸트의 계몽론과 그로부터 200년 뒤의 푸코의 계몽론을 떠올려도 좋을 것이다. 인간이 미성년의 상태에서 벗어나는 것이 계몽이라면, 그리고 그것이 이미 이루어진 것이 아니고 아직 진행 중이며 앞으로도 진행되어 갈, 미완의 것이라면, 우리는 영원히 미성년의 상태에 있을 것이다. 단지 미성년 상태에서 벗어나려는 태도 속에서 부재의 형태로만 성년의 모습을 엿볼 수 있는 것은 아닐까. 성년에 도달했다는 착각이 오히려 그러한 엿봄조차 불가능하게 만들지 않을까. 그런 의미에서 인간은 영원한 미성년의 존재일 것이다. 송호근의 문학은 필자에게 이런 물음들을 환기시켜 주었다. 거짓 성년은, 다시 말해 성년에 도달했다는 착각은 문학에서 주로 교훈주의의 양식으로 나타나는 것 같다. 그와 반대로 미성년에 대한 깊은 인식은 질문의 양식을 지향한다. 만약 문학에 본질이 있다면 질문의 양식이 거기에 좀 더 가까울 것이다.

『강화도』로 시작해서 『다시, 빛 속으로』를 거쳐 『꽃이 문득 말을 걸었다』에 도달한 송호근의 작가적 여정에서 필자는 의미 있는 소설적 변화의 과정을 발견한다. 이 현저한 변화의 과정은 앞으로를 향해 활짝 열려 있는 모습이어서 사회학자 송호근, 칼럼니스트 송호근이 아니라 소설가 송호근의 내일을 기대하게 만든다.

꽃이 문득 말을 걸었다

1판 1쇄 인쇄	2022년 12월 19일
1판 1쇄 발행	2022년 12월 30일

지은이	송호근

펴낸이	임지현
펴낸곳	(주)문학사상
주소	경기도 파주시 회동길 363-8, 201호 (10881)
등록	1973년 3월 21일 제1-137호

전화	031) 946-8503
팩스	031) 955-9912
홈페이지	www.munsa.co.kr
이메일	munsa@munsa.co.kr

© 송호근, 2022

ISBN 978-89-7012-562-6 (03810)